LESS

Andrew Sean Greer

分手去旅行

LESS

Andrew Sean Greer
安德魯・西恩・格利爾 ———— 著

宋瑛堂 ———— 譯

獻給丹尼爾・韓德勒

Contents

勒思

初登場

主辦方盤算過了：哪個文學作家願意專訪另個作家，而且還得無酬預習？非找個急欲成名的作家不可。

從我座位的視角望去，亞瑟・勒思的故事並不算太慘。

看看他：神情嚴肅地坐在飯店大廳柔軟的環形沙發上，藍西裝白襯衫，蹺二郎腿，膝蓋處重疊，啵亮的樂福鞋單腳露出腳跟。青年般的挺拔英姿。纖瘦的他仍保有年輕身型，但將近五十歲的他像是公園裡的青銅像那般，幸運的單膝被學童摸到金亮，但其餘部位原色盡褪，最後與樹木雷同。曾經貴為粉紅金童的亞瑟・勒思如今也和他坐的沙發一樣過時。他單指輕敲膝蓋，凝視牆上的老爺鐘。修長的貴族鼻樑有日積月累的曬痕（在十月多雲的紐約也會曬傷）。變淺的金髮在頭頂嫌太長，兩側則太短，看起來像是他的祖父。還有著同樣水汪汪的藍眼睛。仔細聽的話，你可能會聽見直盯著老爺鐘的他心底滴答、滴答、滴答的焦慮，但事實上，這個時鐘並不發出聲響——老爺鐘早在十五年前就停擺了。亞瑟・勒思渾然不覺；老派的他仍相信，文學活動的接待人員都準時到場，飯店小弟都照規定為大廳時鐘上緊發條。他不戴錶，而且意志堅定。接待人員領他進場的時間是六點半，時鐘正好停在六點半，純屬巧合。可憐的他癡癡地等，不知時間已走到六點四十五分。

在他苦等期間，一位妙齡女子在大廳團團轉。她身穿棕色羊毛洋裝，宛如一隻身披軟呢羽毛的蜂鳥，在觀光團之間穿梭授粉，先是將臉探進這一團坐著的人詢問，沒聽到滿意的答覆，急忙飛走去另一團。亞瑟．勒思太專心看著壞掉的老爺鐘，沒注意到奔走中的女子。妙齡女子去櫃檯詢問，又走向電梯，驚動一群過度盛裝準備進戲院的女士。勒思鬆脫的鞋子忽高忽低晃著。假如他聽見女子焦急著打聽的事，一定會明白為何她問遍大廳所有人，偏偏不問他：

「不好意思，請問妳是亞瑟小姐嗎？」

在大廳百問無解的這句話明顯有問題——這位小姐誤以為亞瑟．勒思是女人。

在此必須為她辯解一下。她只讀過一本亞瑟．勒思的小說，還是沒有作者照片的電子書，況且故事旁白是女性，語氣之生動幾可亂真，她認定這只有女作家才寫得出來。此外，男名女用在美國屢見不鮮，她以為這又是一例（她是日本人）。對亞瑟．勒思而言，敘事筆法具說服力是難能可貴的好評。奈何，再棒的評價對目前的他也毫無助益。他坐在環形沙發上，中空處矗立著一株油光青翠的棕櫚樹。現在離七點只剩十分鐘。

亞瑟．勒思已經在紐約待了三天，為了知名科幻作家H．H．H．曼登的最新小說上市，今晚他將登台專訪曼登。在新作中，H．H．H．曼登讓超人氣的神探機器人「皮博弟」復活。這是書市的頭版新聞，幕後則有前仆後繼的錢潮造勢。錢讓某人突然致電勒思，問他是否熟悉曼登的作品，有沒有空訪問大作家。錢促使公關三番兩次提示勒思，哪些問題萬萬碰不得（曼登的妻子、女兒、慘受負評的詩集）。錢幫忙敲定了活動地點，還大手筆在格林威治村各處打廣告。錢出手在戲院外擺一個充氣的皮博弟玩偶，讓它和強風奮戰。錢甚至安排好勒思住的飯店，不分日夜地擺出成堆酬賓蘋果，供他隨時免費取用；錢沒在客氣的。在多數人一年只讀一本書的這世上，錢潮盼望讀者今年獨鍾**這一本**，期許今晚能開紅盤。錢潮全押寶在亞瑟．勒思身上了。

他卻依然堅定地看著止步的時鐘，沒看見滿臉愁容的接待小姐站在他身旁；沒看見她調整圍巾，走向洗衣機似的旋轉門，離開了大廳。看看他稀疏的頭頂，看看他眨動快速的眼睛，看看他天真滿檔的信念……

二十幾歲的時候，他和一位女詩人聊天，對方拿盆栽當菸灰缸，撚熄菸蒂對他說：「你像個沒皮膚的人。」是**詩人**說的。詩人靠著當眾怒罵自己來維生，還說前途無量的高䠷青年亞瑟．勒思**沒皮膚**，但她說得有道理。以前，死對頭卡洛斯常勸他：「你應該多一點稜角。」但亞瑟當時沒聽懂。**是要我卑鄙一點嗎**？不是，意思是多一分保護，穿上盔甲以對付外界。話說回來，稜角和幽默感一樣，哪裡是練一練就有？或又拿幽默感來說好了，不風趣的商場人士尚能熟記幾個笑話，臨場搬出來娛人，贏得笑匠美名，並在笑話用罄前開溜，但稜角豈能裝得出來？

不管怎樣，亞瑟·勒思始終沒學會。四十歲以後，他倒是培養出柔軟的自我，長出近似軟殼蟹透明的背甲。平庸的書評、不用心的怠慢，再也傷害不了他；反倒是失戀，真格的、如假包換的失戀，能一如既往刺穿薄皮膚的他，戳出濃艷的鮮血。人到中年，許多有趣的事物都無趣乏味了，例如哲學、激進思想，以及各式速食，但為何獨獨**失戀**依然傷人？也許是他總能找到新的蛛絲馬跡。即使是微不足道的日常恐懼也無法克服，只能逃避，例如打電話（總是慌張撥號，像急著想拆除炸彈）、搭計程車（給不出大方的小費於是停車快閃，像逃離挾持事件現場），例如在宴會場合攀談名人或型男，還沒默練好開場白，對方竟然說掰掰了……這些恐懼仍在他心裡，幸好時間解決了這些問題。簡訊和電子郵件普及後，電話永遠不再困擾他。刷卡機現身計程車上。錯過了搭訕，對方事後可上網聯絡你。但是失戀呢？除非打算放棄愛情，不然任誰都躲不掉。到最後，亞瑟想到了一個辦法。

這或許足以說明為何他會在那樣的年輕人身上耗掉九年。

我忘了提一件事：他大腿上擺著一頂俄國太空人的頭盔。

話說當前，好運上門了——噹噹噹聲在大廳外響起：一、二、三、四、五、六、七聲，噹到亞瑟·勒思從沙發一躍而起。看看他：瞪著背叛他的老爺鐘，旋即直奔櫃檯，這才問了最關鍵的時間問題。

「妳怎麼會以為我是女的，我搞不懂。」

「勒思先生，你真的很會寫，我都被你唬倒了！對了，你手上拿的是什麼？」

「這個嗎？是書店叫我——」

「我好愛你的《冷暗物質》，有一段讓我想到川端康成。」

「他是我最心儀的作家之一。《古都》，京都。」

「勒思先生，我是京都人。」

「真的？我幾個月後會去——」

「勒思先生，現在有個狀況……」

話談到這裡，身穿褐色羊毛洋裝的接待小姐帶他踏上戲院走廊，裡面裝飾了一棵道具樹，與喜劇裡供男主角藏匿的造型相同，其餘則是油漆黑亮的磚頭。勒思跟著接待小姐離開飯店後奔向活動場所，原本乾爽的白襯衫現在汗濕而透明。

為何找上他？出版社為何請亞瑟．勒思出席？他是個小牌作家，最為人稱道的是年輕時曾和俄川藝文社的作家和藝術家們過從甚密。而以作家來說，他的年齡稍長以致缺乏新鮮感，但又沒有年輕到值得再被挖掘，搭飛機時鄰座沒有人聽過他的書。找上他的原因，嗯哼，勒思很清楚，這一題不難解。主辦方盤算過了：哪個文學作家願意專訪另個作家，而且還得無酬預習？非找個急欲成名的作家不可。他們認識的作家當中，有多少人回應「辦不到」？他們討論的過程中，不知道剔除了多少作家後，終於才有人問：「要不要找亞瑟．勒思？」

他的確急欲成名。

隔牆，他能聽見書迷反覆喊著一句話，肯定是H．H．H．曼登的大名。過去一個月來，勒思私下惡補曼登歷年作品。曼登的文體是太空輕歌劇，對話生硬，角色刻板可笑，他乍讀之下不敢恭維，後來見書中人物創意獨具才漸漸讀出趣味。曼登的創意絕對比他強。勒思的最新小說探討人性，主題嚴肅，和這位大作家勾勒出的眾多星座相比，不過是一顆小行星。話雖這麼說，上了台該問大作家什麼問題呢？大概只能問：「您怎麼寫的？」勒思可想而知，作家的答案會是：「關你啥事！」

接待小姐喋喋不休講著戲院容納人數、預購數量、巡迴簽書會；錢、錢、錢……她也提到，曼登似乎食物中毒身體有點狀況。

「你很快就會知道。」小姐說。黑門打開，明淨的廳堂裡，折疊桌上的冷盤燻肉片攤成扇形。桌旁站著一名穿著披肩的白髮女子，腳邊是曼登，正對著桶子嘔吐。

女子轉向勒思，瞄太空人頭盔一眼：「你是哪裡冒出來的？」

紐約是他環遊世界的第一站。說起來這是一趟意外之旅，全因勒思企圖擺脫一個棘手狀況，而且他相當得意這樣的安排——他想躲避一場婚宴。

過去十五年來，亞瑟．勒思一直都算是單身漢。更早之前，他在二十一歲那年和老詩人羅伯．布朗本談了一場忘年戀，同居多年，猶如潛進一條愛情隧道，走出隧道時已三十幾歲，陽光刺得他難以睜眼。人生路走到哪裡了？那一段情路中，他遺落第一階段的青春，宛如火箭升空後第一節脫落，燃燒殆盡，一去不復返。目前他處於第二階段，也是最後的階段。他發誓這階段誰也不給，他要留著好好獨享。然而，問題來了：獨居生活如何不至於落得孤伶伶？最出其不意的人為他化解這難題：曾經是宿敵的卡洛斯。

別人問起卡洛斯是誰，勒思總說是「我認識最久的朋友之一」。兩人相遇的日期總能被精準報時：一九八七年五月底的週一，國殤日。勒思甚至還記得當天彼此穿了什麼：自己穿綠色低腰三角泳褲，卡洛斯穿鮮艷香蕉黃的同款泳褲。兩人同樣一杯氣泡白酒在手，當作手槍，隔著露天陽台斜眼互瞪。音響播放著一首勁歌：惠妮．休斯頓想與某人共舞，加州紅杉的樹影橫落兩人之間，與愛她的某人共舞。唉，要是有時光機和攝影機，該有多好！多希望能捕捉住這兩人的英姿，一個是精瘦粉紅金童亞瑟．勒思，另一個是肌肉糾結、堅果褐膚色的卡洛斯．裴魯，而為你們說故事的我，當時只是個小毛頭而已！不過，要攝影機做什麼呢？因為據說對這兩人而言，每當有他人提及對方名字，這一幕必定在腦海中重演。國殤日、氣泡白酒、加州紅杉、某人……被問及對方時，各自會微笑說，對方是「我認識最久的朋友之一」。其實想也不用想，兩人可是見面時恨得牙癢癢的死對頭。

我們繼續搭著這台時光機，但再快轉將近二十年，年代設成二〇〇〇年代中期，方位設定在舊金山的土星街山坡處，停在其中一棟長腳高架屋旁。從落地窗外看入屋內，有一架被打入冷宮的三角鋼琴，一屋子多是男人，十幾位當時都年過四十歲的朋友正在幫其中一位慶生。卡洛斯在這群人當中，胖了一些，長年伴侶死後留給他房地產，他靠著炒地皮成了不動產帝國，版圖擴及越南和泰國。勒思還聽說，他在印度甚至有一座浮誇的豪華度假村。卡洛斯的外表依然尊貴霸氣，但亮黃泳褲精壯身材已不復見。亞瑟．勒思家在「祝融星階」地段的一棟「陋屋」，目前只有他一人住，從他家赴宴走一小段路就到。有派對，那就去吧。他選了一套勒思裝，牛仔褲搭配牛仔襯衫——有點穿錯場合——他沿坡道往南走到卡洛斯家。

再想想看當下的卡洛斯，高坐孔雀椅寶座上接見來賓，身邊是二十五歲的青年，穿黑色牛仔褲和T恤，戴著龜殼紋圓鏡框，深褐色頭髮捲曲——卡洛斯的兒子。

這是我兒子，我記得他剛來時，卡洛斯逢人這樣介紹他，當時他才十一、二歲。但他並非卡洛斯的親生骨肉。他是慟失雙親的侄兒，被送來舊金山投靠親戚。該如何描述當時的他才好呢？大眼睛，棕髮挑染成金色，心性逞強好鬥，拒吃蔬菜，拒絕以「卡洛斯」以外的說法稱呼養父。大家都喊他小名弗雷迪，但他的本名是菲迪里戈（母親是墨西哥人）。

慶生派對席間，弗雷迪凝望窗外，只見一片濃霧罩住舊金山鬧區。最近，他願意吃蔬菜了，但仍以「卡洛斯」稱呼法定父親。穿西裝的他瘦得不像樣，胸部內凹。儘管弗雷迪看似沒什麼青春氣息，但年輕人該有的熱情仍有。他的臉恰似心情投影幕，旁人能捧一袋爆米花坐下，欣賞他心思映照出的浪漫愛情劇和喜劇。龜殼紋鏡框裡的鏡片也跟隨他的心思流轉，宛如肥皂泡泡折射出的七彩光芒。

聽見有人喊他，弗雷迪轉身，是位中年婦人，身穿白絲稠套裝搭配琥珀珠首飾，舉止散發黛安娜．羅絲的親和力。她說：「弗雷迪，親愛的，我聽說你回學校任教了。」

她輕柔地問，志願是什麼？他自豪的微笑：「高中英文老師。」

她一聽，臉上綻放光彩。「天啊，好欣慰，我從來沒見過年輕人投身教育。」

「老實說，我覺得主要原因是我不喜歡同年齡的人。」

她從馬丁尼撈出橄欖。「這樣對你的感情生活一定很傷吧。」

「大概吧。不過，我其實沒什麼感情生活。」弗雷迪說，舉起香檳杯，一飲而盡。

「我們只要幫你找到對的人。你知道，我兒子湯姆——」

身旁有人插嘴：「他其實是詩人喔！」是卡洛斯，斜端著一杯白酒。

（不介紹一下顯得失敬。這位中年女子是卡蘿蘭．丹尼斯，從事軟體業；弗雷迪後來和她混得非常熟。）她哎一聲。

弗雷迪看著她，露出羞怯的微笑。「我的詩寫得很爛，卡洛斯只是舊事重提我小時候的志願。」

「去年的事。」卡洛斯微笑說。

弗雷迪無言呆立著，心底不知受到什麼震撼，深褐色捲髮也跟著顫動。

丹尼斯夫人亮吟吟笑起來。她說她愛讀詩，向來喜歡布考斯基菸酒不忌的形象。

「妳喜歡布考斯基？」弗雷迪問。

「慘了。」卡洛斯說：「失禮了，卡蘿蘭。我覺得他的詩比我的還爛。」

丹尼斯夫人的胸口轉潮紅，卡洛斯見狀把她的注意力引向俄川藝文社老友畫的一幅作品。弗雷迪連「閒聊」這種蔬菜都難以下嚥，於是生悶氣去吧台，又點了一杯香檳。

亞瑟・勒思抵達卡洛斯家，一排低矮圍牆之中有一道白門是他家正門，圍牆遮住下坡的房子。別人看到亞瑟會說什麼？**你氣色不錯嘛。我聽說你和羅伯的事了。房子歸誰？**

亞瑟沒料到白門那一頭將有九年的人生在等著他。

「哈囉，亞瑟！你怎麼穿這樣？」

「卡洛斯。」

時空躍進二十年後的這天，勒思一進屋裡，兩人依舊是劍拔弩張的死對頭。卡洛斯身旁是捲髮年輕的四眼田雞，立正站好。

「亞瑟，你記得我兒子弗雷迪吧……」

事情進展得很自然。弗雷迪受不了卡洛斯家的生活，常在星期五教完書後，迫不及待約幾個大學朋友在減價暢飲時段喝幾杯。酒後醉醺醺便找上勒思家，急忙上床睡掉週末。隔天，勒思得用咖啡和老電影，照料宿醉穿腦的弗雷迪，直到週一早上才下逐客令。起初大約每月發生一次，後來逐漸變成慣性，直到某個週五晚上，門鈴啞了，勒思才發現自己是失落的。他從白被單暖呼呼的被窩中一覺醒來，見旭日穿透凌宵花的藤蔓而來，感覺像缺了什麼，心情很不對勁。再次見到弗雷迪時，勒思勸他少喝幾杯，少朗誦爛詩，對了，我家鑰匙給你。弗雷迪默默把鑰匙收進口袋，想來就用（而且從不歸還）。

局外人會說：**這樣做很好啊，但訣竅是別愛上對方**。兩人聽見這話肯定會噗哧一笑。弗雷迪・裴魯和亞瑟・勒思談戀愛？年紀輕輕的弗雷迪，對談感情沒興趣，他有他的書，他的教職，他的朋友，他的單身自由。老好人亞瑟對他無所求。弗雷迪還打算，藉由和養父的宿敵共枕氣瘋他。年輕氣盛的弗雷迪總以折騰養父為樂，但他從沒料到，自己不住家裡卡洛斯如釋重負。對勒思來說，弗雷迪根本不是他的菜。亞瑟・勒思一向傾心年長的男人，成熟男才會煞到他。一個連披頭四成員姓名都喊不齊的小鬼頭？就當作是消遣、娛樂、嗜好吧。

在和弗雷迪有曖昧關係的這幾年，勒思當然也談過幾次較認真的感情。有一位加州大學戴維斯校區的歷史教授霍華德，常開了兩小時車來接勒思去看舞台劇。禿頭紅鬍鬚的霍華德目光爍亮，說話風趣。有陣子勒思覺得，彼此能以成年人之姿往來真好，一方面能分享男人四十的心路歷程，還能自嘲步入五十的不安。在劇場，勒思轉頭瞥見舞台光打亮霍華德的側臉，心想：**這人是好伴侶，這人是好選擇**。當時的他會愛上霍華德嗎？不無可能。然而，兩人的性愛彆扭，姿勢太特定了（「捏那裡，好，改摸那邊；不對，高一點；不對，**高一點**；不對，**再高！**」）感覺像在徵選歌舞劇的舞群。但話說回來，霍華德個性隨和，廚藝也棒，曾帶食材來烹調德式酸菜濃湯，辣得勒思有點興奮。他還時常握勒思的手，對勒思微笑。因此，勒思苦等六個月，希望床笫間的狀況改善，無奈沒能成真，但他還是絕口不提，所以我猜他明白那終究不是愛。

另外還有許許多多對象。有一個是從事銀行業的華人，會拉小提琴，上床時會發出怪聲音，接吻卻像他只在電影上看過一樣。有一個是哥倫比亞裔的酒保，魅力沒話說，可惜英文菜到不行（「我想服濕你的手以及你的腳」），而勒思的西班牙語比他的英語更遜。有一個是紐約長島的建築師，睡覺時仿默劇穿法蘭絨睡袍並戴帽子。有一個花店老闆，堅持打野炮，害勒思事後求診，檢查有無染上性病的同時，還得治療毒橡木引起的過敏。勒思也先後認識了幾個科技圈人士，對方期望勒思關注科技業大小新聞，自己卻不覺得有義務關注文學圈。有幾位政壇人士打量過他，像在測量西裝尺寸；幾個演員帶他走紅毯試一下感覺；幾個攝影師教他善用光源……這些人可能合得來，其中很多人都願意往下走。但是，如果真心愛過一個人，就不可能只安於「願意」——這比獨自一人更糟糕。

不意外的是，勒思一次又一次回歸單純的、愛作夢的、肉慾豐盈的、愛書的、隨遇而安的、稚嫩的弗雷迪。

這一對這樣維持了九年。後來，時序入秋的某一天畫下句點。這時候的弗雷迪當然也變了，二十五歲的大男孩成了三十五、六歲的輕熟男，現在是高中教師，常穿藍色短袖襯衫，結黑領帶，勒思常笑稱他裘魯老師（多半會邊講邊舉手，好像希望老師點他）。裘魯老師捲髮依舊，但鏡框已換成紅色塑膠框，舊衣服穿不下，皮包骨的男孩已茁壯為成年男子，肩膀和胸膛有肉，鮪魚肚也初露苗頭。每週末，他不再醉步蹣跚踩上勒思家的階梯，不再朗誦爛詩。但有個週末他故態復萌。那天有朋友辦喜事，他喝得醉茫茫、滿臉通紅，跌跌撞撞踏進勒思家玄關，挨著勒思，呵呵傻笑著。那一夜，他抱緊勒思，渾身輻射熱度。早晨，弗雷迪唉聲嘆氣宣布說，他有對象了，而對方要求他專一。他早在大約一個月之前就向對方保證過。而今，他認為信守承諾的日子到了。

弗雷迪以勒思的手臂為枕趴著，鬍碴刺得手臂好癢。茶几上的紅框眼鏡放大一對袖釦。勒思問：「他知道我的事嗎？」

弗雷迪抬頭。「知道你的什麼事？」

「我們。」他指向兩人的裸體。

弗雷迪正眼迎著他的目光。「我以後再也不能來找你了。」

「我懂。」

「來找你其實很開心，一直都很開心。但你知道，我不能再來了。」

「我都懂。」

弗雷迪似乎欲言又止，接著沉默了，但眼神如同在回憶一張相片。他想起了什麼？他轉頭起身，伸手取眼鏡。「你應該吻我，當作是吻別。」

「裘魯老師，」勒思說：「這算不上真的道別。」

弗雷迪戴上紅框眼鏡，兩個小水族箱各有一條藍色小魚悠游著。

「你要我永遠在這裡陪你嗎？」

一道陽光穿透俗稱喇叭藤的凌霄花照進來，在一條裸腿上投射斑斕的光影。

勒思看著情人，腦海或許閃現一連串影像——燕尾服、巴黎飯店房間、頂樓派對——這些影像或許只是恐慌和失落激發的雪盲症。大腦傳遞出來「……」的訊息，他選擇置若罔聞。勒思低頭湊向他，給他一記長吻，接著抽身說：「你偷用我的古龍水，我聞得出來。」

眼鏡原已放大弗雷迪的決心，現在更擴張他本來就大的瞳孔，雙眼在勒思臉上來回掃視，判讀著心思。弗雷迪看起來在鼓盡渾身氣力擠出笑臉，最後總算微笑了。

「這就是你最動人的吻別？」他說。

事隔幾個月，勒思收到紅帖：**誠摯邀請出席菲迪里戈·裴魯與湯瑪斯·丹尼斯喜宴**。多麼尷尬。所有人都知道，他是弗雷迪的老相好，怎麼可能應邀出席。如果到場觀禮，必定引來不懷好意的竊笑與挑眉挖苦。其實一般狀況下勒思並不在意，但他只要一想到卡洛斯嘴角掛著的奸笑就受不了。還有那些同情的嘴臉。前一陣子，勒思才在一場耶誕慈善餐會上（松枝布置的易燃場地）巧遇卡洛斯，當時卡洛斯把他拉到一旁，感激他風度一流、肯放弗雷迪走：「亞瑟，你知道的，我兒子本來就不適合你。」

然而，勒思總不能一筆回絕邀請函。當一票老朋友全聚在索諾瑪一帶的酒吧，用卡洛斯的錢暢飲，他總不能要自閉待在家裡吧。況且他不在場，大家更會糗他。可悲的小亞瑟．勒思成了可悲的老亞瑟．勒思囉。舊醜事會被掀開，供人揶揄奚落；大家順便測試新醜事的笑果。光想就無法接受，他絕對不能謝絕邀請。難啊，人生好難。

和喜帖同天寄到的是柏林來的一封信，寄件人是名不見經傳的大學，委婉提醒他是否願意接受工作邀約，將有薄酬匯入，以及轉眼將至的回覆期限。勒思坐在書桌前，凝視著邀請函，箋頭印著前腿蹺起的駿馬圖，看似勃起。窗戶開著，屋頂修繕工正在敲打打，臭熱的瀝青味隨風飄來。接著他拉開抽屜，取出一疊未回覆的舊信，一疊舊邀請函。另有一堆郵件深藏電腦中，答錄機裡更壓著幾通待回的詢問。勒思坐著，修繕工的敲打震動著窗戶，他在喀喀聲中回應了以下邀約：一份教職、一場研討會、靜修寫作營、為旅遊刊物採訪撰稿……一如在西西里島的修女院裡，修女們每一年登台演出，序幕揚升後她們高歌幾曲，讓家屬聆聽，亞瑟．勒思現在有著類似的體驗。在他的小書房，在他的小屋裡，序幕揭開，妙計浮升——

他對婚禮邀請函回應：**謹致上萬分歉意，人在國外，不克出席。在此祝福弗雷迪和湯姆。**

其他邀約，一個個全接受。

他東拼西湊，好不容易才安排好行程。

頭一站：專訪作家H・H・曼登。有免費機票至紐約市，活動前兩天抵達可飽覽秋日旖旎的市區風情。至少享用一頓免費晚餐（當作家的好處），招待人是他的文學經紀人，相信會報來出版社的佳音。勒思的新作品已和出版社同居了一個多月。現在的情侶婚前總不免同居一陣子，出書也是同樣的道理——出版社差不多該求婚了吧。到時候有香檳可喝、有錢可拿。

第二站：參加在墨西哥城召開的研討會。這是勒思已經拒絕多年的活動，因為談的不外乎是羅伯的詩作。他早和羅伯分手十五年了。後來羅伯生病無法出遠門，這文學盛會的主辦人試圖找來勒思——並非請他以小說家的身分評論，而是見證——從勒思的角度來看，自己倒比較像南北戰爭的遺孀。知名的俄川藝文社是七〇年代興起的文青出版社，如今早已西沉地平線以下，文學盛會主辦方找不到主角，能撿來一片綠葉遙想紅花也好，只求能重現俄川藝文社最後一抹餘暉。但勒思總是回絕邀約，並非他擔心被矮化——不可能吧，地位已經低到近逼地表了——而是如此一來是在出賣羅伯的真實世界，這讓他感覺像寄生蟲。所以，他根本就看不起這場研討會，酬勞加倍他都看不起。話雖如此，紐約結束後，他想去杜林出席頒獎典禮，研討會正好能填補這之間五天的空檔。

第三站：義大利杜林市。勒思半信半疑：他有本書最近譯成義大利文獲提名，可望奪下**大獎**。究竟是哪本書？他想了老半天，才想到是《冷暗物質》。這書勾起一股愛悔交加的折磨，宛如在郵輪旅客名單上發現老情人的姓名。**是的，敝單位樂意提供墨西哥城至杜林的機票，將有專人在機場恭候大駕**——這是勒思今世讀過最華麗動聽的句子了吧。歐洲人不惜斥資頒大獎，但錢到底從哪裡來，他納悶。總不會是不義之財吧，假典禮真洗錢。他在邀請函最底下發現印著義大利肥皂財團的大名。果然是「洗」，不過是肥皂泡泡送他去歐洲。

第四站：柏林解放大學冬季班，課程為期五週，「主題由勒思先生自選」。這封信以德文書寫，該大學以為亞瑟．勒思的德文流利，推薦他的出版社也是同樣印象，連勒思自己也這麼認為。他回信寫著：**本著上帝之喜樂，我接受權力之基座**，然後喜孜孜地投入郵筒。

第五站：短暫停留摩洛哥，也是整趟旅程唯一的放縱之旅。即將過生日的他要插花別人的慶生之旅，但他從未見過這位叫佐拉的壽星。照佐拉的規劃，一行人將從馬拉喀什進入撒哈拉沙漠，然後北轉至菲斯。勒思的友人路易斯見名單有個空缺，力邀他參加——也太剛好了！葡萄美酒源源不絕，團員酒酣暢談，招待安排極盡奢華。教他怎麼回絕呢？答案一如往常，又是錢、錢、錢。路易斯轉達費用給他，包含所有食宿交通，儘管數字令他瞠目（他檢查兩次，以確定不是以摩洛哥幣計價），他一如往常，人明明未到，心早已飛抵：游牧民族貝都因的音樂在他耳際繚繞，駱駝在暗處哼嘿，他正從刺繡枕頭起身下床，迎向沙漠暗夜，一手端香檳，讓沙塵蔽天的撒哈拉溫暖腳趾，以頭頂上的銀河充當生日蠟燭——照行程看來，亞瑟．勒思即將在撒哈拉的某處，邁向五十。

他已發誓不再單獨過生日。四十歲生日那天，他獨自一人在拉斯維加斯的大馬路上遊盪，現在每逢情緒低迷時，那段往事仍蹦出來擾人。他不願再讓自己一個人。

第六站：印度。是誰出的餿主意？千不可能萬不可能就是卡洛斯。在剛才我說的同個耶誕聚會，死對頭卡洛斯先是勸退他：「我兒子本來就不適合你。」然後又勸進他：「對了，有個靜修中心離我正在整修的度假村很近。對方是我朋友，地方美，蓋在小山上，看得見阿拉伯海，應該很適合你閉關寫作。」印度，或許能讓他歇息一陣子，可以潤飾他這本小說的定稿，就是經紀人在紐約會以香檳慶賀的那一本。咦，印度的雨季是什麼時候來著？

最後一站：日本。難得的機緣來自舊金山一場作家牌局。不消說，牌友全是異性戀。即使戴上賭客用的綠色透明遮光帽，勒思終究唬不了人。第一局，他每一手都吃鱉，所幸他輸得起。打到第三局時，勒思再也無法忍受菸臭、哼唉聲、不冰的牙買加啤酒，他一分鐘也坐不住。這時一牌友抬頭說，老婆不爽他常常出差，他只好待在家，把採訪寫稿的機會讓給別人，所以，有誰能代他跑京都一趟？「我！」勒思尖嗓喊。一張張撲克臉全轉向他，令他想起國中他自願演話劇，當時班上的美式足球校隊選手全是這副表情。他清一清嗓門，壓低語氣：「我可以。」邀稿刊物是機上雜誌，主題是傳統懷石料理。他希望採訪日期不要太早，以免賞不到櫻花。

從日本，他可以飛回舊金山，重返祝融星階旁的家，全程費用大多有人買單——文學研討會、頒獎委員會、大學、駐村方案、媒體財團。至於雜費，他發現不少被他冷落數十年的飛機哩程點數，現已累積成一筆數位財，這魔術師的寶箱，供他支付雜費。預付完高貴的摩洛哥行程後，他的積蓄勉強能應付日常消費，條件是他必須力行母親灌輸的清教徒撙節術。不買衣服。晚上不進鬧區買醉。此外，願上帝保佑，不能出事掛急診。不過，還有可能出什麼差錯呢？

亞瑟．勒思要環遊世界了！本質上像是太空漫遊。專訪大作家曼登前兩天，亞瑟．勒思從舊金山啟程時，曾在心中讚嘆：這輩子每次總是從東邊飛回家，這一趟尾聲卻會是從神秘的西方世界返鄉。而且，在這段漫遊旅程中，他很確定不會再想起弗雷迪・裴魯。

紐約這座城市有八百多萬人。有七百多萬人會因為聽說你來了、卻不約他們吃一頓頂級晚餐而生氣；大約有五百多萬人會氣你沒去探視他們的新生兒；大約三百多萬人會氣你沒去捧場他們剛上演的舞台劇；差不多有一百萬人會氣你沒來電約炮。然而，約了而且願意喬出時間見面的人只有五個：所以沒聯絡任何人完全合理。你可以溜去看一場甜膩到爆的百老匯爛劇，然後抵死不認一張門票失血兩百美元。勒思在紐約的第一夜就是去看百老匯。荷包遭大殃，只好吃熱狗果腹以彌補奢侈花費。這種樂趣並不算是一種怕人恥笑的快感——燈暗幕升，少年心開始跟隨樂隊打拍子，你不怕被恥笑，所以不算是。而勒思絲毫沒在怕。周圍無人能批判他，他只感受到雀躍亢奮。這場音樂劇是很差勁沒錯，但正如床功差勁的對象一樣，爛劇同樣能百分百滿足需求。看到最後，坐在椅子上的勒思哭成淚人兒，以為自己沒哭出聲，沒想到燈光一亮，鄰座婦人轉頭說：「親愛的，我不曉得你人生遇到了什麼坎坷，不過我非常非常同情。」說著抱他一下，紫丁香味滿懷。**我沒遇到坎坷啊**，他想告訴鄰座。**我沒事，我只是個捧場百老匯的同性戀。**

隔天早上，客房裡的咖啡機儼然是個貪得無厭的軟體生物，張嘴一連吞噬幾個咖啡膠囊，照理說會有咖啡滴進馬克杯才對，但勒思依指示小心對著機器餵膠囊，第一次嘗試只見蒸氣猛噴，第二次把整個膠囊煮融化了。勒思嘆了一口氣。

紐約正值秋季，現在是早晨，朝氣勃勃；今天是漫長旅程的第一天，專訪作家的前一天，衣褲仍乾淨整齊，襪子仍成雙成對，藍西裝沒皺，牙膏還是美國品牌，沒有外國的古怪口味。耀眼的紐約檸檬光從天而降，投在摩天樓上，帷幕玻璃再轉傳給速食攤販拼湊成的鋁牆，最後灑在勒思身上。即使搶著上電梯卻遇到不願按開門鍵等人、得意奸笑的惡女；即使買咖啡遇到冷面女咖啡師；即使在繁忙的第五大道被杵著不動的觀光客擋路；即使遇到熱情推銷的纏人黃牛（「先生，喜歡喜劇嗎？人人都愛看喜劇啊！」）；即使被電鑽鑿水泥的聲響震得牙疼……即使再怎麼不順利，全礙不到他今天的心情。這裡有間店專賣拉鍊，這裡有二十家拉鍊專賣店，拉鍊街，多麼朝氣勃勃的城市。

雀躍地穿越二十條街，勒思順路進書店問候了店員。她反問：「你打算穿什麼去？」

「我打算穿什麼？喔，就穿我的招牌藍西裝。」

店員（修身窄裙、毛衣、眼鏡：集舞孃和圖書館員於一身的造型）哈哈笑了再笑，然後平靜轉成微笑。「哎唷，別鬧了，」她說：「你打算穿什麼去？」

「藍西裝很不錯啊，不然妳指的是什麼？」

「拜託，人家是H．H．H．曼登咧！更何況萬聖節要到了！我找到一件航太總署的連身工作服，珍妮絲想打扮成火星女王。」

「我本來以為，他希望大家嚴肅看待他——」

「人家他是H．H．H．曼登吶！萬聖節吶！我們非好好打扮不可。」

她有所不知，勒思打包行李的考量多麼縝密。行李箱中物品功能相互矛盾、好像道具五花八門的小丑車：有喀什米爾毛衣，也有亞麻輕便長褲；有熱感內衣褲，也有防曬乳液；有領帶，有三角泳褲，更有一組健身用的彈力帶等等。既要赴大學教書，又想去戲水，該帶哪一種鞋才好？歐洲北部天氣陰鬱，南亞太陽毒辣，該戴什麼樣的墨鏡？旅途將遇到萬聖節、墨西哥亡靈節、義大利聖瑪爾定節、德國聖尼古拉斯節、耶誕節、元旦、伊斯蘭教聖紀節、印度智慧女神節以及日本女兒節。光是帽子，就能擺滿一整個櫥窗。而最重要的是西裝。

沒有這件招牌藍西裝，就沒有亞瑟．勒思。西裝是他三年前一時興起訂做的，那一小段時期，他過得隨心所欲，花錢如流水，奇思異想自由奔放。有天飛去胡志明市找出差的朋友玩，在機車橫行、濕熱的市區尋覓冷氣房，誤入一家訂製西服店。當時他廢氣吸了滿肺，甘蔗汁也喝多了，昏頭迷茫中，連續驟下幾個決定就訂製了西裝，也留了住址，隔天早上全忘得精光。兩星期後，包裹送抵舊金山家中。他滿頭霧水拆封，發現盒子裡有一件中藍色西裝，內裡是桃紅色，繡著他的姓名縮寫：APL。盒內散發的玫瑰香水味瞬時勾起往事——一個跋扈的女子，頭髮緊紮成一包，連珠炮發問：什麼款式？什麼樣的鈕釦、口袋、衣領？最重要的是，什麼樣的藍？一整牆布料，他急忙中挑選一種不尋常的藍。孔雀藍？天青石藍？找不到能比喻的事物。勉強算是中藍色，但多了幾分鮮艷，光彩適中，色調保證大膽。介於群青顏料和氰化物鹽之間，毗濕奴和阿蒙之間，以色列和希臘之間，百事可樂和福特的商標之間。簡言之：炫。無論訂做時本著什麼心，他對成品可是一見鍾情，之後經常穿出去炫耀。就連弗雷迪也認同：「你看起來像名人喔！」的確是。終於，年紀一大把的他總算走對路線了。他看起來稱頭，看起很有他的本色。不穿這西裝，不知怎麼的，總覺得不像他。沒有這西裝，就沒有亞瑟・勒思。

然而，照書店店員的說法，這套西裝還不夠。午餐晚餐排得緊湊，他還得抽空去找……找什麼穿？難不成要穿《星艦迷航記》裡的制服嗎？他從書店散步南下至他大學畢業後住過的一區，讓他有機會緬懷西村舊景。老店全沒了。原本有一家黑人靈魂美食的餐廳，曾在椰子蛋糕底部壓藏勒思家的備用鑰匙。原本有一整排的情趣用品店，櫥窗展示著橡膠道具，年輕的勒思看了膽寒。原本有幾家蕾絲邊酒吧，勒思常去光顧，因為他以為去拉子店釣男人勝算比較高。原本有一間不入流的酒吧，有朋友買了古柯鹼，進廁所試過才說，他剛吸了一鼻子的聰明豆巧克力。原本有幾家鋼琴酒吧，某年夏天有殺人魔出沒，被《紐約郵報》誤封為「卡拉ＯＫ殺手」……全沒了，取而代之的是潮店。美美的商店賣黃金製品，別緻的吊燈小餐廳專賣漢堡，鞋店陳列比照博物館。總感覺只有亞瑟・勒思記住這地方以前的荒淫綺靡。

背後有人喊：「亞瑟！亞瑟・勒思？」

他轉身。

「亞瑟．勒思！我真不敢相信，我剛剛才說到你呢！」

勒思還來不及認長相，就被對方擁入懷中，被法蘭絨淹沒。他瞄到對方身後有一位水汪汪大眼的年輕人，整頭雷鬼辮，站在一旁看著他們。男人放開他，開始說著今天巧遇多美妙，勒思則暗忖：啐，他到底是誰？禿頭佬圓滾滾一身福相，灰白大鬍子修剪整齊，格紋法蘭絨襯衫配橙色圍巾，站在第八大道上曾經是銀行的雜貨店外呲牙笑。恐慌之餘，勒思的頭腦快馬加鞭，把這人的外表放進記憶庫辨識，背景一個換一個：藍天與沙灘、大樹與河流、龍蝦與葡萄酒杯、夜店鏡球和藥物、床鋪和旭日——奈何比對不出結果。

「我真不敢相信啊！」胖子說，握住勒思肩膀的手不放下。「阿羅剛剛跟我訴苦，說分手多難過，而我才在安慰他，沒關係，時間能沖淡一切。馬上好起來是不可能啦，不過時間終究能沖淡。有時候，過幾年才忘得掉。結果沒想到，我竟然看見你，亞瑟！我指著路上的你，我說，你看！他就是傷透我心的那個人。我本以為再也沒辦法復原了呢，以為再也不想見到他的臉，不想再聽到他名字，結果，看！他不知從哪裡冒出來了，而我一點也不恨他。分手多久了？有六年吧？完全無感。」

勒思站著端詳他：這胖子的臉紋如同被攤開用手抹平的摺紙，額頭有幾顆小雀斑，白細毛從耳朵長到頭頂，紅銅般的眼珠閃現各式各樣的情緒，獨不見怨恨。啐，這老頭是誰啊？

「看到沒，阿羅？」胖子對年輕人說：「這沒什麼，我就完全無感！你遲早會釋懷的啦。阿羅，可以幫我們照一張嗎？」

勒思再度被陌生胖子擁入懷裡，擠出笑臉供年輕人拍照。胖子開口指揮：「再來一張。不對，從那邊拍，鏡頭高一點。不對，**高一點**。不對，**再高！**」

「霍華德，」勒思對舊情人微笑說：「你氣色不錯。」

「你也是，亞瑟！當然囉，我倆當初有多年輕啊，對不對？看看我們現在，老男人兩枚！」

勒思往後退一步，心驚。

「好了，看到你真好！」歷史教授霍華德說，搖頭再說一遍：「多美好的巧遇啊，是吧？亞瑟·勒思，就站在第八大道上。見到你真好，亞瑟！你保重了，我們有事該走了。」

勒思原本想貼臉頰道別卻失準頭，結果嘴唇竟落在歷史教授嘴上，嗅到裸麥麵包的氣息。我們短暫回溯六年前——他在劇場看著霍華德的側影，心想：**這人是好伴侶**。他差點長相廝守的對象，差點愛上，如今在路上撞見，居然連長相都認不出來。勒思若非無情無義的混帳，就是反反覆覆的善變精。不無可能的是：以上皆是。他向失戀衰鬼阿羅揮揮手，這動作一點也沒安慰到他。他們倆正要過馬路，霍華德卻止步轉身爽朗說：「對了，你以前有個朋友叫卡洛斯．裴魯吧？這世界真小，說不定我會在他的婚禮見得到你？」

亞瑟．勒思三十多歲才出書。那時候，他和知名詩人羅伯．布朗本已同居多年，住在一棟小屋——就是他們口中的「陋屋」。舊金山樂旺街上有一道彎曲的階梯叫「祝融星階」，向下穿越輻射松、蕨類、常春藤、瓶刷子樹密集的住宅區，盡頭有一磚造歇腳處，向東可瞭望鬧區。勒思和羅伯的家位於這段陡梯的中段，九重葛在門廊上盛放，宛如校園舞會後被棄置的禮服。「陋屋」僅四間房，其中一間專屬羅伯，但牆壁漆成白色，掛上友人致贈羅伯的繪畫（其中一幅幾乎看得出來就是勒思：一名裸男，坐在石頭上）。臥室窗外下方種了一棵凌霄花幼藤。羅伯勸了他五年，他才提筆創作。起先勉為其難，只寫出幾篇短篇小說。後來，兩人同居生活快要步入尾聲，勒思總算完成一部長篇作品《卡利普索》。故事主軸參考《奧德賽》裡的卡麗騷媚惑男主角的情節，敘述二戰軍人落海後被沖上南太平洋某地的海邊，拜當地一名男子之賜，撿回一條命。男子愛上軍人，想幫助他重返家園，送他回到妻子身旁。「亞瑟，這本書。」羅伯摘下眼鏡以示慎重地說：「能和你相愛是一大榮幸。」

《卡利普索》的表現尚可。《紐約時報》大牌書評家理查・錢皮翁竟放下身段撰寫評論。羅伯先讀完後傳給勒思，臉上堆著笑容，眼鏡——詩人的第二雙眼——掛在額頭上。羅伯說，這篇是佳評。然而，作家總能嚐出水果調酒被另一個作家下毒的滋味。錢皮翁在文章結尾形容作者是「言重的情癡」。勒思盯著這用詞，活像被考倒的小孩。「言重」聽起來像讚美（其實不然）。「情癡」又是什麼意思？可惡，情癡到底啥意思？

「好像是個暗號，」勒思說：「他是想傳話給敵軍嗎？」

是的。「亞瑟，」羅伯握他的手說：「他在暗罵你是死玻璃一個。」

儘管如此，一如沙丘甲蟲能在絕境僅靠沙漠中的零星降雨存活——這幾年《卡利普索》一直有銷路，甚至版權賣到英國、法國、義大利。勒思發表第二本小說《對日照》，受矚目的程度不如前一本。第三本《冷暗物質》承蒙鸕鶿出版社老闆力推，不惜砸重金宣傳，還送他去十幾座城市簽書。在芝加哥的新書發表會上，他站在台下聽主持人介紹他：「請歡迎佳評如潮的《卡利普索》的言重作者……」聽見稀稀落落的掌聲，觀眾席只有十五、二十人。這是不祥的預兆，就像暴風雨來前已被雨滴打出黑斑的人行道。出版社還安排他回高中母校辦同學會。在主辦人極力說服之下，他同意在活動中朗讀新書，因此在郵寄的邀請函標題上註明：夜會亞瑟．勒思。讀高中時，全校根本沒有人想夜會亞瑟．勒思，但他還是接受主辦人的安排。他回母校戴瑪瓦高中，校舍低矮（甚至比記憶中更低），回憶著來時路多曲折。至於多少校友前來「夜會亞瑟．勒思」？我暫且賣個關子讓你猜。

到了《冷暗物質》出版時，他和羅伯已各分東西，勒思只能獨自靠沙漠零星雨維生。羅伯遷居至索諾瑪，房子留給他住（羅伯獲普立茲獎後已繳清房貸）。搖筆桿的收入恰似一床拼布被，這裡縫那裡補的，睡倒也睡得夠暖，可惜始終不太蓋得到腳趾頭。

但是，這一本新作可是驚天動地之作！書名《捷足斯威夫特》（《聖經》說，快跑的未必得勝），是一部以漫遊冥想為主題的長篇小說，主人翁走遍舊金山，回首過去，歷經一連串打擊和失望之後返家。（弗雷迪說：「你寫來寫去，還不就是同志版《尤利西斯》。」）故事充滿省思，深刻感人，描寫中年男子的艱苦人生。主角是口袋空空的同志。而今天經紀人將招待晚餐，絕對少不了香檳，鐵定有好消息。

在飯店房間裡，他穿上剛送乾洗過的藍西裝，照鏡子微笑。

前來「夜會亞瑟．勒思」的人數掛鴨蛋。

弗雷迪曾笑勒思說，他的文學經紀人才是「真愛」。沒錯，勒思讓彼得．杭特瞭若指掌，外人見證不到的苦樂抓狂，彼得全看過。反過來說，勒思對彼得的所知趨近零，甚至連他家鄉在哪裡都不清楚。明尼蘇達州嗎？已婚嗎？手上有多少位作家？勒思一無所悉，但勒思卻像個小女孩，成天巴望著彼得的來電和訊息。更確切的說法或許是，勒思像情婦，日夜等候情郎捎來的隻字片語。

來了來了，彼得．杭特進了餐廳。彼得以前是大學籃球明星，所到之處總是以身高傲視全場，這次不同的是小平頭變白髮，留得和卡通裡的樂隊指揮一樣長。彼得從餐廳門口走來，憑心電感應和全餐廳的人隔空握手，然後定睛在掉入愛情網羅的可憐蟲勒思臉上。彼得身穿米黃色的燈芯絨西裝，坐下時布料摩擦出輕柔聲音。身後有一位百老匯女演員穿黑蕾絲洋裝進餐廳，兩旁各有服務生正掀開各自的法式焗龍蝦，頓時蒸氣如雲。如同談判要務的外交官，彼得總是拖到最後關頭才談正事，因此整頓飯吃下來，彼得的話題仍是線上的作家，迫使勒思有義務裝得好像讀過他們的作品。直到咖啡上桌，彼得才說：「我聽說你要去旅行。」勒思回答說，對啊，即將展開環遊世界之旅。

「也好，」彼得說，比劃著買單的手勢：「或許能讓你轉移心思。我希望你別太戀棧鸕鶿。」勒思語塞。彼得繼續說：「他們不滿意《捷足斯威夫特》。我會建議你旅行期間修改一下，讓新風景激發新文思。」

「出版社出價多少？他們希望修改嗎？」

「沒提修改，沒出價。」

「彼得，鸕鶿想甩掉我嗎？」

「亞瑟，強求無用。不如我們別理鸕鶿，再想辦法。」

勒思的椅子下面彷彿有一道機關門打開了。「是不是嫌我寫得太……情癡？」

「太強說愁了、太深刻了……這種城市漫遊的主題、這種人生中的一日剪影，作家們都很喜歡寫，不過我認為，要讀者認同這個姓斯威夫特的傢伙滿難的。拜託，我認識的人當中，沒有一個日子過得比他爽。」

「同志味太重了嗎？」

「好好把握這趟旅程，亞瑟。你描寫景物的功力深厚，等你回國再通知我吧。」彼得說著抱他一下，勒思知道他想走了。結束了。帳單送上桌，由彼得付清。勒思則深陷壞消息轟炸出的無底洞，在黑暗中摸索，抓不住光滑的岩壁。「對了，你明天專訪曼登，祝你好運。希望他的經紀人不要出現。她是個妖女。」

白髮猶如馬尾巴般甩動，彼得朝門口走去。勒思看著女演員伸手接受彼得的吻。就這樣，勒思狂戀的彼得走了，繼續去迷倒下一個掉入愛情網羅的作家。

回到飯店房間，他赫然發現，他的小人國般的浴室裡竟然有個巨人島般的浴缸，即使已經十點了，他仍想放水泡澡。水嘩嘩流進浴缸之際，他瞭望市景：帝國大廈在南邊二十條街外，與飯店樓下的「帝國快餐館」兩相呼應，店外有個紙卡招牌：**燻牛肉**。從浴室另一窗戶向外望，他見到中央公園附近有個紐約客大飯店的招牌。這些商家取的名字全不是玩笑，認真得很：例如在美國東北部的新英格蘭區，有旅社取名為「義勇兵」；「三角帽」也毫無玩笑意味，有殖民時代風格的圓頂建築，有鑄鐵風標，正前方更有大砲堆疊的金字塔；在緬因州，龍蝦食堂店名為「東北風暴」，牆上掛捕蝦籠和玻璃浮標。在喬治亞州薩凡納，餐廳以「青苔」裝飾；西部「灰熊」乾貨店，或佛羅里達「鱷」這「鱷」那的店名，甚或加州「衝浪板」三明治、舊金山「纜車」簡餐店、「霧」城客棧……各個都不是在開玩笑。沒人在開玩笑。大家做生意全都一本正經。人們以為美國人個性隨和，其實個個正經八百，尤其是牽扯到在地文化的時候。美國人將酒吧命名為「沙龍」，店名取成「古英風」，把當地高中球隊代表色穿上身、自詡「以餡餅聞名」。即使是紐約也不例外。

也許，勒思一個人就是個玩笑。在飯店裡，他看著行李箱中的衣物——在紐約穿的黑牛仔褲、墨西哥穿卡其服、義大利穿藍西裝、德國穿羽絨衣、印度穿亞麻……戲服一套又一套，每件都是笑話，而他終究會是消遣對象：紳士勒思、作家勒思、觀光客勒思、型男勒思、殖民主義者勒思……真實的勒思在哪裡？敬畏愛情的青年勒思在哪？二十五年前一板一眼的勒思哪裡去了？哼，看來沒有被打包進行李箱。這麼多年來，勒思甚至不清楚自己被囤藏在何處。

他關上水龍頭，坐進浴缸——燙燙燙燙燙！他走出浴缸，腰部以下通紅。他再放冷水一小陣子，蒸氣瀰漫水面，籠罩白瓷磚的反光。白瓷磚表面有一道黑紋。他再踏進浴缸，現在水溫稍好。他的身體在水面的倒影底下盪漾。

亞瑟．勒思是史上第一個變老的同性戀。至少，在這種時刻他是這麼想的。躺在浴缸裡的他，應該才二十五或三十歲，應該是個裸浴中的俊逸年輕人才對。而且應該好好享受人生。假設有人現在撞見赤裸的勒思，見他下半身粉紅色、上半身灰白至頭頂——好像舊款可擦鉛筆與原子筆的二合一橡皮擦。除了羅伯之外，他從未親眼目睹邁過半百歲月的同志。認識其他同志時，他們全都在四十歲上下，但他從未見過他們跨進五旬；死於愛滋的那一代。勒思這一代常自覺是跨越五旬領域的先鋒，只是該如何探索才好？是永遠保持一顆童心、染黑白髮、節食瘦身、穿緊身衣配窄版牛仔褲、舞照跳，跳到八十歲暴斃……才對嗎？或是反其道而行，不強裝年輕，任憑白髮蒼蒼，穿優雅的毛衣遮掩大肚腩，含笑面對終生無緣再體驗的興趣……對嗎？我想結婚、收養小孩嗎？成雙成對後，我們會各自在外打野食，就像各人有自己的床頭櫃一樣，以免性生活消失殆盡？或是，效法異性戀夫妻，乾脆讓性生活消失殆盡？我是放空所有的虛榮心、焦慮、慾望、痛苦，好好感受卸下重擔的滋味嗎？還是要改信佛教呢？不過，萬萬不能做的事情有一項——絕對不和人交往九年後，以為這段路走得輕鬆隨性，最後落得被對方甩了，自己還得人間蒸發，孤家寡人躺在飯店浴缸裡，思索著下一步該怎麼走……

羅伯的語音渺渺飄來：

不久後，我會老得不適合你。你三十五歲，我就六十歲了。你五十歲，我已七十五。到時我們怎麼辦？

那時是交往初期，他很年輕，差不多才二十二歲，和羅伯做完愛後聊到的正經事。**我會老得不適合你。**勒思當然笑他說傻話，年齡差距對他不成問題。他自己心裡有數，羅伯比外面那些笨男孩性感多了。四十幾歲的男人好迷人：從容自信，清楚對方好惡的事物，有些地方把握分寸，有些地方毫不設限，有歷練也有冒險精神。以致性愛的趣味加倍。羅伯再點一支菸，微笑。**到時我們怎麼辦？**

二十年後，弗雷迪出現了，站在勒思的臥房裡：「我並不覺得你老。」

「我老啊，怎麼不老？」在床上的勒思說：「我遲早會。」勒思側躺著，以手肘支撐。斑斕的日光顯示凌霄花幾年來長得多高，在窗外交叉成格子狀。勒思這年四十四歲。弗雷迪二十九歲，戴紅框眼鏡，披著勒思的燕尾服，除此之外一絲不掛，原本瘦得內凹的胸部如今胸毛旺盛，窟窿現在幾乎只剩微凹。

弗雷迪照著鏡子。「這件燕尾服，我穿比你穿更好看吧。」

「我還是把話講清楚，」勒思沉聲說：「我不會妨礙到你跟別人交往。」

弗雷迪在鏡中接收到勒思的目光。弗雷迪臉皮彷彿牙痛般微繃，最後才說：「你用不著擔心。」

「以你這年紀——」

「我知道。」從弗雷迪的表情可知，他密切關注對方的一言一語。「我很清楚我們的關係。你用不著擔心。」

勒思躺回床上，兩人默默對看片刻。風吹藤蔓，拍擊著窗戶，打散影子。「我只是想提出來溝通一下——」他講到一半。

弗雷迪轉身。「我們沒必要長談，亞瑟。你不用擔心。我只覺得，你這件燕尾服乾脆送我算了。」

「休想。還有，不准你再用我的古龍水。」

「等我變富翁再說。」弗雷迪上床。「我們再看《紙牆》一遍吧。」

「裴魯老師，我只是想確認一下。」勒思繼續說，不傳達重點不死心，「確定你不會眷戀我。」翻譯小說味這麼濃的對話，是什麼時候開始的？他納悶。

弗雷迪又坐起身來，態度嚴肅。他臉型輪廓線條剛毅，是藝術工作者常素描的那種臉型，表示他已長大成了男人。他的腮幫子以及黑森森的胸毛，全是男人才有的特徵。

當年那個望霧冥想的二十五歲青年，如今變了一個人，留存的特點只剩小鼻子、花栗鼠笑容、旁人能輕易看透他心思的藍眼珠。然後，他微笑了。

「你未免太虛榮了吧，不可思議，」弗雷迪說。

「說啊，說你覺得我的皺紋很性感。」

他爬向身邊：「亞瑟，你從頭到腳沒有一個地方不性感。」

水涼了，無窗的瓷磚房間如今冷如冰屋。他看見自己映在瓷磚上的模樣，一縷幽魂在閃亮的白壁上飄搖——不能待在這裡。他睡不著了。非做一點不傷心的事不可。

你五十歲，我已七十五。到時我們怎麼辦？

什麼都辦不了，一笑置之就好。這是普世真理。

我還記得亞瑟．勒思年輕時的模樣。我差不多十二歲，被帶去參加一個成年人的聚會，無聊透頂。主人家是公寓，全是白色，客人也穿全白，而我喝到的還是沒有色彩的汽水。我被交代不准亂跑。銀白壁紙的花紋是茉莉花加藤蔓，反覆出現，我看得出神，好一陣子才發現，每隔三英尺有一隻小蜜蜂無法湊近花的圖樣，這是藝術的停格之美。

接著，一隻手落在我肩頭——「你想畫畫嗎？」我轉身，一個金髮年輕人低頭對我微笑。他身材高瘦，頭頂的頭髮留長，有個羅馬雕像般的理想化臉孔。他咧嘴對我笑，眼珠有點凸：能討好兒童的生動表情。我大概誤以為他是青少年。他帶我進廚房，裡面有紙筆，對我說，我們可以一起畫畫。我問他，可以畫他嗎？他聽了笑笑，說：好啊。接著在一張高腳凳坐下，聽著隔牆傳來的音樂。我知道這樂團。我當時沒想到，他其實是想躲避作樂的人群。

「置身其中卻心思不在」的本事，沒人勝得過亞瑟·勒思。他一坐下，心思立即離我遠去。精瘦身材穿著九分牛仔褲，上身是印有大斑點的麻花針織白毛衣，脖子泛紅的他引項聽歌——**好寂寞**，**好寂寞**——以他的身材而言，這顆頭有點太大，太長了，太長方形，嘴唇太紅，臉頰太紅潤，豐濃的金髮兩側削短，頭上油亮，瀏海如浪狀。他凝望著霧，雙手擺在大腿上，嘴唇蠕蠕跟著歌詞——**好寂寞**，**好寂寞**——我把他畫得一團糟，一想起就害臊。我太敬畏他的**自信**，他的**自由**。我敬畏他能在我作畫的十到十五分鐘躲進內心，而我連握筆坐定都沒辦法。一陣子後，他眼睛亮起來，看著我說：「畫得怎樣啊？」我拿給他看。他微笑點頭，教我幾個要領，問我要不要再來一杯汽水。

「你幾歲？」我問他。

他的唇形歪成微笑。他撩開眼睛上的頭髮。「我二十七歲。」

不知為何，我覺得這是天大的背叛。「你不是小孩！」我告訴他：「你是一個大人！」

那男人受傷了，臉紅起來，我看了一頭霧水。我的話哪裡傷到他了？誰曉得呢。我猜，他喜歡自己還是小孩。我誤認他有自信，其實他滿心煩惱與恐懼。當他臉紅，視線往下掉，我看是看到了，但當時不清楚他的心境。當時的我不懂焦慮這一類無意義的人類苦難。我只知道我講錯話了。

一名老人出現在門口——我覺得他很老。白色牛津衫、黑框眼鏡，像是個藥劑師。「亞瑟，我們走吧。」亞瑟對我微笑，感謝我今天下午陪他。老人瞄我一眼，匆匆點一點頭。我覺得有必要彌補我做錯的事。就這樣，他們走了。當時的我當然不知道老人是普立茲獎詩人羅伯·布朗本，也不知道年輕人是他的小男友亞瑟·勒思。

「請再給我一杯曼哈頓。」

同一晚，夜深了，亞瑟·勒思隔天奉令專訪曼登，最好別宿醉纏身。何況，他最好找個配合太空輕歌劇的裝扮穿戴。

他談著：「我正在環遊世界。」

對話發生在中城區一間酒吧，勒思投宿的飯店就在附近。剛進這圈子時，勒思是這酒吧的常客。一切都沒變：守門警衛同樣不相信任何客人，裱框的老卓別林畫像依舊。交誼廳弧形吧台倒酒給年輕人的動作俐落，服務老酒客則是慢吞吞。黑色三角鋼琴仍在，樂師（如同拓荒時代的酒吧鋼琴手）隨客人點歌（多半是作曲家柯爾・波特的曲子）。條紋壁紙、貝殼造型燭台如昔，顧客群都沒變。大家都知道，這裡是老同志邂逅年輕同志的地方。兩個老古董正在沙發上面試一位髮油亮麗的男人。勒思一下子明白，他的角色如今從少變老，想想覺得好氣又好笑。和他聊天的對象是個微禿但帥氣的年輕人，老家在俄亥俄州，不知為何聚精會神聽勒思講話。吧台上方展示著一個俄國太空人頭盔，勒思尚未注意到。

「你下一站是哪裡？」小帥弟爽朗問。紅頭髮的他睫毛近似膚色，看似沒睫毛，鼻頭上有雀斑。

「墨西哥。然後去義大利參加頒獎典禮，因為我入圍了。」勒思說。他正在喝第二杯曼哈頓，酒蟲發威。「獎是不會頒給我啦，不過，我不離家一段時間不行。」

紅髮男一手撐頭。「家在哪，帥哥？」

「舊金山。」將近三十年前的一樁往事閃現勒思腦海：和朋友聽完滅跡合唱團的演唱會結束，恍神的他得知民主黨奪回參議院，和那位朋友走進這家酒吧，宣稱：「我們想跟一個共和黨員上床！誰是共和黨啊？」酒吧裡的人全舉手。

「舊金山還不賴，」紅髮年輕人微笑著說：「但你們總是以自己城市為榮。但你為什麼離開？」

勒思靠在吧台直視眼前這位新朋友。柯爾．波特仍在三角鋼琴上活躍，勒思的曼哈頓裡的櫻桃也仍健在。他從酒中撈起櫻桃。牆上的卓別林向下凝望（為什麼掛卓別林？）。「有一種人，你猜我該叫他什麼。你跟這種人上床——假設說，你跟這人搞了九年，幫他煮早餐，幫他慶生，跟他鬥嘴，他叫你穿什麼就穿什麼，聽他話聽了九年，你也善待他的朋友，他老是待在你家，但你一直知道，這段關係發展不下去，他遲早會跟別人跑，歸宿不是你，這也是你和他一開始就有的共識，他遲早會看上別人，跟對方結婚——我到底該叫他什麼？」

鋼琴改彈〈日與夜〉，落地鼓的敲擊聲急促。

勒思的紅髮酒友挑一挑眉。「不知道。你都怎麼叫他？」

「弗雷迪。」勒思把櫻桃梗放進嘴巴，不要幾秒的工夫，吐出來，梗已經打結。他把魔術成果放在面前的吧台餐巾上。「他有對象，就要結婚了。」

紅髮年輕人問：「你喝什麼，帥哥？」

「曼哈頓，不過我請客。抱歉，請教一下，酒保，」勒思指向上方的太空人頭盔：「吧台上面那東西是什麼？」

「對不起，先生，今晚不給請，」紅髮年輕人說，一手放在勒思手上。「我請客。那頂太空人頭盔是我的。」

勒思：「你的？」

「我在這裡上班。」

勒思微笑，低頭看被壓著的手，視線隨即上揚至紅髮青年。「我有個無聊的要求，」勒思說：「你聽了一定覺得我腦袋有問題。我明天要專訪H・H・H・曼登，我想——」

「我家也在這附近。你剛說你叫什麼名字？」

「亞瑟・勒思？」白髮女問。這裡是劇場後台的演員休息室，曼登正對著桶子嘔吐。「亞瑟・勒思哪位啊？」

勒思站在門口，腋下夾著太空人頭盔，微笑在臉上定型。同樣的問題，他被問多少次了？絕對多到再問也不覺得痛的程度。早在他年輕時，在他剛認識卡洛斯那段期間，就有人問過，當時他也聽過別人代他說明：亞瑟・勒思是德拉瓦州人，就是泳池邊那個穿綠泳褲的瘦男孩。後來，他聽人解釋說，他是羅伯・布朗本的男友，就是吧台邊那個害羞的男人。再後來，有人說，既然他和羅伯分手了，以後大概不該再邀請他了。第一本小說問世時，有人介紹他是作家，後來介紹他是推出第二本小說的作家，然後成了某某人很久以前在某地認識的對象。最後：勒思被說成是和弗雷迪・裘魯同床整整九年的人，直到弗雷迪和湯姆・丹尼斯結婚。勒思以上皆是，不認識他的人全認為他是這樣的人。

「聾子嗎？你哪位啊？」

全場不會有人知道他是誰。曼登食物中毒，不願讓書迷失望，由勒思攙扶他上台，主持人只介紹勒思是個「大曼粉」。專訪一個半小時，勒思見大作家精神不濟，為避免冷場，努力幫大作家加油添醋。作家對觀眾的提問招架不住，疲憊眼神轉向勒思時，勒思勇於代打，挽回這場書友會的頹勢，拯救這位倒楣鬼的作家生涯，鞠躬盡瘁，可惜依然沒人知道他是誰。觀眾全都衝著大作家而來。觀眾衝著他筆下的機器人皮博弟而來。有人變裝成機器人、太空女神、外星生物，全因為一位作家改變了他們的人生。至於另一位作家，坐他身邊的那個，臉被頭盔罩半掩的那一個，他無關緊要，沒有人會記得他，沒有人知道他是誰，連納悶一下的念頭都沒有。而在今夜，他登機前往墨西哥城，飛機鄰座是個年輕日本遊客，一聽說他是作家，欣然問他是何許人。從最後希望的斷橋成為自由落體的勒思仍在垂直降落，以反覆回答過無數次的同一句話回答——

言重的情癡。

我一點也不恨他。完全無感。

亞瑟，你是知道的，我兒子本來就不適合你。

「我是無名小卒。」本書男主角對紐約說。

沒那麼墨西哥

亞瑟．勒思，終於脫離美國了……他不再是無名小卒亞瑟．勒思，而是研討會的主講貴賓。

弗雷迪．裴魯的為人準則是，照飛機起飛前的安全示範，自己的氧氣罩先戴好再協助旁人。這道理不用你教，他都知道。

有一回弗雷迪和勒思正在酒吧等朋友，閒著玩起這遊戲來。在舊金山有不少類似這樣的酒吧，既不專屬同志也非異性戀酒吧，只是風格奇特罷了。剛上完課的弗雷迪仍穿著藍襯衫結領帶，兩人喝著新出品的啤酒，喝起來像阿斯匹靈，聞起來近似木蘭花，比漢堡貴。勒思穿著麻花針織毛衣。兩人玩的遊戲是以一句話形容對方。勒思先講，就是開章的那一句。

弗雷迪聽了蹙眉頭。「亞瑟。」他說，然後低頭看著桌面。眼前的碗裡有焦糖胡桃，勒思抓幾顆來吃。他問弗雷迪怎麼了，因為他自認形容得貼切。

弗雷迪搖搖頭，捲髮跟著晃啊晃的。他嘆息：「我覺得不對。好像是我們剛認識的時候吧，好久以前了。我本來想怎麼形容你，你知道嗎？」

勒思說他不知道。

弗雷迪凝視著男友，在喝一小口啤酒前說：「亞瑟．勒思是我認識的人當中最勇敢的一個。」

每次搭飛機，勒思總想起這句話，但想到後總是煞盡風景。從紐約飛墨西哥城的航班就這樣毀了，也即將斷送墨西哥之旅的心情。

亞瑟．勒思聽說在拉丁美洲國家，乘客在飛機平安降落時有鼓掌的習俗。在他心目中，平安降落和墨西哥聖母顯靈脫不了關係。的確，坐飛機遇到糾纏不休的亂流之際，勒思急著找適合祈禱的對象。奈何他從小信奉的基督教一神普救派，當下只有社運歌手瓊．拜亞可供他投奔，而默唱〈鑽石與灰燼〉得不到慰藉。在月光下，飛機抽搐再抽搐，宛如一個即將變身狼人的男人。話說回來，勒思懂得欣賞人生中的陳腐隱喻。沒錯，這是種蠶變。亞瑟．勒思終於脫離美國了；或許，在飛越國界之後，他有機會改頭換面，如同醜老太婆獲騎士營救渡河，搖身一變，化為公主。他不再是無名小卒亞瑟．勒思，而是研討會的主講貴賓。或者是，公主變成老太婆才對吧？鄰座的年輕日本遊客打扮潮到不行，全套艷黃色運動服，球鞋像登陸月球的太空鞋，揮汗大口喘氣，一度轉頭問勒思，這是不是正常現象。勒思回答：「不是，不是，這不正常。」飛機再次劇烈震盪，日本人抓住勒思的一隻手。兩人攜手同心度過風雨。全飛機找不到適合對象祈禱的乘客可能只有這兩位。窗外看得到如電路板的墨西哥城浩瀚夜景，飛機總算降落。撿回一條命，勒思卻發現鼓掌的唯獨他一人。

弗雷迪說「我認識的人當中最勇敢」，這是什麼意思？勒思百思不解。隨便一天，隨便一小時，亞瑟．勒思無不害怕：點調酒時害怕，搭計程車害怕，教書害怕，寫書害怕。以上皆怕，世上什麼事物都令他害怕。但奇怪的是，正因為他什麼都怕，天下事再難，也不會難上加難。環遊世界不比買口香糖可怕。因而每天都能激發出勇氣。

出海關之後，他聽見有人喊他「勒思先生」，他不禁如釋重負。呼喚他的人站著，年約三十蓄著鬍子，黑色牛仔褲、T恤、皮夾克，穿得如同搖滾樂手。

「我是亞圖洛。」亞圖洛說，伸出手毛濃密的手。接下來三天隨行的「本地作家」就是他。「能見到俄川藝文社的舊識是我的榮幸。」

「我的西班牙文名字也是亞圖洛。」勒思和他握手，忍不住地說。

「是喔。你過海關滿快的。」

「因為我賄賂一個人幫我提行李。」勒思指向一名矮男。男子蓄著革命領袖薩帕塔的八字鬍，身穿藍制服，雙手扠腰站著。

「是的，但你不是賄賂他，」亞圖洛搖頭說：「你剛付給他的是小費，他是幫忙搬行李的人。」

「喔。」勒思說，小鬍子對他露笑臉。

「你是第一次來墨西哥嗎？」

「對，」勒思答得很急：「是的。」

「歡迎來到墨西哥。」亞圖洛遞給他一紙袋的研討會資料，以疲憊的眼神看他，眼袋深紫色，仍值盛年的眉宇間已有溝紋。勒思剛才見他頭髮上油光閃爍，以為他塗髮油，這時才發現反光的其實是白髮。亞圖洛說：「遺憾的是，接下來路途遙遠，舟車勞頓……才會抵達最後的休息之地。」

他說完嘆一口氣，因為他一語道破人生滋味。

勒思立刻明瞭：主辦單位派給他的接待人員是名詩人。

勒思認識俄川藝文社時，早已錯過了所有樂子。俄川藝文社出來的人們現在都成了名人，當時是玩邦哥鼓的詩人和行動畫派的畫手，曾搗毀神明雕像，從六〇年代攀至七〇年代的巔峰，在那年代享受速成愛情，嗑白板（quaalude這個字有兩個a，拖成懶洋洋的音節，世上有比這更完美的拼法嗎？），徜徉在成名的喜悅中，在舊金山以北的俄羅斯河畔的小屋裡辯論，喝酒抽菸打炮，年過四十照玩不誤，其中幾人後來也被捧成神級人物。可惜，勒思晚到了。和他結緣的並非狂狷青年，而是滿腔傲氣的中年藝術工作者，他只見這些人在河裡像海獅戲水。在勒思眼中，這些人顯得過氣。勒思無法了解這些人正處於思想黃金期：李歐納・羅斯、奧圖・韓德勒，甚至富蘭克林・伍德豪斯。勒思的那幅裸畫出自後者之手。勒思也收過一首贈詩，是史黛拉・貝瑞從一本破舊的《愛麗絲夢遊仙境》割下來送他的生日禮物。有次屋外下著傾盆大雨，他聽著韓德勒以舊鋼琴演奏《帕蒂・赫斯特》歌劇的片段。他讀過羅斯的《苦戀有成》草稿，看著他刪掉一整幕劇。這些人總是親切對待勒思，尤其是（或者是「因為」）勒思和羅伯・布朗本的事鬧很大：勒思搶走布朗本夫人的老公。

如今，這些人幾乎都離世了（羅伯仍活在世上，但也只剩半口氣，住在索諾瑪的安養院——當年菸抽太凶了，親愛的；兩人仍每月一次視訊），所以終究得要有人稱頌他們，追思他們。這樣的安排或許妥當，而且由亞瑟・勒思擔綱，有何不可？勒思坐在計程車上，牛皮紙袋擺在腿上猶如小狗，以紅線為狗繩繫妥，他不禁微笑。小勒思和作家的妻子們坐在廚房，在琴酒裡兌入水，大男人則圍坐壁爐前喧鬧——**能追憶當年的活人只剩我一個**。明天在大學講台上：美國知名作家亞瑟・勒思。

塞車塞了一個半小時才抵達飯店。車尾燈匯聚成紅河，看似摧毀古老村落的熔岩流。最後才有綠野的氣息灌入計程車中，因為車子正經過墨西哥公園。從前，這公園一片空曠，被飛航英雄林白視為機場而降落。如今，時髦的年輕情侶在公園散步，一片草坪上可見十條品種互異的狗正在受訓，學習紋風不動地趴在紅色長毛毯上。亞圖洛摸一摸鬍子，說：「是的，公園中間的廣場以林白命名。他是知名的父親，也是知名的法西斯份子——我們到了。」

飯店名叫「猴子籠」，勒思會心一笑，館內充滿藝術品、播放著音樂，前門走廊有巨幅芙烈達．卡蘿畫像，她雙手各捧一顆心臟。畫像下面有一台自動演奏鋼琴，正演奏黑人作曲家史考特．喬普林的散拍名曲。亞圖洛以快速流利的西班牙語，和頭髮散發銀光的福態長者對話。這人轉向勒思說：「歡迎光臨寒舍！我聽說你是個有名的詩人！」

「不對，」勒思說：「不過，我認識一個知名詩人。這幾天就是為了這件事而來的。」

「是的，他認識羅伯．布朗本。」亞圖洛鄭重解釋道，雙手交握。

「布朗本！」飯店主人驚叫。「對我來說，他比羅斯還棒！你在哪一年認識他的？」

「喔，好久以前了。我那時才二十一歲。」

「你頭一次來墨西哥嗎？」

隔天早上十點，勒思站在飯店外面，艷陽普照，頭上的藍花楹樹上有三隻扇尾的黑鳥，啁啾怪叫著，好不快活。聽了半晌，勒思才發現，牠們在模仿自動演奏鋼琴的琴聲。勒思想找咖啡廳。飯店咖啡出奇稀薄，口味偏美式，而他徹夜輾轉難眠（惆悵愛撫著吻別的回憶），因此渾身疲憊不堪。

「你是亞瑟．勒思嗎？」

北美腔，問話者是六十幾歲的獅頭男，灰髮凌亂，目露金光。他自我介紹是大會的主辦人。「我是總召。」他說著伸出手等著勒思握手，手出奇嬌小。他說他在中西部一間大學擔任教授。「我名叫哈洛德．凡．德爾凡德爾（Van Dervander）。我幫主席規劃今年的大會，邀集研討會成員。」

「幸會，凡德爾……凡……」

「凡．德爾凡德爾，荷蘭裔德國人。我們預計邀來的名單都是備受敬重的前輩，包括費爾伯恩、蓋瑟普、麥克曼納罕。我們也邀了歐拜恩、泰森和普魯姆。」

勒思乾吞這疊資訊。「咦，哈洛德．普魯姆不是死了嗎？」

「名單上做了一些調整，」總召坦承：「不過，最原始的名單美到極點啊。上面有海明威，更有福克納和吳爾芙。」

「所以，你們沒請來普魯姆，」勒思說：「也沒請到吳爾芙吧，我猜。」

「一個也沒請到，」總召抬起戽斗下巴，說：「不過，我要他們把原始名單也印出來，你紙袋裡面有，應該看到了。」

「很好。」勒思說，困惑地窮眨眼。

「紙袋裡還有一個捐款信封，對象是黑因斯獎學金。我明白你剛到，不過你只要在他深愛的國家待一個週末，或許也會深受感動。」

「我不——」勒思說。

「那邊，」總召指向西方，說：「是阿胡斯科火山。你應該記得他在〈溺水女〉一詩中提過。」勒思只見到霧霾一片。他從未聽過這首詩，更甭談黑因斯。總召開始背出其中一段：「**那週日午後，你跌落輸煤槽……**記得嗎？」

「我不——」勒思說。

「對了，你去藥房了沒？」

「我沒——」

「唉，你非去不可。轉角就有一家，信米拉藥房，有賣學名藥。我在墨西哥辦研討會的就只為了這個，你帶來處方沒有？在這裡買藥，便宜太多了。」總召指著，勒思依下面的大麻和麥斯卡利陀，駕駛人從北向南貫穿全加州，開車像在逃亡似的。這位駕駛正是詩人羅伯·布朗本。那天一大早，他一通電話吵醒年輕的勒思，叫他準備三天的行李，一小時之後過來接他，比手勢叫他趕緊上車。從事什麼不法勾當嗎？羅伯的人來瘋又發作了。勒思後來見怪不怪，但在當時，他不過才認識羅伯一個月。老少配的他們原本只見面喝喝酒，進展到去旅社開房間，當下羅伯卻忽然出這一招：被拖去墨西哥。對年輕的勒思而言，這是一生難得的瘋狂。隆隆的引擎聲中，加州中部的杏仁果園夾道，車子從中奔馳而過，羅伯引吭高喊。無言的漫長空檔，卡帶翻面再播放。進入休息站，羅伯帶勒思躲進橡樹林，吻他吻到淚水盈眶。這些舉動令勒思心驚。如今回首，他明瞭羅伯必定嗑了藥，八成是文壇友人在俄羅斯河給他的安非他命搞的鬼。羅伯情緒高亢、快樂、風趣，但從未把他嗑的藥分給勒思，只遞一根大麻菸給他。羅伯一直開著車，幾乎沒停過，連續開了十二小時，來到位於墨西哥國界的聖思多羅，繼續行駛兩小時，通過提華納市，南下羅薩里多，最後沿著海岸線前進。海天盡是夕陽引燃的紅光，漸漸冷卻為一道亮麗的粉紅，最後終於抵達恩森那達，住進一家濱海旅館。主人熱情拍拍羅伯的背，歡迎他，請兩人各喝一杯龍舌蘭酒。整個週末，羅伯和勒思抽菸做愛，除了用餐，除了嗑麥斯卡利陀、在海灘上散步之外，兩人幾乎沒出燠熱的房間半步。樓下有個墨西哥城觀光行程先從搭乘地鐵展開。勒思不知為何一直以為隧道會貼滿阿茲提克風格的馬賽克磁磚畫。他走下階梯，進入地鐵站，驚訝地看見他就讀的德拉瓦州小學被複製在眼前：彩色欄杆、瓷磚地板、黃藍紅原色、一九六〇年代的歡愉美好——經歲月證明是騙局一場，卻照樣在這裡延續，一如勒思不離不棄的回憶。難道是校長退休，被請來墨西哥城，還參考了勒思的夢設計地鐵站嗎？亞圖洛示意要他取票，勒思學他的動作，餵車票進機器，旁邊有成群的警察，戴著紅色貝雷帽，每群人數多到能組足球隊。

「勒思先生，車來了。」一輛樂高積木似的橙色單軌列車進站，橡皮輪胎煞車停住，他上車，握住冷冰冰的金屬桿。去哪裡？他問，亞圖洛回答：「花。」令勒思覺得誤闖自己的夢境。後來，他發現頭上有地圖，每站皆以圖形代表。這班車果然前往「花」站。到了花站，他們轉車前往「墓」站——從花到墓，人的一生。到站後，勒思覺得身後有個女子輕推了他的背，他順著人流踏上月台。這一站又是小學風格，和剛才那站打對台，不同的是這站以鮮藍色為主。他緊跟亞圖洛和總召，走過一道道的瓷磚走廊，在人群中穿梭，來到手扶梯，緩緩直升方形的孔雀藍天空……他進入市區一座廣大的方形廣場。四面八方盡是鑿岩建築，略微傾斜，也有一座巨無霸大教堂。他不知為何一直以為墨西哥城像霧霾漫天的亞利桑那州鳳凰城，怎麼沒人告訴他，墨西哥城比較近似西班牙的馬德里。

一位女子上前招呼他們。她是導遊，身穿黑長裙洋裝，上面印有木槿花。導遊先帶他們逛墨西哥城的市集。在藍色鋼浪板拼湊的市集裡，他們和四位西語年輕人會合，顯然是亞圖洛的朋友。導遊站在一桌蜜餞前，問誰有食物過敏，有什麼東西不肯吃或不能吃：沒人吭聲。勒思心想，該不該瞎掰什麼蟲子，或恐怖大師洛夫克拉夫電影裡的濕黏海怪，但他來不及說，導遊已帶領一行人踏上攤位間的走道。以紙包裝的苦甜巧克力，堆砌成古文明神塔，旁邊有一籃阿茲提克攪拌棒，狀似木頭權杖。一旁有幾罐色彩繽紛的鹽巴，是佛僧可能用來畫曼陀羅的那種。再過去還有幾個塑膠桶，裝著鐵鏽色和可可色的種籽，經導遊解釋，他才知道不是種籽，而是蟋蟀。小龍蝦和蠕蟲，生猛的烤熟的都有。旁邊那一區賣肉，羅列著屠宰好的兔子和羔羊，毛茸茸的黑白毛皮仍在腳上，像穿著襪子，以證明不是貓肉。有一個長型的玻璃箱，裡面的東西令他愈往前走愈心慌，感覺像參加一場他肯定馬上舉白旗的意志力競賽。幸好，女導遊帶他們轉彎進入魚販區，沒想到他愈逛愈心驚，看見捲成「&」符號的灰斑章魚，看見說不出名稱的橙色魚，牙齒尖銳，大眼睛瞪人。這裡也有鳥嘴鸚哥魚，導遊說肉是藍色，滋味可媲美龍蝦

（勒思嗅到謊言）。勒思記憶中童年的鬼屋裡有玻璃罐裝眼球、盛盤的腦髓和果凍般的手指，玩來既恐怖又痛快，逛墨西哥市集也有類似的感受。

導遊帶大家穿越冷凍區攤位之際，總召說：「亞瑟，和天才住在一起的感覺怎樣？」他繼續說：「據我所知，你和布朗本是在遙遠的青春年代認識的。」

依常情，「遙遠的青春年代」是對自己的謙稱吧？怎能隨便亂用在別人身上？但勒思僅說：「是的。」

「他是個很出色的人，調皮、樂觀，連詩評也被他牽著鼻子走。而且他的舉止優雅出眾，總是滿心喜悅。他好勝心很強，老想和羅斯互別苗頭。羅斯、貝瑞、賈克斯……他們以前老愛惡作劇，而惡作劇者認真起來可是比任何人還認真。」

「你以前就認識他們？」

「我**現在**還認識。我在大學開課教美國詩，他們每一個人的詩都是我的教材。我教的是美中詩——不是小心眼和汽水店大本營的美國中部，也不是二十世紀中葉美國詩，而是中庸、混沌、**虛空**的美國。」

「聽起來很——」

「你覺得自己是天才嗎，亞瑟？」

「什麼？我嗎？」

總召顯然誤以為他回答「不是」。「你和我，我們都遇過天才。而我們知道，我們不像他們，對不對？自知不是天才，自知資質平庸，這種生活的滋味怎樣？我覺得，一定苦如下地獄吧。」

「呃，」勒思說：「我認為，天才和庸才之間還有——」

「古羅馬詩人維吉爾一直沒告訴但丁的，就是這個。他展現給他看的是置身民俗教的天堂裡的柏拉圖和亞里斯多德。可是，才智比較低的人呢？難不成我們都活該下地獄被火烤嗎？」

「不會吧，」勒思說：「只會被趕來參加這種研討會。」

「你幾歲認識布朗本？」

勒思低頭看著一桶鹽漬鱈魚。「那年我二十一歲。」

「我四十歲才巧遇布朗本，相見恨晚啊。不過那時候我剛結束第一場婚姻，日子突然有了幽默和靈感。他生前是個偉人。」

「他還活著。」

「喔對，我們本來邀請他來。」

「可惜他在索諾瑪臥病在床。」勒思說，語氣終於被魚市的寒意冷卻。

「那是較早的邀約名單。亞瑟，我早該告訴你，我們為你準備了一個很讚的驚喜——」

導遊停下來，對全團說：

「這些辣椒是墨西哥菜的主角，還因此讓聯合國教科文組織指定墨西哥菜為『無形文化遺產』。」她站在一排籃子旁，裡面全裝滿各種造型的乾辣椒。「拉丁美洲裡，主要使用辣椒的國家就是墨西哥。你，」她對勒思說：「大概比辣椒國的智利來的人更能吃辣椒[註]。」跟亞圖洛同行的朋友之一是智利人，他點頭贊同。有人問導遊哪一種最辣，導遊問攤販，得知韋拉克魯斯州來的那罐粉紅小辣椒辣冠全場，也是最貴的一種。「想不想嚐一些調味醬啊？」大家不約而同用西班牙語回答，**想**！接下來猶如一場拼音比賽，難度漸次升高，大家逐一品味辛辣度漸增的調味醬，看看誰先投降。每嚐一口，勒思覺得臉皮跟著漲紅，但進入第三回合後，他已經贏了總召。品嚐到一種五味辣椒醬時，他對全團說：

「這味道像我外婆的巧巧。」

眾人吃驚地看著他。

智利人：「你剛說什麼？」

「巧巧，你問凡．德爾凡德爾教授。巧巧是一種美國南方菜的佐料。」但總召不語。「味道真的像我外婆的巧巧。」

接著智利人開始狂笑，一手遮嘴，其他人似乎仍憋著情緒不放。

勒思聳聳肩，視線從一張臉轉向另一張。「當然囉，她的巧巧沒這麼辣。」

聽到這話，笑浪潰堤，所有年輕人在辣椒桶旁邊哇哈哈爆笑，淚水直流。攤販挑眉旁觀著。即使在笑聲漸漸平息時，年輕人繼續煽風，問勒思多久嚐一次外婆的巧巧，滋味在耶誕節是否不太一樣？諸如此類的問題。沒多久，勒思才恍然大悟，接受總召投遞來的同情眼神，感覺佐料的辣勁又在口腔深處復燃，心知肯定是西班牙文裡有個偽同源詞，在英文又遇到一個同形異義字所鬧的笑話……

與天才同居的感覺如何？話說有一次，勒思在「黑皮蔬果」買蘑菇，不慎遺失戒指……

羅伯曾送他一枚戒指，以紀念定情五週年，他天天戴著。那年代雖然婚姻平權八字

註：智利（Chile）與辣椒（Chili）發音相似。

連半撇也沒有，兩人卻知道，這戒指象徵婚姻。單薄的卡地亞金戒指是羅伯在巴黎跳蚤市場買到的。羅伯創作時，把自己關進能瞭望尤里卡谷的房間裡，勒思這時會去買菜。這一天，他想買蘑菇。他抽取一個塑膠袋，正要開始揀選蘑菇，不料有東西從手指飛走。他立刻知道是什麼東西。

那段日子，亞瑟・勒思常拈花惹草。在他們的朋友群當中，這種事算是家常便飯，而他和羅伯從來不講明。如果勒思外出跑腿時遇到俊男，對方有公寓自住，勒思很樂意打混半小時再回家。有一次，他遇到了動真情的人。對方想深談，只差沒要求勒思承諾而已。他住的離勒思家不遠，起初是個調劑身心的好對象，方便下午或者趁羅伯出遠門的機會溜出去放鬆一下。他的白床旁邊有扇窗，還有隻鸚哥啼聲宛轉。他們性事心曠神怡，而且事後不提**珍妮打電話找你，我忘了說**；不問**你有沒有在車上掛停車證**；不聊**我明天去洛杉磯**之類的日常話題。只有性，外加一抹微笑。**各取所需又不必付出代價，多麼愜意，不是嗎？**這人和羅伯截然兩樣，生性開朗又熱情奔放，或許沒他那麼機智。兩人往來了好一陣子，感覺才轉淡；他們吵了幾次架，打電話或散步走到無事可講。後來結束了，喊停的人是勒思。他自知對方受重傷了，無法饒恕自己。沒多久之後，他的戒指掉在蘑菇桶裡。

「慘了。」他說。

「你沒事吧？」關心的人是個大鬍子，在同一排蔬果區另一端，高個子，戴眼鏡，手裡有一棵青江菜。

「慘了，我的結婚戒指不見了。」

「慘了。」大鬍子說，朝蘑菇桶望過來。桶子裡大約有六十顆義大利蘑菇——但，戒指也可能亂飛！有可能掉進鈕釦蘑菇桶？香菇桶？還是飛進辣椒山？一大堆辣椒，該從何找起？大鬍子走過來。「沒關係，兄弟，我們一起來，」他說，口氣像勒思手骨折，他正打算為勒思接骨：「一個接一個挑起來。」

慢慢地，有條不紊，兩人把蘑菇一個個放進勒思的塑膠袋。

「我有一次也弄丟戒指，」大鬍子拿著塑膠袋說：「我老婆氣炸了。不對，我其實搞丟兩次。」

「她一定會氣死。」勒思說。為什麼把羅伯說成女人？勒思為何隨陌生人的節奏起舞？「這戒指丟不得啊，是她在巴黎跳蚤市場買的。」

旁邊一男人加入唱和：「其實可以用蜜蠟。調小戒圍之前，先用蜜蠟套緊一點。」這男子是購物時不脫單車安全帽的那一型。

大鬍子問：「要去哪裡調戒圍？」

「首飾店，」單車男說：「隨便一家都行。」

「喔，謝了。」勒思說：「找得回來再說。」

眼看著戒指找回來的機會似乎渺茫，單車男也開始幫忙一起找。他背後又有男人發聲：「戒指不見了嗎？」

「對。」大鬍子說。

「找到以後，先用口香糖黏緊，然後才去調整。」

「我剛說用蜜蠟。」

「蜜蠟不錯。」

這就是男人的情誼嗎？這些異性戀男人是這麼一回事？雖然總是獨來獨往，一旦有人失足——比如說遺失結婚戒指——整群弟兄會奮勇解圍？人生其實沒那麼苦嘛，雖說有難自己一肩扛，但求救訊號一放出去，救兵還是會來。能隸屬這種團體真好。五六個男人齊聚一堂，齊心齊力以挽救他的婚姻、他的尊嚴。原來，異男們可以溫情流露啊。他們不是狠心殘酷的統治者；他們不是在高中走廊上人見人躲的霸凌者；他們是好人，他們心地善良，他們趕來伸出援手。而這一天，勒思成了他們的一員。

蘑菇桶見底，不見戒指。

「唉，不妙，兄弟。」單車騎士苦笑說。大鬍子說：「就騙她說，是你游泳時搞丟的。」眾男人一個接一個和勒思握手，搖頭離去。

勒思好想哭。

他覺得自己也太荒謬。竟然會被遺失戒指的暗喻打敗，自己多不配當作家。好像失戒事件會讓羅伯領悟，好像失戒象徵情路盡頭。不過是區區一枚戒指掉進桶子不見了嘛。但他無法釋懷，太沉溺於其中的爛詩意，自責粗心大意，竟然搞砸了和羅伯在一起這件人生一大美事。而且不管自己怎麼解釋，聽起來都有負心的成分，語調必定會露餡。而詩人羅伯，他會坐在椅子上，他一定會抬頭看穿一切——兩人走到終點之時。

勒思挨著維達麗雅甜洋蔥嘆息。他把塑膠袋裡的蘑菇全倒回桶中，空袋子揉成一團，正想扔進垃圾桶：一縷金光閃現。

有了。戒指一直躲在塑膠袋裡。哇，人生變彩色了。

他呵呵笑著，拿戒指給老闆看。被男人們摸遍的五磅重蘑菇，他全買回家，加入小芥菜煮成排骨湯，把事情經過原原本本說給羅伯聽，暢談戒指消失、眾男齊心、失而復得，以喜劇收場。

他一邊講還一邊自我解嘲，看見椅子上的羅伯抬頭看他，看穿一切——與天才同居的感覺就是這一味。

搭地鐵回飯店的車廂裡舒適度減半，因為乘客多了一倍。午後的燠熱令勒思聞到自己渾身魚腥味和花生味。從車站走回飯店途中，他們經過信米拉藥房，總召叫大家先走，他隨後跟上。大家繼續走到猴子籠飯店（八哥全飛走了）。勒思匆匆鞠躬道別，亞圖洛卻不放他走，堅持要這位美國人品嚐道地的梅斯卡爾酒，喝了文筆可望逆轉，或改變人生。其他作家可是迫不及待嚐鮮。勒思連連推說頭痛，可惜講話聲不敵附近工地噪音，亞圖洛沒聽懂。總召回來了，在斜陽中滿面春風，手裡多一個袋子。勒思只好恭敬不如從命。梅斯卡爾酒喝起來像老菸槍的熄菸水。「你喝。」亞圖洛教他，酒裡應該加一片以烤毛蟲塗抹過的柳橙片。「你是在尋我開心吧。」勒思說，但他們並沒有在開他玩笑，這裡同樣沒人在開玩笑。他們喝了六回合。勒思在研討會第三天登場，他問亞圖洛到時候怎麼安排。即使喝了一肚子的梅斯卡爾，亞圖洛依舊不苟言笑，說：「是的。不好意思，明天活動也全講西班牙語。還是我帶你去參觀特奧蒂瓦坎？」勒思對特奧蒂瓦坎沒概念，於是再問一次後天的安排。只有他一人獨講嗎？或者是以對談方式進行？

「我希望到時候是對談，」亞圖洛說明：「台上除了你，還有一個你的朋友。」

勒思問，同台的人是教授或作者。

「不，不，**朋友**，」亞圖洛強調：「和你對談的人是美利恩·布朗本。」

「美利恩？布朗本的**妻子**？她也來了?!」

「是的，她明晚抵達。」

腦細胞東竄西跑，勒思盡力召集它們。美利恩。她對勒思說的最後一句話是：**好好照顧我的羅伯**。但她當時有所不知，勒思後來會搶走她老公。辦離婚手續期間，羅伯不讓勒思介入，自己在祝融星階地段後來的「陋屋」，從此再也沒和美利恩見面。她要七十歲了吧？終於有個舞台，讓她暢談她眼中的亞瑟·勒思？「聽著你們聽著，千萬不能把我跟她湊一塊。我們將近三十年沒見過面了。」

「班德爾班德爾先生想給你一個驚喜。」

勒思記不得接下來他回應了什麼，只知道他受騙重返墨西哥，回到當時的犯罪現場，不得不當著全世界的面，和因他而無辜受害的女人同台。美利恩·布朗本，這次有麥克風可用。男同志下地獄受審，現世報啊。他最後是醉醺醺地回到飯店，渾身菸味和蟲味。

隔天早上，勒思六點被叫醒，照計畫先享用咖啡，接受安排坐上毛玻璃車窗的黑色廂型車，亞圖洛有另兩位朋友同行，似乎不通英文。勒思左顧右盼找總召，想阻止這場災難，但不見總召身影。這時候，墨西哥城仍沉浸在破曉前的黑暗中，只有鳥兒甦醒的唧唧喳喳和攤販推車聲。亞圖洛還聘請一位導遊（據說是主辦單位出錢）：身材矮壯，頭髮灰白，戴金屬框眼鏡，名叫費南多，大學歷史系教授。他試圖和勒思確認有哪些墨西哥城的名景點，可以安排在特奧蒂瓦坎之後去的（特奧蒂瓦坎是什麼，依然沒人說明）。比如說可以去畫家迪亞哥・里維拉和芙烈達・卡蘿的雙子屋，屋外種有無刺仙人掌當籬笆。勒思點點頭，說今天早上他覺得自己像無恥仙人掌。「什麼？」導遊問。好，勒思說，好啊，我有興趣。

「不過正在籌備新展覽，恐怕不開放。」

另一景點是建築師路易斯・巴拉岡的住宅，走過低矮天花板的通道後是挑高空間，適合修道士隱居，客房高掛聖母像，俯瞰床鋪，私人更衣室則由沒有揹負十字架的受難基督監視。勒思說，聽起來很孤單，不過他也想去看一看。

「是的，啊⋯⋯可惜，今天也沒開放。」

「你很愛吊人胃口耶，費南多。」勒思說，但導遊似乎聽不懂，繼續描述傲視全市的國立人類學博物館，幾天甚至幾星期也看不完，但在費南多的導覽之下，幾小時就能遍覽群珍。廂型車顯然已駛出墨西哥城外，公園和豪宅不復見，取而代之的是水泥建築為主的貧民窟，全漆成太妃糖的色調，勒思知道這種粉淡色系遮不住居民的清苦。有路標指向**特奧蒂瓦坎與金字塔**。費南多強調，人類學博物館不容錯過。

「可惜不開放。」勒思主動說。

「是的，週一不開放，抱歉。」

廂型車轉彎，繞過一叢龍舌蘭，他留意到一棟巨型建築，太陽在它背後輻射光芒，映照出綠色和靛色的條狀陰影：太陽神殿。「才不是太陽神殿，」費南多告訴他：「那是阿茲提克人的想法，但最有可能是雨神殿。不過，我們對建造這神殿的古人幾乎一無所知。阿茲提克人過境時，這地方老早就成了廢墟。我們相信是古人放火把自己的城市燒成平地。」遺世古文明的冷藍色剪影。上午，一行人攀登太陽神殿和月神殿兩座大金字塔，走過亡靈大道。（「嚴格說，不是亡靈大道，」費南多說：「而且，那一座也不是月神殿。」）亞瑟想像著，古城曾有十多萬居民，如今大家對他們卻一無所知，當時綿延幾英里的所有牆壁、地板、屋頂，全塗滿五顏六色的灰泥。連他們的名字都不可考。

他想像著祭司身披孔雀羽毛，一步步走下階梯，猶如米高梅歌舞劇，或像人妖秀，雙臂大開，四面八方盤桓著海螺吹奏出的音符，美利恩．布朗本站在最上面，手捧亞瑟．勒思砰砰跳的心臟。「我們認為，古人選這地方，是因為它距離摧毀古文明村落的那座火山比較遠。就是那一座。」費南多說，指向晨霧中若隱若現的山峰。

「是活火山嗎，那座？」

「不是，」費南多搖頭感傷說：「火山早『不開放』了。」

與天才同居的感覺如何？

像獨居。

像和老虎獨處。

為了工作，其餘事物一概犧牲。計畫非取消不可，正餐非延後不可，酒非盡快買不可，不然全得倒進洗碗台流掉。有時候，錢非省吃儉用不可，有時候揮霍無度，每天生活都在變變變。就寢起床時間由詩人取決，通常是深夜，也通常是清晨。習慣是這一家欠揍的惡魔寵物。習慣、習慣、習慣……上午是咖啡、讀書、寫詩，中午之前不許出聲。難道禁得住晨間散步的誘惑？禁不住啊，詩人天天都想出門走走。受苦的人唯一成癮的事就是無所不慾，除了情慾。然而，晨間散步意味著工作沒做完，苦悶，苦悶，苦悶。維持這習慣不必改，或讓它更好。為他煮好咖啡，讓他寫一首詩，上午繼續為他噤聲，以微笑面對從工作室出來上廁所的臭臉。凡事不要放在心上。有時候，該擺出一本藝術書，說不定能鬆開他的心鎖？有時候，播放音樂說不定能解開疑慮和恐懼？你樂意天天跳祈雨舞嗎？只有真的下了雨才樂意。

天才哪裡來？哪裡去？

就像允許另一個情人進你們家住，你們素昧平生，而你知道他愛這人更勝於愛你。每天寫詩。每幾年寫一本小說。儘管吃再多苦，那工作室裡會有動靜，會出現美麗的事物。這世上唯有他的工作室，是時光能盡善盡美的地方。

與疑慮共處。早上有疑慮，杯中咖啡表面泛著油光。上廁所小便途中有疑慮，不敢直視他眼神。前門開後即關的聲音中有疑慮——不說再見就走，散步散得心浮氣躁——回家時也有疑慮。打字機遲緩的敲擊聲中有疑慮。午餐在他工作室裡吃，有疑慮。疑慮如霧在下午蒸發。疑慮被驅散。疑慮被淡忘。凌晨四點，感覺他翻身欲醒，知道他睜眼凝望黑暗，凝望著疑慮。《與疑慮共處的回憶錄》。

打什麼針有效？那打什麼針又沒效？

苦思解決良方，想著外出度假一星期、和其他天才聚會晚宴、買新地毯、新襯衫、在床上抱他的新方式，失敗再失敗，也糊里糊塗成功。

值得嗎？

文思泉湧如獲至寶的日子，幸運。稿酬進來了，幸運。出席頒獎典禮，有機會去羅馬和倫敦，幸運。穿燕尾服，在高官貴人身旁偷偷牽手，市長、州長，甚至有一次在總統身旁牽手，幸運。

趁他不在家，進工作室瞄幾眼。翻找垃圾桶。看著午睡沙發上成堆的毯子和旁邊的書。心存畏懼，看著牙縫清晰的打字機吐著寫一半的作品。因為一開始，你怎麼看也看不懂他寫什麼。寫的是你嗎？

站在鏡子前，從他背後為準備朗讀、一邊微笑的他打領帶，即使明明知道他自己會打領帶。

美利恩，對妳而言，妳認為值得嗎？

研討會在大學城舉行，會場是一棟天花板不高的水泥建築，屬於環球語言學文學系的系辦，不知何故，原本著名的拼貼畫因整修而移除，留下一片空白，宛如無牙的老嫗。總召又不見人影。勒思的審判日降臨：他發現自己嚇得發抖。各色的地毯分別通往不同單位，美利恩．布朗本隨時可能轉彎走來，曬得一身古銅色，身材精瘦，如同當年在海邊一樣，但當勒思被帶進綠色房間（漆成粉綠色，備有堆成山的水果）後，他被介紹認識的人只有一個。這男人態度友善，繫著雜色領帶。「勒思先生！」男人鞠躬兩次說：「能請到你參加研討會，榮幸之至啊！」

勒思四下張望，尋找衝著他來的仇家。全場除了這男人外只有亞圖洛。「美利恩．布朗本來了嗎？」

男人又鞠躬。「很抱歉，太多活動要講西語。」

勒思聽見門口有人喊他名字，不禁脖子一縮——是總召，白色捲髮淩亂無章，臉紅得不堪入目。他示意要勒思過來，勒思趕緊去。「不好意思，昨天沒跟上，」總召說：「因為我有其他事要忙，不過，今天的對談，天塌下來我也不想錯過。」

「美利恩來了嗎？」勒思輕聲問。

「不會有事的，別擔心。」

「我只是想先見她一面——」

「她不會來了。」總召一手重重放在勒思肩上。「我們昨晚接到消息，她跌倒了，髖關節受傷。她快八十歲了，你知道的。多可惜，我們有好多問題想請教二位。」

勒思體會到的不是氦氣氣球般的輕飄飄，而是難受的洩氣惆悵。「她不要緊吧？」

「她請我代為祝福你。」

「好，可是，她不要緊吧？」

「對。我們被迫改變計畫。待會兒我跟你一起上場！我先談我的作品，大概講個二十分鐘，然後問你和布朗本認識的過程。你那時二十一歲，沒錯吧？」

✈

「我二十五歲。」勒思對著海灘上的中年女子說謊。

二十一歲的勒思坐在海灘浴巾上，與另三男棲息在漲潮線之上，地點是舊金山，時間是一九八七年十月，氣溫華氏七十五度，大家正在慶祝好天氣，心情像賺到雪假的學童。蹺班成了全民運動。自種大麻的人無一不趁今天收成。陽光金黃而甜美，和廉價香檳一樣——哦，香檳已喝掉半瓶，擱在勒思身旁的沙灘上，被烤得溫熱。異常天候導致氣溫激升，連帶掀起巨浪狂濤。貝克海灘的同志區岩石多，今天同志全被巨浪趕移駕到異性戀區，大家聚在一起，在沙丘上「同在異起」。前方銀藍色的汪洋正自我纏鬥中。勒思有點醉，有點飄飄欲仙。他全裸。他二十一歲。

身旁的熟女被曬成赤楊木色，上身打赤膊，和他攀談。她戴墨鏡，抽著菸，大約年過四十。她說：「我嘛，希望你趁年輕好好享受青春。」

勒思盤腿坐在海灘浴巾上，被曬成水煮蝦的粉紅色。「什麼意思？」

她點頭。「你應該浪擲青春。」

「怎麼說？」

「你應該常來海邊，像今天。你應該嗑藥喝醉，性愛搞不停。」她再吸一口香菸。「我認為，世界上最悲哀的，莫過於一個二十五歲年輕人談股市，或談稅，或談房地產，該死啊！等你活到四十，你就會天天淨談這些東西。房地產！任何一個二十五歲年輕人，如果把融資掛在嘴上，都應該被拖出去槍斃。年輕人應該談音樂、詩、愛，談談以前覺得重要、後來全忘記的東西。我的主張是虛度每一天。」

勒思傻笑一陣，望向他的朋友。「我猜我在這一方面滿內行的。」

「你是同志嗎，小甜心？」

「喔，」他微笑說：「是啊。」

勒思身旁的男子三十多歲，胸膛寬厚，長得像義大利人，他叫勒思「塗我的背」。熟女似乎想笑，勒思轉身幫他抹防曬乳液。從他背部的色調看來，現在防曬為時已晚。但勒思還是照他的意思去做，對方拍拍他屁股致謝。勒思喝一口熱香檳。波瀾愈來愈澎湃，泳客躍進水裡，歡笑著，玩得尖嗓驚呼。二十一歲的亞瑟·勒思，瘦到全身找不到一絲肌肉，稚氣未脫，金髮被陽光照得亮白、腳趾甲像塗了大紅指甲油似的，在大好的天氣裡，坐在舊金山沙灘上。那年是慘痛的一九八七，他心中除了惶恐還是惶恐。愛滋病勢如萬馬千軍。

他轉身時，熟女依然盯著他看，抽著菸。

「他是你男人嗎？」她問。

勒思轉頭看義大利人，回過頭來，點點頭。

「他旁邊的那個帥弟呢？」

「我朋友卡洛斯。」赤裸、肌肉發達、被曬成褐色，宛如一個被擦亮的加州紅杉瘤。躺在海灘浴巾上的卡洛斯聽見有人提及他的名字，抬頭看一看。

「你們這幾個小男生全長得好漂亮。能追到你的男人，算他走運。我希望他在床上把你操得討饒。」她哈哈一笑：「我家那個以前都這樣。」

「我不知道啦。」勒思小聲說，以免被義大利人聽見。

「也許，以你這年紀，最需要的就是失戀。」

他笑一笑，伸手輕撫淡金色的頭髮。「我倒不覺得！」

「沒有失戀過？」

「沒！」他大喊，仍呵呵笑著，雙膝收至胸前。

一名男士從女子身旁起立；因為她擋住的緣故，勒思這才發現她身旁有人。這男人有長跑健將的精實身材，戴太陽眼鏡，腮幫子像影星洛．赫遜。同樣赤條條。他先低頭看她，然後轉向勒思，接著大聲對所有人說，他想下水。

「你瘋了嗎！」熟女坐直上身說：「海上在颳颳風吶。」

他說他有游渡颶風的經驗。他略帶英國口音，也有可能是東北邊的新英格蘭區來的。

熟女轉向勒思，放低墨鏡，眼影是蜂鳥藍。「年輕人，我名叫美利恩。你能幫我一個忙嗎？陪我這個荒唐老公下水。就算他是了不起的詩人，他的泳技依然很遜，而我不忍心看他被淹死。你願意跟他一起下水嗎？」

勒思點頭答應，站起來，面帶他為成年人保留的微笑。男人以點頭代替打招呼。

美利恩．布朗本拿起一頂黑色大草帽，戴在頭上，對他們揮手。「去吧，你們兩個男生。好好照顧我的羅伯！」

天空湛藍如她的眼影。兩男朝海浪挺進之際，波濤似乎變本加厲，猶如在火上添加一大把細枝。兩人一同站在艷陽下，面對驚濤巨浪，在令人惶恐的那年的秋天。

時序入春，兩人已在祝融星階同居。

「我們不得已，趕緊變更流程。你看，講題都換新了。」勒思的外語能力僅及德語會話，剛遞到他手上的西文資料對他宛如天書。這時候，他身邊人來人往，有人忙著把麥克風夾在他的翻領上，有人端水給他喝。然而，勒思依舊置身一九八七年金門大橋下，下半身泡海水，上身沐浴在艷陽中。**好好照顧我的羅伯**言猶在耳，如今她是一個跌傷髖關節的老婦人。

她祝福你。我一點也不恨他，完全無感。

總召湊近他講悄悄話，以同伙的態度眨眼示意：「對了，想對你說一聲，我買的藥很有效哦！」

勒思看著他。臉這麼紅，難看死了，是副作用嗎？中年男人來這裡是能買到什麼藥？有沒有一種藥能消除記憶、抹淨凌霄花藤的影像？有沒有藥能刪掉**你應該吻我，當作是吻別**這聲音？還有那件燕尾服？至少能清除燕尾服之上的那張臉就好。能不能清除整整九年？遇到這情況，羅伯會說，**工作能治你的病**。工作、習慣、文字，能治你的病。其餘事物一概靠不住，而勒思認識天才，明瞭天才有何本事。話說回來，你不是天才又該怎麼辦呢？工作還能幫上什麼忙呢？

「講題換成什麼？」勒思問。總召把流程表傳給亞圖洛。勒思自我安慰，明天即將搭機赴義大利了。快被西班牙文整瘋了，快被梅斯卡爾酒的酒味搞垮了，活在世上的這齣悲喜劇快讓他難以承受了……

亞圖洛研究流程表片刻，然後抬頭嚴肅地以西班牙語說：

「夜會亞瑟·勒思。」

沒那麼義大利

他前往杜林是出席一個頒獎典禮……主辦單位也告知，機場將有專車恭候——前提是，他必須先成功飛抵杜林。

亞瑟·勒思在墨西哥城國際機場藥房選購藥品，其中一種是新型安眠藥。他想起弗雷迪多年前的忠告：「它的作用是安眠，不是催眠。在飛機上，你吃了晚餐，睡七個鐘頭，一覺醒來吃早餐，轉眼就到了。」帶著安眠藥，勒思搭上漢莎航空班機（預計在法蘭克福轉機，時間很趕），找到他的靠窗座位坐下，點托斯卡尼香雞餐（名稱令人垂涎，端到桌上才發現是尋常的雞肉加薯泥，像約網友真面目揭曉時一樣掃興）。他也點了一瓶拇指姑娘紅酒，吞服一粒白膠囊入喉。「夜會亞瑟·勒思」殘餘的不快仍在，他累卻睡不著，腦中縈繞的是總召藉麥克風放大的語音，反覆流轉，一次又一次說，**我們剛在後台討論到平庸**。勒思希望這藥能善盡它的責任。果然，他不記得吃光小蛋杯裡的巴伐利亞蛋奶凍，不記得餐盤被收走、手錶改了時區、邊打盹邊和鄰座聊天——坐他旁邊的是墨西哥哈利斯科州來的女孩。他記得醒來，發現全飛機是蒙著藍色監獄毯沉睡的民眾。睡眼惺忪的他怡然看錶，霎時恐慌起來：才過兩個鐘頭而已！還要再熬九小時才到。螢幕無聲播放著新上映的美國警匪喜劇。和任何一齣默片一樣，他不用聽聲音就能想像情節。烏龍搶匪鬧笑話。他盡力再多睡一會兒，以夾克為枕，腦海播放的電影是他目前的人生：烏龍搶匪鬧笑話。勒思深吸一口氣，翻找行李袋，又找出一顆藥，放進嘴裡。童年常乾吞維他命的他搬出記憶中的訣竅，漫無止境嚥下，藥終於入腹後，他戴回綢質薄眼罩，準備重新遁入黑暗——

「先生，您的早餐來了。您想喝咖啡或茶？」

「什麼？呃，咖啡。」

窗戶紛紛打開，厚雲上面的艷陽曬進來，毯子也收好。不是才一眨眼的工夫？他不記得睡著。他看手錶——是哪個瘋子設定的？這哪國時區：新加坡？早餐後飛機即將降落法蘭克福。糟糕，他剛吞了一顆安眠藥。一個托盤擺在眼前：剛微波好的牛角麵包附冰凍的奶油和果醬。一杯咖啡。哼，只好硬撐了。也許，咖啡能反制鎮定劑，因為興奮劑能對抗鎮定劑，不是嗎？他摳奶油塗麵包，心想，**這是毒癮纏身者的思維**。

他前往杜林是出席一個頒獎典禮。典禮之前，主辦單位預計安排他出席多場午餐會和晚宴，以及接受高中生訪問，活動名叫什麼「對抗」之類的。他想趁這短暫空檔，逛一逛陌生的杜林市，換換氣。邀請函一語帶過的是，較大的獎項已頒給英國名作家福斯特斯．藍席特，英國名作家瑞吉諾．藍席特之子。勒思懷疑這可憐蟲不會來。勒思怕時差調不過來，遂要求主辦單位讓他在活動前一天抵達，基於不知名因素，竟然獲准。主辦單位也告知，機場將有專車恭候——前提是，他必須先成功飛抵杜林。

在法蘭克福機場，他夢遊似的走著，默念**護照、皮夾、手機。護照、皮夾、手機。**

在一面藍色大螢幕上，他看到他的杜林班機改航廈了。機場為什麼看不到時鐘，他納悶。他路過數不清的皮革包包、香水、威士忌，見到無數婀娜多姿的土耳其女銷售員，在夢中和她們聊古龍水，讓她們嘻嘻笑著對他噴，他渾身是皮革味和香水味。他鑑賞著眾家皮夾，撫摸著鴕鳥皮件，彷彿凸紋暗藏什麼盲人點字的訊息。他想像自己站在貴賓室櫃檯，和海膽髮型的接待小姐聊天，談自己在德拉瓦州的童年，憑魅力闖關進貴賓室，裡面的各國商場人士全穿同款西裝，而他坐在乳白色皮椅上，喝香檳，吃生蠔，夢作到這時淡出……

醒來時，他在接駁車上，但，自己到底在哪裡？為什麼手中大包小包的？為什麼喉嚨癢癢的，像喝過香檳？義大利語的廣播飄散在拉環之間，勒思豎耳聆聽。他必須搭上前往杜林的航班。前後左右，他似乎只見美國生意人在聊球經。勒思能分辨他們在談什麼，但聽不懂意思。他覺得自己不夠美國人。他覺得自己很同性戀。勒思留意到，車上至少有五人比他高，這是破天荒頭一遭。他的腦筋遲鈍如樹懶慢吞吞爬過非走不可的森林，緩緩領悟到自己仍在德國。照行程，一星期後，勒思應該會重回德國，因為他將在解放大學開一門為期五週的課程。而就是在他德國教書期間，婚禮即將舉行，弗雷迪會在索諾瑪某地和湯姆結婚。接駁車行駛在停機坪上，停在一模一樣的航廈。惡夢來了：

檢查護照。有，護照仍在左胸口袋裡。海關是肌肉男（紅髮短到看似塗在頭皮上），勒思以德語對他說：「商務。」但他暗忖：**算哪門子商務**。但也稱不上是觀光。又是一道安檢，鞋子皮帶又脫又剝。道理何在？為什麼護照、海關、安檢又來一次？為什麼這年代的年輕人堅持要結婚？我們這一輩的人拿石頭砸鎮暴警察，難道只為了爭取結婚的權利嗎？勒思終於不敵膀胱，走進白瓷磚廁所，見到鏡中人居然是個半禿頭的伯伯，渾身尺寸過大的衣褲皺巴巴。仔細一看，原來不是鏡子，對方是隔著洗手台和他對站的生意人。是黑白片馬克斯兄弟風格的笑話。勒思洗把臉——不是幫對方洗，接著找到登機口，搭上飛機。**護照**、**皮夾**、**手機**。他身體陷進靠窗座位，嘆氣一聲，沒吃到第二份早餐：他馬上睡著。

醒來，勒思內心一片安祥得意，因為他聽見義英雙語廣播：「本班機開始下降，抵達目的地杜林。」鄰座似乎已換到走道另一邊的位子。勒思摘除眼罩，對著地面的阿爾卑斯山脈微笑。視錯覺作祟下，群山變成凹洞。隨後，他看見杜林市。降落過程平和順利，後排有一位女乘客鼓掌——降落墨西哥的情景回流。他想起小時候搭機可以抽菸，查看座位的扶手，發現菸灰缸仍在。思古幽情或令人膽戰心驚？安全帶警示鈴解除，乘客紛紛起立。**護照、皮夾、手機**。勒思已設法度過危機了，不再覺得喝了被下藥的飲料，腦筋不再遲鈍。提取行李時，轉盤吐出的第一件行李是他的，宛如迫切想迎接主人的狗。不需通關檢查護照。從出口直接出去即可。出去一看，太好了，有個留著一撇老人山羊鬍的年輕人握著紙板，上面寫著**SR. ESS**。勒思舉手，年輕人幫他提行李。坐進一輛光亮的黑車，勒思發現司機不懂英文。**好極了**，他以美式義大利文心想，再一次闔上眼皮。

勒思來過義大利嗎？有，兩次。一次是他十二歲那年全家遊歐洲，路線好比柏青哥的小鋼珠，從羅馬往上彈，打中倫敦，往下掉，在幾個國家之間彈射，最後掉進義大利這一洞。對於羅馬，旅途困頓的小勒思只記得，岩造建築像是從海底打撈上來的色調、路上的車流令人心跳暫停、父親拖著老式行李箱（包括母親的神秘化妝盒）走在圓石路上、羅馬夜風逗弄黃窗簾喀嚓喀嚓響。母親生前最後幾年，常想在（坐床邊的）勒思記憶裡開採其他往事：「你不記得女房東戴的假髮一直掉嗎？不記得帥哥服務生自願載我們去他母親家吃千層麵嗎？梵蒂岡售票員見你太高，叫你買成人票，都不記得了嗎？」她裹著白貝殼花樣的頭巾。「我記得。」勒思每次都一如他敷衍文學經紀人的方式回應。經紀人每提一本書，他全假裝讀過，其實連聽都沒聽過。對！假髮！千層麵！梵蒂岡！

第二次義大利行，有羅伯為伴。那是兩人交往中期，勒思終於見夠世面，在旅遊方面幫得上忙，而羅伯不再怨東怨西嫌他礙事，兩人總算找到平衡點。跟其他情侶一樣，他們也從初期的狂戀降溫，但對彼此仍滿懷感激之情。沒人知道，情路這階段才是黃金期。當時，不愛出遠門的羅伯獲邀至羅馬文學節上台頌詩，他悅然接受。羅馬本來就值得一行，如果也能把羅馬引介給勒思，簡直像介紹某人給疼你的姑媽認識。這趟旅途無論有何遭遇，一定值得回憶。他們抵達羅馬後才發現，頌詩的場地位於古羅馬集會場，詩人站在傾頹的拱門前吟詩，讓沐浴在夏風中的數千民眾一飽耳福。羅伯的講台打著粉紅色聚光燈，由管弦樂團作曲家菲利普．葛拉斯的樂章串場。「我這輩子不會再有機會在這種場地頌詩了。」羅伯在後台悄聲告訴勒思，大螢幕正播放詩人生平短片給觀眾看——童年的羅伯穿著牛仔裝；認真用功的哈佛學生，身旁是好友羅斯；他和羅斯在舊金山一間以森林為布景的咖啡廳；藝文朋友愈交愈多；羅伯終於和《新聞週刊》相片有幾分神似：頭髮花白不整、保留俏皮的惡作劇表情（他不願為攝影師攢眉）。樂音響起，主持人呼喚他的姓名，四千名觀眾鼓掌，身穿灰色絲綢西裝的羅伯準備邁向粉紅光洋溢的舞台，古蹟聳立身後。他放開男友的手，如同墜崖……

車上的勒思睜開眼睛，見到葡萄園遍野的秋意鄉景，架子上的葡萄藤一排排延伸至天邊，盡頭必定栽種一叢粉紅玫瑰。他想知道箇中緣由。丘陵綿延至地平線，每座小山頂有一座小鎮，單座教堂尖塔的線條突出，肉眼看不出如何進鎮，大概只能憑繩索和登山鎬攻頂。從陽光的斜角來判斷，勒思猜車子已上路至少一小時。如此看來，車子並非前往杜林；他正被載到其他地方。難不成是瑞士嗎？

勒思終於明瞭大事不妙：上錯車了。

SR. ESS，他在心中拆解字謎。在機場，昏迷中的他憑自尊，誤以為SR是義大利文「先生」的簡寫，ESS是無心之過，他們漏寫一個L。難道，SR. ESS指的是Sriramathan Ess小姐嗎？還是Srovinka Esskatarinavitch？或者SRESS是某個單位的縮寫，全名是「歐洲共和性學社」？以目前的海拔看來，勒思覺得隨便一種拼法都說得通。也就是說，事實上是：步出機場時，他慶幸旅遊的難關全破解了，因此卸下心防，一見到牌子上的名字和他相近就招手，結果如今不知會被載往何處。他知道人生如即興喜劇，今天將被迫飾演什麼角色。於是他在車上唉聲嘆氣。車子行經一處險峻的彎道，這裡發生過車禍，有人設置追思碑，擺了聖母像。勒思凝視著，見聖母的塑膠眼和他相視片刻。

現在，路標一直出現同個地名，以及一間旅館名：蒙多伽高爾夫度假村。勒思怔住了。忙著編故事的頭腦縮減倒楣鬼名單，他肯定錯搭路德維希・艾思（Ess）醫師的車。他猜艾思醫師來自，偕妻想前往皮埃蒙特高爾夫球場度假。艾思醫師頂著褐色頭髮，兩耳上方各有一簇白髮，戴小一點的鋼框眼鏡，穿吊帶紅短褲。艾思夫人個頭嬌小，金髮略帶粉紅光澤，穿著粗亞麻束腰上衣和辣椒紅內搭褲。夫婦倆的行李箱中備有手杖，以應逛街之需。艾思夫人已報名義大利烹飪課，醫師則夢想打九洞、喝九瓶莫瑞提啤酒。如今，夫婦倆擱淺在杜林某飯店，對著負責人破口大罵，提行李的小弟則按住電梯開門鍵恭候。勒思自責幹嘛提前一天到？恐怕今天也找不到文學獎基金會的人，這場誤會無法避免了。可憐的艾思夫婦在飯店大廳叫囂，罵聲激盪至吊燈。專車駛進車道，招牌以義大利文寫著**歡迎光臨**，地名是蒙多伽高爾夫度假村。這座玻璃帷幕旅館位居小山頂，格局方正，有一座游泳池，高爾夫球洞遍布四方。車子在正門停下，司機以義大利語招呼：「到了。」最後一道夕陽灑在泳池。兩位妙齡美女從鏡面玄關走出來，雙手交握。勒思鐵了心，準備迎接致命壞消息。

然而，就在他即將踏上斷頭台之際，命運之神赦免了他。

長腿的美女以英語說：「歡迎光臨。」她身穿海馬花紋洋裝。「歡迎光臨義大利和您今晚住的飯店！勒思先生，我們代表頒獎委員會迎接您……」

其他入圍者隔天晚上才陸續抵達，因此勒思有將近二十四小時獨享高爾夫度假村。他像個好奇小孩，先試一試泳池後，進三溫暖烤烤看，再跳進冷水池降溫，然後進蒸氣室，又跳進冷水，直到全身通紅如高燒病患為止。附設餐廳是一座亮晃晃的溫室，菜單全是義大利文，他猜不透菜名，結果此行三頓飯選同一道菜：當地的法松納牛做的韃靼牛肉餐。三頓飯下來，他都只點內比奧羅紅酒來配。他坐在陽光普照的玻璃屋餐廳裡，猶如地球上碩果僅存的人類，坐擁一生一世喝不完的酒窖。餐廳外有他的私人陽台，有個雙耳陶罐裡種植類似矮牽牛花的紫花，日夜被小蜜蜂侵擾，勒思近看才發現，這種蜜蜂鼻子比螯針長，能伸進花心採蜜。不是蜜蜂，是俗稱蜂鳥蛾的後黃長喙天蛾。他高興得心花怒放。他的歡樂延續到隔日下午才稍受影響。泳池畔來了一群青少年男女，看著來回游泳的他。他的房間全以瑞典白化木裝潢，鋼製壁爐掛在牆上。「房間裡有木柴，」海馬女郎說：「您會生火吧？」勒思點頭；父親曾帶他去露營。他在壁爐用木柴搭起童子軍三角小帳篷，拿《晚郵報》塞裡面，點火。使用橡皮伸縮帶運動的時刻到了。

多年來，勒思遠行必帶一組健身帶，當成個人攜帶式健身房。這一組顏色繁多，把手可置換。整理行李時，他把健身帶捲進箱中，心裡總想像自己回家時身材多健美、體能多高強。第一晚，他野心勃勃，照說明書建議的幾十種健身法認真鍛鍊（說明書早在洛杉磯遺失，幸好他記得片段），繞橡皮帶在床腳、柱子、屋椽上，做著說明書上所謂的「伐木工」、「舉獎盃」、「動作片巨星」等動作。健身結束，他滿身汗涔涔，覺得自己戰勝了歲月，時光逆流一天。五十歲變得更加遙遙無期。第二晚，他勸自己休息一天，以讓肌肉修復。第三晚，他記得健身帶，鍛鍊時三心二意，怕牆壁太薄，因為隔壁的電視聲能震動牆壁，或者嫌浴室燈死氣沉沉，恐怕壓低情緒，或是想起某篇文章沒寫完。勒思自我承諾，過兩天要加倍健身，為回饋這項承諾，他從客房的玩偶酒吧取出一瓶玩偶威士忌。然後，健身帶被遺忘了，棄置在飯店房間的茶几上，無異於遭宰割的毒龍。

勒思不是運動健將。在體育場上，榮光罩頂的經驗只有十二歲那年春季的某下午。他童年家住德拉瓦州郊區，春天來了，象徵的不是少年純純的愛，不是嬌嫩的花卉，而是和冬季糾纏不休的離婚，改娶豐潤的夏季。八月的蒸氣室模式在五月提前啟動，微乎其微的輕風一吹，櫻花梅花的落英撒成花車遊行的彩紙屑，花粉乘春風飄送。女老師胸口汗光淋漓，逗得小男生嘻嘻笑，被老師聽見。玩直排輪的小孩被融軟的柏油路面卡住。那一年，蟬回來了；幼蟲鑽進土裡的那年，勒思尚未出生，現在蟬卻成千上萬現身，嚇人卻不傷人，酒駕般的飛法常撞上人頭和人耳，琥珀色的薄殼富埃及情調，布滿電線桿和停在路旁的車輛。女孩子拿蟬殼當耳環。男孩子（《湯姆歷險記》主角的後代）拿紙袋捕捉活蟬，在自習課放生。蟬整天大合唱個不停，此起彼落的歌聲響徹住家附近。而學校到六月才放暑假。等得到才怪。

請想像一下十二歲大的小勒思，這是他戴金框眼鏡的第一年。三十年後，他逛巴黎，店員推薦他戴的款式是同一型，他認出童年眼鏡時先是感傷一陣，隨即羞恥感盈滿全身。他回想起當年那個守右外野的四眼田雞矮冬瓜，金白色的頭髮色澤接近舊象牙，頭戴黑黃色棒球帽，踩著三葉草走來走去，眼神茫茫然。整個球季下來，右外野絲毫沒動靜，所以他才會被派去防守——右外野是運動場上的加拿大。在他上場之前，父親瞞著小勒思（勒思十幾年後才得知實情），去找公共體育理事會理論，不顧兒子明顯缺乏棒球神經，不顧兒子上場一副狀況外的模樣，想為兒子爭取加入聯盟隊的機會。父親居然得提醒小勒思的教練（建議除名的人就是他），既然聯盟打著公共的旗號，就應比照公共圖書館的作法，開放所有人參與，即使是笨手笨腳的小瓜呆也一樣。母親年輕時曾稱霸壘球場，見兒子沒運動細胞，不得不佯裝絲毫不在意，送兒子去比賽時不忘機會教育他運動風度的重要，句句聽來是自我安慰，對兒子的安慰反而不多。想像小勒思戴著皮手套的左手舉不高，不敵春季高溫而汗流浹背，思緒迷失在童年狂想曲中（後來演進為青少年狂想曲）——這時天上掉了一個東西下來。小勒思幾乎憑物種本能，直奔向前去，手套舉前方，爍爍艷陽眩目，最後，啪！全場歡聲雷動。他看手套，見到光榮沾染草漬、紅色雙縫線的棒球，見證畢生僅此一次接球成功。

台上的母親欣喜若狂，長嘯一聲。

場景回到義大利，他從行李取出這組名不虛傳的健身帶，扯直，等著名不虛傳的少年英雄使用。

海馬女郎衝進房門，開窗驅散勒思生火不成燒出的一大團煙。

在這之前，亞瑟．勒思只獲得提名一次：名不見經傳的「王爾德與史坦」文學桂冠獎。經紀人彼得．杭特通知他時，他誤聽成「萬爾德斯坦」，回應說他又不是猶太人。彼得咳一下說：「我相信這獎跟同志脫不了關係。」果然是，但勒思仍感意外。他和作家羅伯同居半輩子，文學界從來不提羅伯的性傾向，對他曾結婚的前半輩子更是一字不提。被貼上同志作家的標籤！羅伯鄙夷。這好比側重童年老家對他的重要性。羅伯家鄉在康州威徹斯特。「我不寫威徹斯特的風情，」他說：「腦子裡也從來沒有威徹斯特。我才不是威徹斯特詩人。」——這話若傳回威徹斯特，家鄉父老必定詫異，因為市議會在羅伯的國中母校設牌匾紀念他。同志、黑人、猶太……羅伯一幫人以為自己跳脫了這些標籤的框架。因此，令勒思大感意外，居然還有這一種獎。聽經紀人彼得解釋後，勒思當下的反應是問：「他們哪曉得我是同志？」問這話的時候，他套著一件娘炮日本袍站在前門廊上。但彼得勸他出席頒獎典禮。那時候，勒思和羅伯已分手，面對神秘陌生的同志文學圈，勒思顧忌圈內人對他的觀感，擔心找不到能攜伴與會的對象，情急之下問弗雷迪．裴魯想不想去。

當時弗雷迪年僅二十六歲，誰知道他能幫大忙呢？勒思帶他抵達大學禮堂（到處掛著橫幅標語：**希望，是登夢之梯！**）舞台上比照法庭擺出六張木椅。勒思和弗雷迪就座。（「王爾德與史坦，」弗雷迪說：「聽起來像二十世紀初的搞笑歌舞劇。」）周遭盡是驚見舊雨新知的招呼聲、擁抱、熱切對話。勒思一個人也不認識。在這裡，也和同一年代的人在一起、與同儕同在，卻宛如置身陌生人海，感覺奇怪。嗜書如命的弗雷迪卻不然。在作家圈裡，弗雷迪忽然生龍活虎起來——「看，梅莉迪絲．凱索在那邊。她是語言詩派，亞瑟，你應該知道她。那一個是哈若德．佛里克斯。」指個沒完。戴著紅框眼鏡的弗雷迪看著這些稀奇古怪的人，一個個姓名從他嘴裡喊出來，語帶得意。對勒思而言，這好比身邊的人是野鳥專家。禮堂燈暗下來，六名男女上台，有幾位老到像機械裝置，在椅子坐下。有個戴有色鏡片的禿頭矮男走近麥克風。「那個是芬利．杜艾爾。」弗雷迪低聲說。不認識。

杜艾爾先歡迎大家，接著臉色開朗起來：「我承認，假如今晚得獎者是主張同化派的作家，我會失望。同化派喜歡揣摩異性戀的筆法，把異性戀捧成戰爭英雄，害同志角色吃苦受難，讓角色漂流在念舊的往昔，漠視我們當前受到的打壓。我在此呼籲，我們應該剔除這種同化派作者，因為他們會讓我們在書店絕跡，消失在書堆。他們不只對自身感到恥辱，對我們、對你更覺得丟臉！」觀眾鼓掌如癡如狂。戰爭英雄、落難角色、漂流在念舊的往昔——勒思聽出這些字眼正是自己的《卡利普索》！宛如母親聽警方描述連續殺人魔、認出凶手正是自己兒子似的。杜艾爾影射的正是他。他，從不傷人的渺小亞瑟．勒思，竟被講成敵人！觀眾高聲叫好，勒思轉頭，以顫音悄悄說：「弗雷迪，我想走。」弗雷迪看著他，一臉訝異。「希望，是登夢之梯啊，亞瑟。」語畢，弗雷迪發現勒思是認真的。宣布「年度書獎」的得獎人之際，勒思沒聽見，因為他躺在床上，弗雷迪在一旁要他別擔心。做愛的氣氛被臥房書架搞砸了，都怪作古的作家從書架瞪著他看，猶如守床尾的狗。也許，勒思的確是覺得丟臉，杜艾爾的指控沒錯。窗外有隻鳥似乎在譏諷他。到頭來，他沒得獎。

在義大利度假村裡，美女接待員回玻璃帷幕建築前遞給勒思一紙袋資料。他讀到，雖然入圍名單由一組年長的委員會定奪，得獎者卻是由十二名高中生組成的評審團決定。第二晚，這群學生出現在大廳，女生穿優雅的碎花洋裝，男生穿大一號的老爸休閒西裝外套。不就是泳池畔的那一群青少年嗎？勒思怎麼沒想到？這群青少年像觀光團，一整群進入原本是勒思專屬的溫室餐廳。現在，餐廳裡熙來攘往，擠滿外燴業者和不知名人士。義大利美女又來了，介紹他認識決選名單上的其他四位作家。勒思頓時覺得自信墜崖。第一位是墨鏡青年李卡度，滿臉鬍子，高瘦得不得了，穿T恤和牛仔褲，顯露雙臂上的錦鯉刺青。其餘三位比他年長許多：露易莎一頭雍容華貴的白髮，穿著白棉質束腰洋裝，戴著彷彿在抵抗評論用的奇特金手環；亞雷桑卓貌似卡通裡的反派，頭髮在太陽穴部位蒼白，八字鬍細如鉛筆，塑膠黑框眼鏡拉近了他給人的距離感；最後一位是芬蘭人，頭髮是玫瑰金色，矮小如庭院精靈，他叫大家喊他哈利，和印在書上的名字完全不同。勒思得知，這些人的作品有一本是西西里島歷史小說；一本是格林童話長髮姑娘的翻版，場景設在現代俄國；一本是男子在巴黎臨終最後一分鐘的故事，長達八百頁；一本是描摹聖馬格利生平的小說。哪一本是誰寫的？勒思猜不透。年輕人寫的是臨終故事或長髮姑娘？兩本都有可能。總之，這四人看起來都滿腹學問，勒思當下自知毫無勝算。

「我讀過你的書。」露易莎說，左眼眨掉睫毛膏的屑屑，右眼則直鑽他的心。「你的書把我帶進新境界，令我想到飛到外太空的喬伊斯。」

芬蘭人似乎滿心洋溢著喜悅。

卡通反派補上一句：「他大概活不久吧。」

「**一位太空藝術家的肖像！**」芬蘭人終於開口了，遮牙嘖嘖暗笑著。

「我還沒讀，不過……」刺青作家手插口袋，碎動著。其他人等他說下去，但他已經講完了。在大家後面，勒思見到名作家福斯特斯．藍席特隻身走進來，個子非常矮，頭非常大，看似滿腔悽苦，猶如飽含蘭姆酒的乳脂鬆糕。他體內可能也飽含蘭姆酒。

「我想我不可能得獎。」勒思只擠得出這句。獎金是大筆歐元，獎品是在杜林市訂製西裝或套裝。

露易莎一手往上甩一甩。「唉呀，誰曉得呢？評審是那些學生啊！誰曉得他們愛讀什麼呢？羅曼史嗎？謀殺？如果他們愛讀殺人事件，那我們全敗在亞雷桑卓手下囉。」

反派男先是挑起一邊眉毛，然後挑起另一邊。「我年輕的時候，只想讀裝模作樣的小書。卡繆、圖尼埃、卡爾維諾……有情節的書，我一概痛恨。」

「你果然還是老樣子。」露易莎罵他，他聳聳肩。勒思嗅出多年前的一段情。這一對改以義大利語交談，聽起來像在鬥嘴，但內容是什麼都有可能。

「你們有誰通英文？誰有香菸？」發問者是藍席特，眉毛底下的眼神帶點火氣。刺青男聞聲立即從牛仔褲口袋掏出一包，遞給他一支略扁的菸，藍席特瞄一眼，面有懼色，隨後接受。「你們是入圍者嗎？」他問。

「是的。」勒思說，藍席特留意到美國口音，轉頭看他。

藍席特的眼皮跳一跳，閉上，面帶厭惡。「這些東西一點都不酷。」

「我猜，你參加過不少吧？」勒思聽見這句無關緊要的蠢話從自己嘴巴溜出來。

「不多。而且我從沒拿過獎。辦這種典禮的人本身沒才氣，所以才辦這種可悲的鬥雞賽。」

「你得獎了啊。你拿到這屆的大獎。」

藍席特瞪著勒思片刻，然後翻翻白眼，生悶氣去外面抽菸。

接下來兩天，大家成群進進出出——高中生評審團、入選作家團、頒獎委員會老人團，在禮堂和餐廳微笑打照面，在西式自助餐取食時和氣擦身而過，但從來不同桌，也不互動。藍席特例外，他在這些人之間自由來去，宛如一頭潛伏多時的獨行孤狼。現在，勒思心生一股先前沒有的羞恥，因為高中生評審團見過幾乎裸露的他，所以現在如果他們在，他就迴避泳池。他心裡只在意自己這身子中年軀殼的敗相，無法忍受他人批判（事實上，正由於他焦慮身材走下坡，所以體格保養得當，和大學時期的精瘦線條相去無幾）。他也迴避三溫暖。於是，健身帶老友再度被請出來，勒思每早盡其所能，照著老早就遺失的說明書做「舉獎盃」和「動作片巨星」（從義大利文亂譯的說明書），次數一天比一天少，趨近零但從不是零。

那幾天的白天行程當然滿檔。烈日當空，午餐會在鎮上的廣場露天舉行，有幾個義大利人見勒思臉皮漸紅，提醒他記得防曬，提醒不只一次，不只兩次，而是多達**十次**（他**當然**抹了防曬乳液，廢話。義大利人耐曬，總能曬出風情萬種的桃花心木色的膚色，哪懂防曬之道？）。藍席特也發表長篇演說，主題是美國詩人艾茲拉．龐德。演講到一半，有位老頭不耐地掏出電子菸，吞雲吐霧起來，綠色光點看在當地人眼中顯得陌生，引起在場幾位記者臆測他抽的是本地大麻。勒思接受幾場雞同鴨講的訪問——「對不起，我需要口譯，我聽不懂你的美國腔」——訪問者是老氣橫秋的婦人，穿粉紫色的亞麻衫，問他一堆學識高深的問題：荷馬、喬伊斯、量子物理學。在美國新聞界，記者完全感應不到勒思的存在，因此他對於擲地有聲的問題感到生疏，只好強裝樂天派，拒絕對作品的主題抒發哲理。他挑這些主題寫，正因為他一竅不通。訪問者一個個來了又走，他覺得好笑，採訪到的內容肯定不足以寫成專欄。在大廳另一邊，勒思聽到記者被亞雷桑卓的言語逗得笑呵呵，顯見他懂得如何應付這種場合。行程也包括搭乘兩小時的交通車上山。勒思見葡萄園盡頭種植玫瑰，轉頭問露易莎，她解釋，種玫瑰可用來偵測病蟲害。她豎起一指，搖一搖說：「最先遭殃的是玫瑰，就像那種鳥……叫什麼來著？」

「**礦坑金絲雀**。」

「對，就是牠。」她以義大利語說。

「或者像拉丁美洲的詩人，」勒思有感而發：「新政權上台，總是先拿詩人開刀。」

露易莎的表情複雜呈現三態：先是錯愕，隨即顯露你我同謀的邪意，最後是遺憾——不知遺憾的是成仁的詩人或自己，或兩者皆是。

行程還有頒獎典禮。

✈

時間是一九九二年，羅伯接到電話時，勒思也在家，聽見臥房傳來驚呼聲：「我的媽呀！」勒思衝進去，以為羅伯不小心受傷了（物質世界莫名其妙和羅伯作對，舉凡桌子、椅子、鞋子，見他走來，全像被電磁感應，往他前進的路上直衝）。所幸，他發現羅伯安然無恙，只是臉皮鬆垮如巴吉度獵犬，電話垂在大腿上，雙目直盯伍德豪斯的勒思畫像，身穿T恤，海龜紋眼鏡架在額頭上，報紙攤開在四周，菸近到能引燃報紙。羅伯轉向勒思。「是普立茲獎委員會打來的，」他語氣平穩地說：「照這麼說來，我發音錯了好幾年而不自知。」

「你得獎了？」

「第一個音發起來不是『ヌ』。應該是『メ』才對。」羅伯再次環視臥房一周。「我的媽呀，亞瑟，我得獎了。」

慶功宴當然省不了，一票老友共聚一堂，李歐納・羅斯、韓德勒、伍德豪斯、史黛拉・貝瑞全來祝融星階的陋屋，拍拍羅伯的背慶賀。勒思從未見他在好友面前如此難為情，如此喜悅溢於言表又光榮。高大如林肯的作家羅斯走向羅伯，羅伯對他低頭，讓他揉揉頭皮，彷彿求好運，更有可能的是，這是兩人年輕時的互動。大家歡笑著，不停談論年輕時的景象——勒思聽得困惑，因為感覺上，打從認識這些人的時候起，他們的年齡就像眼前所及一直沒變過。這群人有幾位已戒酒，包括羅伯在內，因此喝的是咖啡，容器是一個老舊的金屬甕，其中幾人傳著一支大麻抽著。勒思恢復從前的角色，站在一旁欣賞。史黛拉遠遠見他站在邊邊，朝他走去。她骨瘦如柴，渾身全是銳角，步姿如鸛，長得太高，算不上美女，但她心存自信和風采，欣然接受肢體上的缺點，因此亞瑟・勒思反而覺得她具有缺陷美。「我聽說你也開始創作了，亞瑟。」她以沙啞的嗓音說。她拿起勒思的酒杯，啜飲一口葡萄酒，然後遞還給他，眼神充滿搗蛋的意味。「我的建議只有一個。這些個獎，不得為妙。」她當然拿過獎；她的作品堂堂入選《華頓詩集》，換言之她的大名已永垂不朽。如同智慧女神雅典娜下凡忠告年輕的忒勒瑪科斯：「你一得獎，戲就甭唱了。包準你接下來教書教一輩子，休想再寫作了。」她以指甲敲一敲勒思的胸。「不要得獎喔。」然後吻他臉頰。

後來，俄川藝文社就沒再團聚過了。

典禮並不是在古修道院裡面舉行；修道院裡養蜂，供遊客購買蜂蜜。由於修道院是宗教場所，不能蓋地窖，皮埃蒙特人只好往下面的岩層開鑿，建造一棟市政廳。在禮堂（後門一帶的天氣不同：天空突然醞釀著一場暴風雨），高中生評審團的儀態和勒思心目中的隱僧一模一樣：神情虔敬，誓言不開口。年長的委員坐一桌，氣勢如君王，同樣也不講話。唯一的講者是帥氣的義大利人（後來得知是鎮長），站上講台時伴隨一記抽鞭子似的雷聲，麥克風應聲沉寂，電燈也熄滅，觀眾齊聲「啊……」勒思的鄰座是刺青作家，在黑暗中靠過來，最後對勒思說：「殺機就是在這時刻到來。問題是，遇害的人是誰？」勒思低聲說「藍席特」，旋即發現，英國名作家的位子就在他們背後。

電來了，全場被燈火喚醒，現場沒人遇害。投影幕開始從天花板向下捲動，聲音嘈雜，宛如精神異常的親戚亂跑下樓，最後會被趕回樓上遮羞。典禮再續，鎮長開始以義大利語演講，語音悅耳，起伏有致，聽似毫無意義的撥弦古鋼琴音。勒思的心思不知不覺飄走了，如同太空人脫離氣密艙，飄進由他心事組成的小行星群，因為他不屬於這裡。接到邀請函的第一個念頭是可笑的，但他把頒獎典禮視為抽象概念，而且時空遙不可及，所以倉促應允出席，為的只是在逃脫計畫裡加一站。然而，現在他穿西裝出席了，汗珠已開始一顆顆滲透白襯衫正面，在日漸稀薄的髮際線凝聚，他才明白，這一趟徹底來錯了。出杜林機場時，他並沒有搭錯車，而是這決定本身就是個錯。他已領會到，這不是名不見經傳的義大利古怪文學獎，不是能搏朋友一笑的插曲，而是千真萬確的場合。年長的評審委員穿金戴銀，高中生坐在評審席，入圍作家因期待難耐而緊張發抖，連藍席特也不例外。他大老遠專程來，洋洋灑灑擬一篇演講稿，不忘為電子菸充電續航，存貨稀薄的閒聊庫也事先補足才來——千真萬確，他們非常重視。不能以玩笑一場嗤之以鼻，這真的是一場大錯。

鎮長以義大利語絮叨期間，勒思開始胡思亂想，自己的小說該不會被誤譯了吧？或者是——時興的那種——該不會被**超譯**了吧？他的小說誤入某個沒沒無名的天才詩人之手（譯者是茱莉安納．蒙提），把他平庸的英文昇華成令人屏息的義大利傑作。他這一本書在美國被冷落，幾乎無人評論，連一個記者都沒有找他訪問（公關說：「秋天是淡季。」）但在義大利，他目睹大家認真看待他。更何況，還是在秋季呢。就在今天早上，有人拿報紙給他看，《共和報》、《晚郵報》、當地報紙、天主教報紙……圖文並獎時該發表什麼感言，樂得臉上出現一閃即逝的金光。前門有人敲三聲，鑰匙插進匙孔。「亞瑟！」勒思正在調整領結和期望。「亞瑟！」弗雷迪繞過轉角走來，從巴黎西裝（新到有些地方仍未拆線）口袋掏出一個小扁盒，裡面裝著禮物：波卡圓點圖樣的領結。解開舊領結，結上新領結。弗雷迪看著鏡中的勒思。「如果得獎，你想說什麼？」

再飄向記憶更深處：「亞瑟，你以為這算愛嗎？這才不是愛。」羅伯嘖有煩言說，地點在紐約飯店，時間是上午，普立茲將在中午頒獎。如同第一次相見那天，羅伯依然高瘦，頭髮當然灰白了，臉也有歲月刻痕（「我像有摺角的舊書一樣。」）但身段仍難掩優雅與智慧。他站在光亮的窗前，一頭銀絲：「獎項不是愛。因為，沒見過你的人怎麼可能愛你。誰得什麼獎，老早就敲定了，一直到世界末日都是。他們知道哪一種詩人該得獎，如果你碰巧符合他們的理想，算你走運！這就像試穿別人給你的西裝，靠的是運氣，不是愛。我並不是說，走運不是好事。也許思考這種事的唯一辦法，是置身所有美好事物的中心。單憑因緣際會，我們今天才有幸置身所有美麗事物的中心。這不表示我不想要這個獎——這是狗急跳牆的爽法。我想要，因為我就是個自戀狂。我們自戀狂的專利是狗急跳牆，追求的是爽。你穿西裝明明看起來很稱頭，你卻要跟一個五十幾歲的老頭同居，我不懂。唉，我知道，你喜歡成品。你不想另外再加一顆珍珠來搭配。我們出發前先喝杯香檳吧。現在是中午，我曉得。來幫我綁領結吧。我忘了怎麼綁，因為我知道你絕對不會忘。獎項不是愛，這才是愛。詩人法蘭克・歐哈拉寫過：**夏日來了，我要人死心塌地要我。**」

又響起一陣雷聲，震醒勒思。咦，不是打雷，而是掌聲，鄰座的刺青作家正在扯勒思的西裝袖子。因為，亞瑟・勒思得獎了。

沒那麼德國

今天早上是他的第一堂課，助教漢斯帶他進教室，他赫然發現學生不是三個，不是十五個，而是一百三十個，正等著上他這一門怪課。

以下是德譯英的電話內容：

「午安，這裡是天馬出版社，我是佩特拉。」

「早安，我是亞瑟．勒思先生。我的書裡有一個臭。」

「勒思先生？」

「我的書裡有一個臭，請你們去訂正。」

「您是作家亞瑟．勒思先生嗎？是《卡利普索》的作者？好榮幸終於能和您說上話。有什麼地方需要我協助呢？」

（敲鍵盤聲）「是的，哈囉。很高興能和你說話。我打電話為了一個臭……不是**臭**。」（再傳鍵盤聲）「是為了一個錯。」

「書中有錯字嗎？」

「是的！我打電話為了我書中的一個錯。」

「對不起，是什麼樣的錯？」

「我的出生年被寫一九性四。」

「什麼？」

「我的出生年是性五。」

義大利經歷奇蹟似的逆轉勝，在典禮中，他神情恍惚地起立，上台接下一尊沉甸甸的小金人（行李恐怕超重，傷腦筋）——記者群提嗓驚叫，猶如歌劇大結局，接下來，他乘著凱旋風飛抵德國。更順心的是他德語流暢、教授位階崇高，日昨的愁緒一掃而空！和空服員閒聊，和海關暢談無阻，看在旁人眼裡，最有可能的是，他已忘了弗雷迪的婚禮近在幾星期。旁觀他講話，令人心情愉悅，然而，聽他講德語的人卻聽得困窘心慌。

勒思從九歲學德文，第一位德文老師是芬霍夫女士，原本教鋼琴，退休後改教德文。她教下午班，要全班同學（包括他，機智的喬治亞州瘦竹竿安妮．葛瑞特，以及身上有怪味但待人和善的強卡洛．泰勒）起立以德語高喊：「早安，芬霍夫女士！」然後才上課。老師教他們蔬果名（漂亮的西洋梨和櫻桃，鳳梨（Ananas）讀起來像英文的香蕉（banana），洋蔥（Zwiebel）子音比英文的onion還多，教他們描述身體各部位，從眉毛到腳趾。升高中後，德語會話更上一層樓（「我的車被偷走了！」），老師是胸部豐滿的秋奇小姐。她常穿著一身連衣裙、戴圍巾，上課有活力。她在紐約市的德國村長大，常說她夢想去奧地利追尋《真善美》崔普家族的腳步。「講外文的訣竅是，」她告訴大家：「要大膽，不要拘泥完美。」勒思有所不知，風姿綽約的老師從沒去過德國，也不曾和德國村外的德國人講過德語。她表面上通曉德文，正如同十七歲的勒思是有名無實的同志一樣。兩人空有幻想，卻苦無身體力行的決心。

要大膽，不要拘泥完美，導致勒思的舌頭布滿語誤的瘀青。說德語時，他往往把複數形的男性朋友（Freund）改成女生（Freundin）。他也常把底線（unterm Strich）誤講為紅燈區（auf den Strich），對方聽得瞠目，以為他有意棄良從娼。但是，即使到了四十九歲，勒思依然渾然不知自己的德語多蹩腳。也許，追根究柢，錯就錯在他家收的交換學生路德維格。路德維格是德國人，愛唱民俗歌，讓勒思不再是名實不副的同志，也從不糾正他的德語——哪國人會糾正床笫間的情話嘛？也許，錯就錯在勒思和羅伯在巴黎認識的那群東柏林人。這群人聽見骨感美國年輕人口吐他們的母語，驚訝之餘心存感激，回敬德語的「感恩啊」。也許，錯就錯在他看太多六〇年代德國戰俘營情境喜劇《霍根英雄》。如今，勒思抵達柏林，搭計程車前進威默斯多夫區的短期公寓途中，發誓只要在德國一天，他一個英文字也不講。當然，真正的難題是把德語講對。

以下對話同樣是德譯英：

「六個問候，全班。我是亞瑟・勒思。」

這是他即將在解放大學開的班。除此之外，校方規定他在五週後朗讀作品，開放給校外民眾欣賞。該校外文系得知他德語流利，高興之餘請他開課，題材由他自選。

筆調親和的巴爾克博士寫道：「在本系，客座教授的學生通常少至三名，課堂氣氛親近宜人。」勒思曾在加州一所耶穌會學院教寫作，因此翻出塵封的課程大綱，全部餵給電腦去翻譯成德文，自認已有備好課。他把這一堂課命名為學**吸血鬼閱讀，學科學怪人寫作**，因為他個人的理念是，創作者應該廣讀他人的作品，從中擷取精華。這課程名不尋常，翻譯成德文更是格外奇特。今天早上是他的第一堂課，助教漢斯帶他進教室，他赫然發現學生不是三個，不是十五個，而是一百三十個，正等著上他這一門怪課。

「我是你們的教授先生。」

錯。勒思不懂德文「教授」和「講師」之間的鴻溝，不知前者要在學術集中營苦熬數十年，後者不過是個假釋犯，無意間為自己升等。

「現在，對不起，我必須殺光你們多數人。」

在震驚全場的開場之後，他著手剔除掉非外文系的學生，最後剩下三十人，卸下他心頭的重擔。他開始上課。

「我們從普魯斯特的一句話開始：**以前有很長一段期間，我常早早就寢。**」

然而，前一晚亞瑟．勒思並未早早就寢；事實上，他今天能安然進教室，無異於奇蹟一樁。他遇到什麼難題？一個出其不意的邀約加上對德國科技不熟，而弗雷迪．裴魯當然也有責任。

從前一天抵達柏林機場講起：

玻璃廳一間又一間，愈走愈困惑，自動門開開關關像太空船的氣密艙，最後見到前來接機的助教。高個子的漢斯神情嚴肅，博士論文的主題是法國解構主義大師德希達，因此在勒思心目中，漢斯的學問高他一等。不料，捲髮的漢斯居然幫勒思提所有行李，開著破舊的雷諾Twingo，載勒思前往大學公寓。這棟公寓是一九八〇年代建的樓房，勒思接下來五週的家位於高樓層，走廊和樓梯全採開放式，暴露在柏林寒風中。以玻璃帷幕和金黃漆為主的風格冷峻似機場。此外，公寓門不用鑰匙，只用一種圓形的遙控鑰匙，有個按鈕——像鳥類求偶似的，按一下，門以鳥鳴聲回應，隨即打開。漢斯快手示範，門發出啼聲，看似簡單。「你爬樓梯進走廊，你用遙控鑰匙。懂嗎？」勒思點頭，漢斯留下行李，臨走前說，他將在十九點接他去吃晚餐，明天十三點送他去大學。漢斯點頭道別，捲髮跟著晃，然後遁入開放式的樓梯間。勒思忽然想到，這位博士生從頭到尾沒正眼看他。他也想到，自己應該要適應二十四小時制。

他無法想像，隔天早晨在他開課前，他竟然會吊在公寓大樓外的牆沿下，院子的地面離他四十英尺，他試著寸步移向唯一開著的窗戶。

漢斯依約在十九點抵達（勒思在心裡不停覆誦：晚上七點，晚上七點，晚上七點）。在漢斯來之前，勒思想熨襯衫，在公寓裡找不到熨斗，只好把襯衫掛在浴室，開熱水，以蒸氣除皺，未料，蒸氣太旺，竟觸動消防警報，引來樓下一位不通英文的樂觀壯漢，以德語恥笑他：「你大概想放水蒸垮整棟房子！」回家拿來一個堅固耐用的德國熨斗。窗戶開著，勒思正在熨衣服時，聽見門鈴響起巴哈樂章，點頭進來的又是漢斯，帽T換成丹寧布西裝外套。在漢斯車上（有香菸證據卻找不到實體菸），漢斯載他進入神秘的另一區，在高架鐵路下停車，這裡有一座小亭子，裡面坐著一名哀傷的土耳其男人，賣的是咖哩熱狗。這間餐廳名叫奧地利，到處以啤酒杯和鹿角裝飾。來到德國還是一樣：大家都不是在開玩笑。

服務生帶他們坐皮椅雅座，已有兩男和一妙齡女在等他們。這三位是漢斯的朋友，儘管勒思懷疑博士生漢斯以公帳自肥，但不必只聊解構主義倒令他輕鬆愉快。其中一人以作曲為業，名叫巫里奇，褐眼珠和邋遢的落腮鬍給人的印象是警覺的雪納瑞犬，女友卡塔里娜的頭髮則蓬鬆似博美犬。巴斯迪安是商學院學生，外形清秀，膚色偏深，捲髮豐濃，令勒思以為他是非洲裔，其實他是巴伐利亞人。勒思判斷這群朋友年約三十。

巴斯迪安一直提體育賽事和巫里奇過不去，勒思聽不太懂，並非因為術語太難（後衛〔Verteidiger〕、前鋒〔Stürmer〕、護腿〔Schienbeinschützer〕），也非因為數字冷僻，而是因為他根本沒興趣。巴斯迪安似乎一直堅稱，危險是體育競賽的要件：可能送命才刺激！**死亡的快感！**勒思盯著盤中奧地利炸肉排（炸成脆酥酥的奧地利地圖），心不在柏林，不在這間炸肉排餐廳，飛到索諾瑪了，進入醫院病房，沒窗戶，白裡泛黃，以簾子遮掩，如同脫衣舞孃出場前隱身著。病床上躺著羅伯，一條管子附著在手臂上，一條伸進鼻孔，頭髮亂如狂人。「不是香菸害的，」羅伯說，戴著同一副厚眼鏡。「是詩害的。詩會害死人，不過，以後，」他豎起一指搖一搖，「將永垂不朽！」說完沙啞一笑，勒思握住他的手。此景發生在短短一年前。勒思的心改飄向德拉瓦州，來到母親的喪禮，有人伸手輕扶他的背，以免他不支倒地。勒思慶幸有這隻手。勒思的心改飄向舊金山，飛到海灘上，停在愛滋肆虐的那年秋天。

「你們小男生，對死亡一點概念也沒有。」

有人講這句話；勒思發現是他自己講的。這一次，他的德語完美得很。全桌人默默坐著，巫里奇和漢斯把視線轉開。巴斯迪安只盯著勒思，下巴合不攏。

「對不起，」勒思放下啤酒：「對不起，我不知道自己幹嘛說那些話。」

巴斯迪安不語，他背後的燭台照亮他頭上的每一絲捲髮。

帳單來了，漢斯以系上的信用卡支付。用不著給小費，但勒思不聽勸。離開餐廳，大家站在路旁，街燈照耀在如黑漆器的樹上。他一生從來沒有這麼冷過。巫里奇雙手插口袋站著，身體隨腦裡的交響曲晃來晃去，女友倚偎身旁，漢斯望向頂樓，說他想帶勒思回公寓。巴斯迪安不從，說今天是這美國人的第一晚，應該帶他去喝一杯。兩人一來一往，好像勒思不在場似的。感覺像他們在吵別的事。最後，兩人決定，巴斯迪安帶勒思去他最愛的酒吧，就在這附近。漢斯說：「勒思先生，你認得回家的路嗎？」巴斯迪安說，搭計程車很容易找。一切發展神速。其他人坐進漢斯的Twingo；勒思轉頭，見巴斯迪安正在看他，皺眉的表情莫測高深。「跟我來。」年輕的巴斯迪安說。然而，巴斯迪安帶他去的不是酒吧，而是回他自己的公寓，位於新克爾恩區，而勒思出乎自己意料在他家過夜。

翌晨，問題找上門了。勒思昨晚在巴斯迪安家失眠，流汗流掉過去十二小時吸收的酒精，仍穿晚餐油漬斑斑的黑襯衫和牛仔褲，公寓樓梯還爬得動，踏上開放式走廊，走到家門，卻發現門打不開，遙控鑰匙的按鈕按了再按，豎耳朵聽門鎖的叫聲。奈何，門成了啞巴，不願和遙控鑰匙交合。情急之下，他往院子望去，見到幾隻鳥聚集在樓上公寓的陽台。這當然是昨晚的代價。內建在生活中的恥辱就是這檔子事，躲得過是異想天開。勒思想像自己睡在門口，漢斯前來接他去大學。他想像自己上第一堂課，渾身伏特加酒味和菸臭。這時候，他的視線落在一道沒關的窗戶。

十歲的我們爬樹，爬到比母親的恐懼更高的樹梢。二十歲的我們攀宿舍，想給熟睡床上的男或女朋友一個驚喜。三十歲的我們縱身躍入青如美人魚的海水。四十歲的我們旁觀、微笑。四十九歲呢？

他跨越走廊欄杆，踩在裝飾用的水泥牆沿上，磨損的翼尖鞋一側懸空。窄窗近在五英尺外，只要伸長手臂就能搆到窗板。跳一小步就能踩到鄰近的牆沿。他平貼著牆壁，黃漆已脫落，碎屑附著在他的襯衫，他已聽得見樓上那群鳥看得津津有味，咕咕叫著。柏林旭日照耀屋頂，伴隨而來的是麵包香和汽車廢氣。**美國小名氣作家亞瑟·勒思，成名原因大抵是與俄川藝文社名人私交甚篤，尤其與詩人羅伯·布朗本過往甚密，今晨在柏林尋短**，天馬出版社發布的新聞稿如此寫。**享年五十**。

教授先生在公寓四樓表演懸空特技，現場可有目擊證人？他先跨出一腳，然後伸出一手，緩緩移向廚房窗戶，有誰看到了？他使盡上半身氣力，試圖向上攀進護欄未果，墜樓至深幽的地面，激起大片塵土，有人看見嗎？只有一名剛升級媽媽的女子，大清早在自家公寓裡抱嬰兒走動，向外一看，瞧見大概是外國喜劇才有的景象。她知道他不是小偷；一眼就知道，他不過是個美國人。

文豪梅爾維爾不以從事海關檢查工作**著稱**，同理，勒思也不以教學**著稱**，但各自都做過以上的工作。勒思雖然曾在羅伯的大學當過客座教授，卻沒接受過正式訓練，不過就年輕時夜陪羅伯友人玩文字遊戲，菸酒不拒，吆喝和叫囂聲連連。因此，勒思講起課來彆扭，只好教學生玩遊戲。他回憶年輕時陪那些中年男人，一瓶威士忌，一本諾頓詩集，一把剪刀……如今在課堂上剪下小說《蘿莉塔》裡的一段，請博士班學子任意重組文字。排列組合後，男主角韓伯特變成思路紊亂的老頭，而非面目可憎的男人，正在調酒，並沒有和遭背叛的夏洛特．海茲對峙，再加幾個冰塊。勒思給學生一頁喬伊斯和一罐立可白——男主角之妻茉莉．布倫姆的結尾超長句獨白不見了，只簡單說「我願意」。他叫學生選一本沒讀過的書（難就難在這些勤奮學生無書不讀），試寫一句動聽的開篇句，結果他們選吳爾芙的小說《海浪》：**游到離岸太遠的汪洋，我才聽見救生員喊：「鯊魚！鯊魚！」**

這門課標榜吸血鬼和科學怪人，吊詭的是課堂上不談鬼怪，大學生玩得不亦樂乎。

從幼稚園畢業後，再也沒有人給他們剪刀和漿糊了，也從來沒人叫他們將女作家卡森·麥卡勒斯小說裡的一句站：**鎮上有兩個啞巴，總是在一起**，翻譯成德文後傳給鄰座德譯英，再給鄰座英譯德，最後變得奇文共賞：**酒吧有兩顆馬鈴薯在一起，他們愛惹麻煩**。邊玩邊學，多輕鬆啊。學生悟出文學大道理了嗎？八成沒有。不過，他們學會了重溫文學之愛，這種愛正像性在長年婚姻淡出一樣。正因如此，他們學會了愛這位老師。

勒思蓄鬍的起始點在柏林。你可以歸咎於逐漸逼近的某人婚期，你也可以歸咎於他新交的德國男友巴斯迪安。

沒人料到他們能湊成一對。勒思絕對沒料到，畢竟，這兩人不適配。巴斯迪安年紀輕、虛榮心重、傲慢，對文學和藝術不感好奇，甚至蔑視文藝。他一頭熱關注體育賽事，德國隊吃敗仗會害他深陷情緒低潮，再創威瑪共和時代以來新低。假如他自認是德國人，那還得了？他以巴伐利亞國民自居。這兩個名詞有何差別，勒思無法分辨，因為對勒思而言，一提到德國，他聯想到的是位於慕尼黑啤酒節和巴伐利亞傳統皮衣褲，而非塗鴉客大本營的柏林。但對巴斯迪安而言，兩者的差別可大了。他愛穿宣示地方傳承的T恤，配上淺色系牛仔褲和蓬鬆的棉夾克，成了他招牌裝。他不善言辭，不愛表達，對文字不友善。然而，勒思後來發現，他容易心軟。

兩人認識後，每隔幾晚，巴斯迪安就來勒思家站崗，守在公寓外，穿著牛仔褲、鮮艷T恤、蓬鬆夾克。到底找教授先生做什麼？他不說。一進門，他立刻把勒思壓向牆壁，沉聲說出查理檢查哨的路標警語：**進入美國區**……有時候，兩人甚至足不出戶，逼得勒思瞎湊冰箱裡貧瘠的食材煮晚餐：培根、雞蛋、胡桃仁。冬季班進行到第三週，有天晚上，兩人在看巴斯迪安最愛的實境節目《誠徵媳婦》，看鄉下人為小孩牽紅線，巴斯迪安看到睡著，全身纏住勒思，鼻子停靠在勒思耳朵裡。

午夜前後，他開始發燒。

照顧陌生病人是一種費思量的經驗。巴斯迪安從自信滿懷的青年，轉眼化身病童，一會兒叫勒思幫他掀被子，一會兒又吵著蓋被子，體溫上沖下洗（公寓配備的室溫計以攝氏為刻度，可惡），討著想吃勒思連聽都沒聽過的食物，吵著要巴伐利亞古法膏藥偏方（八成是燒昏頭胡謅的），喊著想喝熱羽衣甘藍汁。勒思本來照顧病人就欠周到（被羅伯指控說他棄病患不顧），面對這條巴伐利亞可憐蟲，不知不覺心酸。又沒娘沒爹。勒思的記憶裡有另一男人病倒歐洲。多久前的事了？在柏林的他騎上腳踏車，挺進威默斯多夫區的街道，胡亂找藥，回來時多了歐洲常有的紙包藥粉。他把藥粉倒進水裡，味道奇臭無比，巴斯迪安不肯喝。勒思只好開電視轉到《誡徵媳婦》，規定每次情侶摘眼鏡接吻時，巴斯迪安必須服藥一口。每喝一口，他淡褐如橡實的明眸望穿勒思的眼睛。

隔天，巴斯迪安康復了。

「我朋友都怎麼叫你，你知道嗎？」巴斯迪安在晨曦裡問，繾綣在勒思常春藤圖樣的被單中。他恢復老樣子了，臉頰紅潤，面帶淺笑，反應靈敏，仍沉睡中的器官似乎唯有那頭亂髮，像趴在枕頭上的貓。

「教授先生。」勒思說。剛淋完澡的他正拿著浴巾擦拭身體。

「我是這樣叫你，沒錯。我朋友都叫你彼得潘。」

勒思以他招牌的先大後小笑法，**啊**、哈、哈，笑三聲。

巴斯迪安伸手端床邊的咖啡。窗戶敞開，風吹動廉價的白窗簾；天空褪色了，椴木上空一片灰沉沉。「我朋友都問我：『彼得潘最近怎樣？』」

勒思皺眉，走向衣櫃途中瞥見鏡中的自己：臉色漲紅，身上的皮膚欠曬，簡直像裝錯頭的雕像。「告訴我為什麼這樣叫我。」

「呃，你知道吧，你的德文滿遜的。」巴斯迪安告訴他。

「這不是事實，它也許不完美，」勒思告訴他：「但它是興奮的。」

巴斯迪安縱聲狂笑，坐起來。褐色的肌膚，臉頰和肩膀在日光浴室展露出被曬紅的痕跡。「我就說嘛，我聽不懂你在講什麼。興奮的？」

「興奮的，」勒思邊穿內褲邊解釋：「有熱忱。」

「對，你講話像小孩。你的外表和舉止都非常年輕。」他伸一手抓住勒思手臂，拉他上床。「搞不好，你永遠長不大。」

也許是吧。勒思深諳年輕的樂趣——刺激、興奮、在黝暗的夜店被一顆藥、一小杯酒、一張陌生人的嘴搞得恍神。和羅伯那票人同在，他也深諳年長的樂趣——寬心自在，美麗與品味，老友老故事伴醇酒，日落水面。一生至今，勒思在兩界之間遊走。一邊是他遠去的青春，中看的上衣只有一件，每天洗，很沒面子，還得擺出好看的微笑，每天遇到數不清的新事物：新樂趣、新朋友，與個人的新反省。一邊是晚中年的羅伯，慎選不良嗜好，態度像在巴黎商店裡選購領帶，下午曬太陽睡午覺，從椅子起身聽見致命的啪嚓聲：青春城，年邁鄉。但在兩者之間，在勒思目前的居所——算是更遠的郊區吧？他為何從來沒學到此地的安居之道？

「我覺得，你應該留鬍子，」巴斯迪安後來喃喃說：「應該會顏值爆表。」

於是他蓄起落腮鬍。

現在必須揭露一項事實：亞瑟．勒思在床上爭不到金牌。

任何人如果眼見巴斯迪安每晚仰望勒思公寓窗戶，見他等著勒思開門，一定會猜，引他上門的是性。然而，他為的不盡然是性。讀者必須相信我的爆料：亞瑟．勒思——嚴格說來——並非房事高手。

先從肢體談起：每一個動作皆平庸，毫無特別之處。一看就知道是美國人，笑臉常開，眨動淺色睫毛。他臉龐英俊，但其他地方很尋常。此外，打他少年時，一直有一種房事的焦慮感，時而太積極，時而不夠積極。嚴格總結：床功差勁。然而，正如不會飛的禽鳥為了生存，會演變出其他求生之道，亞瑟．勒思也發展出其他特質。像鳥一樣，他有這些專長而不自知。

他接吻時——我該如何說明呢？——像熱戀中的人。像他豁出去了。像他剛學會外語，只會用現在式，只會用第二人稱；只有現在，只有眼前的你。有些男人從來沒被這樣吻過。有些男人會發現，嚐過亞瑟．勒思之後，再也嚐不到同樣的滋味。

更神奇的是：他的撫觸有一種匪夷所思的魔力，找不到別的字眼形容。也許是因為他是「沒皮膚的人」吧，勒思觸摸他人時，有時就像在利用神經系統放電。羅伯馬上就注意到他的這異稟的天賦；他說：「你是個巫婆啊，亞瑟·勒思。」其他人比較無感，沒注意到，因為他們太專注於自身特定的需求（「高一點；不對，高一點；不對，**再高！**」）但弗雷迪也感應到了。輕微的休克感，一口氣喘不過來，或許也短暫失神，醒來時看見勒思一臉天真，低頭看，滿頭大汗。或許是一種放射線吧，能輻射這種白熾化的天真無邪。而巴斯迪安也無法免疫。有一晚，他們倆在走廊像青少年手忙腳亂，想剝對方衣褲卻脫不成，被異國怪鈕釦和脫衣慣性擊敗，只好各自卸裝。亞瑟回到床上，巴斯迪安正在等他，他爬上古銅色的裸體，同時一手按在巴斯迪安的胸膛，令巴斯迪安倒抽一口氣，扭身掙扎，呼吸加速。片刻後，巴斯迪安低聲用德語說：「你對我搞什麼鬼？」勒思摸不著頭緒自己能搞什麼鬼。

冬季班進入第四週，勒思猜助教漢斯失戀了。漢斯原本個性就嚴肅，現在變得更加鬱鬱寡歡，整堂課坐著雙手托腮，頭重如銅像。敢情是被女友甩了，對方是那種兩性雙修的機智德國美女，香菸連環抽，愛穿美國復古裝，金髮以離子夾拉直。或許情敵是外國人，是義大利美女，戴銅手環，已經飛回羅馬住父母家，在一家現代藝廊上班。可憐的漢斯，內心鼻青臉腫。直到漢斯趴桌暈厥後，勒思才發現真相。當時，勒思正在白板上分析英國作家福特．馬多克斯．福特的創作架構，轉身竟看到漢斯昏倒。從漢斯的呼吸和蒼白的膚色研判，勒思認出他的病和巴斯迪安是同一型。

他叫學生攙扶漢斯到保健室，然後去巴爾克博士的光鮮現代辦公室找他。博士聽著結結巴巴的德語，重複三次才聽懂，嘆息說「啊哈」知道勒思有意另覓一位助教。

隔天，勒思聽說，巴爾克博士生怪病請假。上課期間，兩名女學生靜靜昏倒在桌上，趴下去的時候，兩條馬尾往上飄，宛如受驚嚇的鹿尾巴。勒思漸漸看出相似處。

「我想我是有一點蔓延的。」他告訴巴斯迪安。他來巴斯迪安家附近吃晚餐。起初，勒思看菜單看得一頭霧水——菜單分為「輕友」、「附麵包友」、「重友」。他每晚都點炸肉排配醋香馬鈴薯沙拉，加一大杯黃澄澄的啤酒。

「亞瑟，你在講哪國鬼話？」巴斯迪安說，切一塊勒思的炸肉排送進自己嘴巴。

「蔓延的？」

「我想我是有一點疾病蔓延的。」

巴斯迪安滿口炸肉排，搖頭說：「不至於吧，你又沒病。」

「但其他人每一個都生病了！」女服務生過來添麵包和奶油。

「是啊，這病真詭異，」巴斯迪安說：「那一晚，我本來好好的，後來你對我講話，我覺得頭重腳輕，渾身開始熱起來。很不舒服，幸好只有一天。我想羽衣甘藍汁有效。」

勒思在一塊黑麵包上塗奶油。「我沒有給羽衣甘藍汁。」

「對，不過我夢到你餵我喝，作夢也有效。」

勒思面露困惑眼光。他改變話題：「下星期我有一場活動。」

「對，你說過。」巴斯迪安說，拿起勒思的啤酒喝一口；他自己那杯已見底。「你要去朗讀作品，我不確定要不要去。而且朗讀會通常很無聊。」

「不不不，我從來不會不無聊。另外，下禮拜，我有個朋友要結婚。」

巴斯迪安的視線飄向電視，一場足球賽進入高潮。他心不在焉問：「是女的好朋友嗎？你不去，她沒有不高興嗎？」

「是的，好朋友。但他是一個男人——我不知道德文單字怎麼講。不只普通朋友，但已是過去式。」算是「附麵包友」嗎？

巴斯迪安轉回視線，看著勒思，似乎心驚，然後傾身向前，握住勒思的一隻手，以顯得開心的神情說：「亞瑟，你是想引我吃醋嗎？」

「不，不。它是遠古過去式。」勒思緊握巴斯迪安的手幾下，鬆手，偏頭，好讓燈光照在他臉上。「我的鬍子如何？」

「我覺得過幾天會比較有看頭。」巴斯迪安考量片刻後回答。他再咬一口勒思的盤中美食，再看著他，點點頭，轉頭看電視前，以非常嚴肅的語調說：「對啦，亞瑟，你說的對。你從來不讓人覺得無聊。」

以下電話內容先從德文翻譯為英文：

「午安，天馬出版社。我是佩特拉。」

「早安。這裡是亞瑟．勒思先生。今晚我有個顧慮。」

「喔，哈囉，勒思先生！對，我們之前談過了。我向您擔保，一切沒問題。」

「但想再一次……再三確認時間……」

「對，時間仍然訂在二十三點。」

「好。二十三點。這是夜間十一點，正確吧。」

「是的，沒錯，這活動在晚上舉行。一定會很好玩的啦！」

「但這是一種精神疾病啊！晚上十一點，有誰會來看我？」

「相信我們啦，勒思先生。這裡不是美國，是柏林喔。」

活動由天馬出版社主辦，協辦單位是解放大學、美國文學研究所和美國大使館，勒思原以為朗讀會在圖書館舉行，不對。他原本期待在戲院舉行，也希望落空。朗讀會居然辦在夜店。對勒思而言，這也像「一種精神疾病」。場地位於十字山，入口在捷運鐵軌下面，原本必定是某種工程隧道，不然就是東德反共義士的投誠地洞，因為勒思一通過守門人的關卡（「我是這活動的作家，」他說，篤定自己是找錯門了），入內後發現置身拱形大隧道中，牆壁貼滿白瓷磚，反射著璀璨的燈光。假如不貼白瓷磚，這地方鐵定昏暗不明、菸霧充斥。夜店的一端有一座以鏡子裝潢的吧台，玻璃器皿和酒瓶爭輝，兩位酒保繫著領帶，其中一人的肩套裡看似有槍。ＤＪ在另一端，帶著一頂大毛帽。極簡派科技舞曲的鼓聲在空氣中動次動次，舞池上有人在粉紅色和白色燈光中來回擺動身子。有人結領帶，有人穿風衣，有人戴紳士帽。有一人提著公事包，以手銬鎖在自己手腕上。柏林就是柏林，勒思心想。一位女子笑臉迎人朝他走來，身穿旗袍，紅髮盤頭以筷子固定，稜角分明的蒼白臉孔施脂粉，畫著一顆美人痣，霧面紅唇膏，以英語對他說：「哇，你一定是亞瑟．勒思吧！歡迎光臨間諜俱樂部！我是芙莉妲。」

勒思各吻她雙頰一次，她卻湊向前，要他再吻。義大利吻兩次，法國北部吻四次，德國要三次嗎？他永遠搞不清楚幾次才對。他以德語說：「我是驚奇的並且也許是樂意的！」

女子一臉問號，隨即呵呵笑起來。「你會講德語啊！真好。」

「朋友說我講的像小孩。」

女子又笑了。「進來吧。你對間諜俱樂部瞭解多少？我們每個月辦一次這種舞會，地點不一定，但一定搞神秘。而且要裝扮出席喔！不是中情局就是ＫＧＢ。我們也有主題音樂，主題活動，而你就是本月主題。」他再次看著舞客，看著聚集在吧台附近的人。有人戴毛帽，佩戴鐮刀鐵鎚徽章，有人戴紳士帽，穿風衣，他認為有些人似乎佩槍。

「原來如此，」他說：「妳打扮成誰？」

「我嘛，我是雙面諜。」她往後退一步，讓他欣賞整身裝束（宋美齡？緬甸美人？納粹軍妻？），笑容可掬。「我帶這東西給你。你是美國來的賓客。那個圓點領結棒得沒話說喔。」她從錢包取出一個枚章，別在他的翻領上。「跟我來。我請你喝一杯，介紹你認識你的蘇聯接應者。」

勒思拉翻領，看看徽章上面寫什麼：

你正進入美國區

勒思得知，在半夜十二點，音樂將沉寂，聚光燈將打開，照耀舞台，台上有他和「蘇聯接應」（其實是俄國來的政治移民，蓄落腮鬍，戴眼鏡，樂孜孜穿著史達林T恤，外面套著緊身西裝），等著向間諜俱樂部的客人朗讀各自的作品。兩國輪流朗讀十五分鐘共四次。夜店舞客怎可能站定不動在欣賞文學？勒思覺得不可思議。一聽就是一小時，也不可思議。另外也不可思議的是，他居然在這裡，在柏林，此刻在黑暗中等著，汗漬開始染黑他的胸，宛如子彈傷口。他們有意害他出醜。一定是天意設局想羞辱作家，想把他這種小牌作家整得七葷八素。重演夜會亞瑟·勒思。

畢竟，今夜在地球另一邊，**老友**的婚禮正在進行中。在加州時間的下午，弗雷迪·裘魯將和湯姆·丹尼斯共結連理，典禮在舊金山以北，勒思不清楚場地在哪裡，只知喜帖寫著**沿海公路一一四〇二號**，有可能華麗如懸崖邊的豪宅，也有可能寒酸如路旁鄉村音樂酒吧。他只知典禮在下午二時三十分舉行，掐指一算時差，他猜婚禮應該是，嗯，**現在**。

在這裡，在舊柏林至今最冷冽的一夜，凜風遠從波蘭呼嘯南下，攤販在廣場上賣毛帽、毛手套、靴子用的羊毛襯裡。波茨坦廣場搭建了一座小雪山，供孩童滑雪橇至凌晨，家長則在營火旁喝香料熱紅酒，夜深風寒，大約在此時，他想像弗雷迪正隨著結婚進行曲踏步前進。雪花在夏洛滕堡皇宮閃耀之際，弗雷迪和湯姆．丹尼斯並肩沐浴在加州陽光下，婚禮想必是那種清一色白亞麻西裝的場面，有白玫瑰搭成的亭子，有鵜鶘低空飛掠而過，某人懂得體諒的大學前女友彈吉他演奏加拿大創作歌手瓊妮．密契爾歌曲。弗雷迪聽著歌，面帶淡淡微笑，直視湯姆眼睛。在柏林，土耳其男移民在公車站發抖踱步，動作像市政廳時鐘上面的人偶，準備敲午夜鐘。因為，快十二點了。在加州，前女友演奏完畢，某名人朋友朗誦名詩一首。在柏林，雪愈下愈厚。弗雷迪牽起新郎的手，拿起事先寫好的小抄照著唸，柏林的冰棍子則愈結愈長。想必是，弗雷迪後退，讓牧師講話，前排來賓綻放笑顏，他傾前吻新郎，月亮在月暈裡高照柏林——想必正是現在。

音樂停播了。聚光燈大亮，勒思猛眨眼（眼球刺痛，視網膜群蛾紛飛）。有一觀眾咳嗽。

「卡利普索，」勒思開始朗讀：「我無權訴說這故事……」

群眾聆聽著。勒思看不見觀眾，但在將近一整個小時中，漆黑的台下一片靜謐。偶爾，有人點菸，宛如螢火蟲在夜店中準備相愛。觀眾絲毫不出聲。他朗讀著自己小說的德譯本，俄國人則讀他自己的小說，內容似乎和阿富汗之行有關，勒思卻聽不太進去。勒思置身外星世界，頭腦轉不過來：在這世界，作家受重視。弗雷迪的喜事搞得他魂不守舍。勒思朗讀到第二輪，半途聽見一聲驚呼，觀眾騷動起來。有人暈倒了，朗讀的他停下來。

接著，又有一人暈厥。

第三人倒下去之後，俱樂部才開燈。勒思看清楚了觀眾，有人穿冷戰懷舊裝，有打扮成龐德女郎和奇愛博士的潮男女，被強光照亮，彷彿遇到東德國安局臨檢。幾個男人拿著手電筒衝過來。忽然間，坐立難安的嘈雜聲充斥，貼滿白瓷磚的裝潢顯得單調乏味，如同市立公共澡堂或變電所——的確是。「我們怎麼辦？」勒思聽見背後有人以俄國腔說。俄國小說家濃眉緊蹙，宛如兩個組合式沙發拼湊在一塊。勒思向台下望，見芙莉妲蓮步咔嗒咔嗒走來。

「沒事啦。」她說，一手放在勒思的袖子，眼睛對著俄國人。「一定是脫水症；我們這裡常發生，通常是夜深之後才有。不過，你一開始朗讀，忽然就……」芙莉妲繼續講著，但勒思聽不進去。所謂的「你」指的是勒思。觀眾散了，變成擠向吧台的人群，政治理念兩極化的扮相成群結隊。燈照瓷磚，營造出散場的彆扭氣氛，但時針甚至還沒走到淩晨一點。刺刺麻麻的感覺點醒了勒思。**你一開始朗讀……**

他太無趣，把別人悶死了。

先是巴斯迪安，然後是漢斯、巴爾克博士、學生、朗讀會上的觀眾。聽他的無聊對話，聽他講課，聽他的文筆。聽他的**菜德文**。發音失準的他，然後（dann）和因為（denn）不分，為（für）唸成前（vor），要（wollen）聽起來像即將（werden）。大家一致擠出笑臉，點頭，聽他朗讀，彷彿聆聽警探宣布凶手身分，對他多麼仁慈，直到他最後唸錯動詞。這些人多有耐心，多麼為人不為己。而他卻是殺人犯。每次他把「我醉了」講成「我悲傷」，每次把「禮物」（Geschenk）講成「毒藥」（Gift），都等於是小開殺戒一次。他的言語，他的單調平庸，他先大後小的啊哈哈笑法。他覺得自己醉了，也悲傷。對，他送給這些人的禮物（gift，英文）就是毒藥（Gift，德文）。像克勞迪斯對付哈姆雷特父親一樣，他也對著柏林人的耳朵灌毒。

一直到聲音從天花板瓷磚反彈回來，一直到他看見大家轉頭面向他，勒思才發現自己剛對著麥克風大嘆一聲。他趕緊向後退一步。

就在那邊，在俱樂部的深處，有個難得露笑臉的人隻身佇立著：該不會是弗雷迪吧？逃跑新郎嗎？

不對不對不對不對，只是巴斯迪安。

極簡派科技舞曲再起，令勒思聯想起以前在紐約住的公寓水管砰砰響，失戀的心陣陣痛，是這個原因嗎？或者是主辦人再敬他一杯「長島」的關係嗎？總之，後來，巴斯迪安走過來，給他一顆藥丸，對他說：「吞下去。」現場的人體糊成一團。他記得陪俄國作家和芙莉妲共舞（酒吧有兩顆馬鈴薯在一起，他們愛惹麻煩），酒保舉玩具槍揮舞。他記得有人遞給他信封，裡面裝著酬勞支票，交辦的態度如同在波茨坦橋上遞交諜報公事包。但後來，不知何故，他坐進計程車，然後遇到船難，他看見各層甲板的舞客和吱喳閒聊的柏林年輕人坐著吞雲吐霧。外面，在一個木頭甲板上，其他人坐在施普雷河畔，腳丫泡在髒水裡。柏林環繞著他們，柏林電視塔高高屹立在東邊，宛如時代廣場的賀歲球，夏洛滕堡在柏林西邊眨微光。胡拼亂湊的繁華市區各地：廢棄倉庫、時髦的新樓中樓、船艇，全以華燈點綴，舊東德水泥住宅區模仿十九世紀古建築，黑公園隱藏著蘇聯戰爭紀念碑。有人每夜在猶太人被抓走的家門口點燃小燭。舊舞廳裡有樂隊演奏波卡舞曲，老夫妻聞樂起舞，仍穿共產時代的嗶嘰服，仍以被竊聽大半生練就出來的低嗓訴說秘密，舞廳裡以銀色聚纖簾裝飾。有些地下室改裝成舞廳，法國DJ登台，美國籍的變裝皇后兜售門票給旅居德國的英國人，水嘩嘩順著牆壁往下流瀉，天花板高掛舊汽油桶作為燈籠。土耳其攤販賣咖哩香腸，在炸熱狗上撒粉，令人哈啾連連。地下麵包店把同樣的熱狗烤進牛角麵包裡，賣拉克雷特乳酪的提洛人把烤融的乳酪刮到麵包和火腿上，飾以醃黃瓜。各地的廣場已有攤販開始擺設，賣廉價襪子、失竊單車、塑膠檯燈。性愛俱樂部設有止步燈，教人該脫什麼衣物。地牢裡有男人身穿超級英雄黑膠戲服，名字繡在上面。暗室和後巷裡發生的事無奇不有。到處都有的夜店才正起步，連中年夫妻都在廁所黑瓷磚上吸食一行行的K他命，青少年則為彼此的飲料加料。勒思事後回憶，夜店播放瑪丹娜歌曲時，有個女人閃進舞池，不要命似的狂舞，稱霸全場，旁人鼓掌叫好，她玩瘋了，朋友則喊著她的綽號：「彼得潘！彼得潘！」——其實不是女人，而是亞瑟・勒思。是的，連美國老作家都狂舞，卡在一九八〇年代的舊金山，宛如性解放已經成功，宛如戰爭已經落幕，柏林獲得解放，自身也獲得解放；懷中的巴斯迪安沉吟的是真有其事：人人，每一個人——連亞瑟・勒思也一樣——都有人愛。

將近六十年前的某一夜，十二點剛過，在舞池河畔幾英尺外，現代土木工程奇蹟出現了：一夕之間，柏林圍牆平地起。那夜是一九六一年八月十五日。柏林居民在十六日醒來，見到這奇景，起初以為頂多是一道小牆，只見水泥柱被敲進路面，以帶刺鐵絲網相連。居民知道麻煩將至，但他們以為麻煩只會漸次來。頃刻劇變的事在人生中太常見了。誰知道自己會正好在哪一邊？

冬季班結束了，勒思醒來，發現柏林時光和現實之間多一道圍牆。

「你今天要走了。」巴斯迪安說，眼皮仍閉著，睏意濃重，壓著枕頭睡，漫漫長夜道別導致臉頰紅通通，某人的口紅吻痕仍糊在臉上，除此之外不見年輕人才辦得到的放縱跡象。他的胸膛褐如奇異果外皮，緩緩起伏著。「我們就要說再見了。」

「是的。」勒思說，穩住重心。他的大腦像在搭渡輪。「再兩個鐘頭。我是必須的將衣服入行李。」

「你德語愈講愈爛。」巴斯迪安說，翻身脫離勒思。時間是清晨，明亮的陽光照在床單上。街頭的音樂飄進來：不停擺的柏林正敲奏著節拍。

「你仍將去睡眠。」

巴斯迪安哼一聲。勒思低頭吻他肩膀，但他已睡著了。

勒思下床，再次面對打包行李的苦差事，忍受在腦海裡震盪的渡輪，勉強收拾所有上衣，一件件像糕餅麵團謹慎疊好，然後把其他衣物塞進夾縫。這是他在巴黎學到的竅門。浴室、廚房、髒亂的中年人床頭櫃，勉強收拾乾淨。找不到的東西勉強全找回來，勉強湊攏護照、皮夾、手機三寶。免不了會忘東忘西；他希望是縫衣針而非機票。勉強為之。

當初為什麼不說yes？弗雷迪的聲音從時空飄回來：**你要我永遠在這裡陪你嗎？**為什麼不說yes？

他轉身，見巴斯迪安趴著睡，雙臂攤開像東柏林行人號誌：走或不走。巴斯迪安脊椎的線條、肌膚的光澤、橫越雙肩的雀斑……最後這幾小時在黑色大鐵床上。勒思進廚房，準備燒水泡咖啡。

因為當時不可能說出口。

他把學生的報告整理好，準備帶上飛機打分數，謹慎塞進黑背包的特殊夾層。他收拾西裝和襯衫，包成一小包，像古人出遠門用棍子挑在肩上的行囊。在另一個特殊的地方，他收妥藥丸（總召說的對：這些藥的確有效）。護照、皮夾、手機。用皮帶繫住小包袱，用領帶纏住皮帶，襪子塞進鞋裡，名不虛傳的勒思健身帶。有些物品原封不動：

防曬乳液、指甲剪、縫紉包。有些衣物仍未穿過：褐色棉質長褲、藍T恤、顏色鮮豔的襪子。裝進血紅色行李箱，拉鏈拉緊。所有東西將徒勞跟著環繞地球，就像無數旅人遊子一樣。

回到廚房，他把最後的咖啡（太多了）倒進法式濾壓壺，加滾水，用一根筷子攪拌，附上濾壓器。他等著咖啡泡好，等候期間不經意摸臉一下，摸到鬍子不禁心驚，像忘了自己還戴著口罩的人。

因為他到昨天一直在害怕。

現在結束了。弗雷迪．裴魯結婚了。

勒思按壓濾壓器，猶如卡通片裡引爆黃色炸藥，把咖啡炸得全柏林都是。

✈

以下電話內容已從德文譯為英文：

「哈囉？」

「早安，勒思先生。我是天馬出版社的佩特拉！」

「早安，佩特拉。」
「我只想確定您順利出發了。」
「我是在機場上。」
「太好了！我想告訴您，昨晚的朗讀會很轟動，學生也很感激您開的短期班。」
「每一隻人都變成病人。」
「他們全康復了，您的助教也是。他稱讚您的頭腦相當靈敏。」
「每一隻人都是非常仁慈的人。」
「萬一您發現重要的東西忘了帶走，通知我們一聲，我們可以寄給您！」
「不，我無怨無悔。無怨無悔。」
「無怨無悔？」
（廣播班機的聲音）「我沒有遺忘物品。」
「再會了！期待您的大作，勒思先生！」
「這我們不知道。再見。我現在去摩洛哥。」

然而，他現在去不了摩洛哥。

沒那麼法國

「前往馬拉喀什的旅客請注意，本班機座位超賣，微求自願改搭今晚深夜班次的旅客，我們將提供現金折抵券，金額是……」

他畏懼的旅程來了：邁入五十歲。人生中的種種旅程似乎全帶著茫然的他邁向這一趟。和羅伯在義大利旅館裡。和弗雷迪在法國走一遭。大學畢業，以瘋狂跳躍式的走法，從美東玩到舊金山，向名叫路易斯的人借住幾晚……此外，他的童年旅行：父親多次帶他去露營，多數是去憑弔南北戰爭的戰場。勒思清晰記得在營地尋找子彈，竟發現——奇蹟中的奇蹟！——一支箭頭（事後得知，父親可能事先在營地藏寶）。父親教他玩「擲刀戳地」遊戲，放心交給笨拙的勒思一把彈簧折刀，他忐忑不安丟出去，將刀子想像成毒蛇，不料刀子居然刺穿一條**真蛇**（活的無毒襪帶蛇）。他們用鋁箔裹住馬鈴薯，扔進營火裡烤。父親說著金臂屍的鬼故事，喜色隨著火光閃爍。勒思多麼珍惜這些回憶。（後來，他在父親的書房發現一本《截彎取直成長法》，教家長如何和娘娘腔的兒子培養感情，推薦的父子活動包括戰場巡禮、擲刀戳地、營火、鬼故事，全以藍色原子筆畫線，幸好童年的歡樂早已密封，這項領悟戳不破。）在當時，這些旅程全和天上繁星一樣毫無章法；唯有現在，他才看得見人生的上空有星象流轉。有了，天蠍座升空了。

勒思相信，他即將從柏林飛向摩洛哥，中途在巴黎短暫轉機。他無怨無悔，他沒有遺留任何東西。流過他歲月沙漏的最後一撮沙子將是撒哈拉之沙。

結果，他現在去不了摩洛哥。

在巴黎，問題來了：亞瑟．勒思永遠搞不定的退稅制度。身為美國公民，他有權拿回一部分海外購物被課的稅。在店裡，店員給你一紙信封，裡面的表格全為你填妥，表面上輕鬆無比，你只需在機場海關亭子買張郵票貼上寄出，稅金就會退回。但勒思很清楚退稅是一樁騙局。去海關辦公室，關門了；郵票亭，整修中；固執的辦事員堅持你出示你已經裝進託運行李的商品。退稅難度直逼申請緬甸簽證。在戴高樂機場，他遇過詢問處小姐不願告知退稅辦公室在哪裡，那是多少年前的事了？有一次，他買到郵票貼好，卻丟進一個標示具有誤導作用的回收桶。一次又一次，他被扳倒。所以這一回他絕不善罷甘休。勒思誓言，稅該退就退，他非拿到不可。在義大利，獎金在手，他魯莽斥資買一件衣服犒賞自己（淡藍色水手布襯衫，有一條水平的寬白線，像拍立得相片的底緣）。他比預定時間提早一小時抵達米蘭機場，找到退稅辦公室，拿著襯衫，卻聽見辦事員感傷告知，在離開歐盟最後一站才能辦退稅，換言之，在巴黎轉機往非洲前才能完成退稅手續。勒思毫不退縮。在柏林，他又試了同一招，結果相同（紅髮衝天的小姐，口操刻薄的柏林腔）。勒思依然毫不退縮。然而，在巴黎轉機時，他遇到對手了：

奇怪不奇怪，同樣是德國小姐，同樣紅髮衝天，戴著超厚眼鏡，若不是柏林小姐的雙胞胎，就是同一人週末來這裡兼差。她以冷冰冰的英語告知：「我們不收愛爾蘭的。」原來，他的加值稅信封被搞混了，出處竟然是愛爾蘭，幸好收據是義大利。「是義大利啊！」勒思告訴猛搖頭的她。「義大利！義大利！」他言之有理，可惜嗓門一扯開，他就輸了；他覺得原有的焦慮在內心蠢蠢欲動，對方必然察覺到了。「你現在必須從歐洲寄出。」她說。他盡量淡定，問機場郵局怎麼走。她睜大的眼珠懶得轉向他，臉上沒有笑容，嘴巴吐出得意的一句：「機場裡面沒有郵局。」

勒思踉蹌離開亭子，幾乎被打擊得落花流水，幾近崩潰而麻木走向登機門。他以羨慕的眼光看著玻璃動物園似的吸菸室，幾位菸客在裡面有說有笑，他愈想愈不甘心。幼年至今受到的種種不公平待遇串成一條記憶念珠，這時被他掏出來，一顆顆細數而內心沉重起來：姊姊拿到的禮物是玩具電話，他卻落空；化學考試筆跡太潦草，只拿到B；申請到耶魯大學的是腦殘富家子，而不是他；好男人看上汲汲營利的人和笨蛋，漠視天真的勒思；記憶一路累積到他的新小說被出版社客氣婉拒一事，以及屢次被排除在最佳作家名單之外，先是三十歲以下最佳作家，然後是四十歲、五十歲以下——年齡層再往上推就沒有然後了。羅伯的遺憾。弗雷迪的苦悶。如今，勒思的腦袋再度坐在心靈收銀台前，為他過去的恥辱向他索價，彷彿他從沒付出代價似的。他努力過，可惜無法釋懷。計較的不是錢啊，他告訴自己，而是原則問題。該走的流程全都按規矩走完了，竟然又被擺一道。計較的真的不是錢。後來，他走過LV、Prada，走過名酒名菸與名牌副牌的服飾店，終於對自己承認：的確是為了「錢」字。他計較的當然是錢。他的大腦倏然決定了，他還沒準備好踏進五十歲。因此，當他行抵擁擠的登機門，情緒激動，汗水淋漓，懷疑起人生，同時豎耳傾聽地勤的廣播：「**前往馬拉喀什的旅客請注意，本班機座位超賣，徵求自願改搭今晚深夜班次的旅客，我們將提供現金折抵券，金額是……**」

「找我就對了。」

命運的時鐘即將倒轉。不久前，勒思在機場休息室惘然若失，被掏空了，被耍了，被擊垮了，現在卻滿面春風走在霍歇街上，口袋滿是鈔票！他把行李寄放在機場，能自由在巴黎市區晃蕩幾小時。他打了電話給一名老友。

「亞瑟！小伙子亞瑟．勒思！」

電話另一端是現居巴黎的亞歷山大．磊頓，俄川藝文社的作家。他寫詩，創作劇本，也是學者，是黑人同志，脫離明目張膽種族歧視的美國，移居同樣歧視種族的法國，只不過這裡歧視的風格文雅一些。勒思記得亞歷山大倔強的當年，記得他頂著一團豐濃的爆炸頭，在晚餐席上吟詩。上次見面時，亞歷山大童山濯濯，大光頭猶如一顆麥芽糖球。

「我聽說你在旅行，怎麼不早點通知我一聲呢？」

「呃，我本來沒排巴黎行程。」勒思解釋。能從生日牢籠中獲得假釋，他喜出望外，自知講話有點語無倫次。他剛出瑪黑區一帶的地鐵站，一時搞不清楚狀況。「我去了德國教書一陣子，再之前在義大利；我自願改搭夜班飛機。」

「我運氣真好。」

「我在想，你要不要出來，跟我吃一頓飯或喝杯酒？」

「卡洛斯有沒有聯絡上你？」

「誰？卡洛斯？什麼？」顯然在這場對話中，他同樣搞不清楚狀況。

「他遲早會找上你啦。他想買我以前的書信筆記，不曉得他有什麼盤算。」

「卡洛斯？」

「我的書信全賣給索邦大學了。他肯定會去找你。」

勒思想像自己的「書信」陳列在索邦大學：《亞瑟．勒思書信集》。慕名而來的人數必定相當於「夜會……」

亞歷山大的話仍未講完：「……倒是告訴我，聽說你會去印度！」

情報傳遞全球的速度何其神速啊，勒思感到訝異。「對，」他說：「對，是他的建議。對了——」

「對了，生日快樂！」

「還沒，還沒，我的生日是在——」

「好了，我有事急著走，不過我今晚會出席一場晚宴。一群貴族辦的；他們愛美國人，也愛文藝人士，一定很歡迎你參加。我希望你能一起去，你願意去嗎？」

「晚宴？我不知道能不能……」人生對勒思丟出一個總是讓他腦筋轉不過來的數學邏輯題：**假設小牌作家半夜要搭飛機，卻又想在八點去巴黎赴宴……**

「是巴黎名流隨性的場合啦——他們喜歡小驚喜。況且，我們可以聊聊婚禮的事。辦得好漂亮喔。而且還鬧了那點小**醜聞**！」

勒思腦筋轉不過來，只支支吾吾：「喔，那個啊，哈哈——」

「這麼說，你聽說過了。能聊的東西好多，待會兒見囉！」他給勒思巴克街上的一個不清不楚的地址，附有兩組門碼，然後匆匆道再見。勒思上氣不接下氣，站在一棟布滿藤蔓的老房子外面。一群小學女生排成兩排，直線通過他。

這下子，晚宴是非去不可了，只因為他禁不住誘惑。一場非常漂亮的婚禮。擺明了有好戲可看——如同魔術師亮一張撲克牌，然後讓牌消失，遲早會在你耳朵後面變回來。因此，勒思計畫去寄退稅申請書，赴宴，聽最難受的部分，然後趕搭午夜航班去摩洛哥。既然現在有空，他可以去逛巴黎。

巴黎市自他周圍展開鴿翼。他逛完孚日廣場，成排修整過的樹木既能遮毛毛雨，也能阻擋猶他州兒童唱詩班。他們全穿黃T恤，演唱著八〇年代的抒情搖滾金曲。在長椅上，有一對中年男女或許聽到年輕時的旋律，耐不住激情，旁若無人熱吻起來，雨滴落在風衣上形成珠珠。勒思旁觀著，配樂是〈與愛絕緣〉，見中年男伸手進女方的上衣。在周圍的柱廊裡，青少年披著廉價塑膠雨衣，聚集在雨果故居外欣賞雨景，一袋袋的小玩意顯示他們剛訪鐘樓怪人。在糕餅店，連勒思狗屁不通的法語也暢行無阻：不久，杏仁牛角麵包到手，奶油香的碎屑掉了他一身。他去逛卡納瓦雷博物館，欣賞傾頹宮殿復舊的成果，一間逛過一間，研究一組奇特的裸瓷塑像：富蘭克林與法國簽訂條約。他看見古時候的床鋪與肩膀同高，感到驚奇。他在普魯斯特以黑色和金色為主的臥房前，瞠目結舌看著：軟木塞牆壁比較像香閨，反而不像瘋人院，而普魯斯特父親的畫像高掛牆上，也令勒思動容。下午一點，他站在富凱廳拱門下，聽見鐘聲響徹全屋，和紐約某飯店大廳的時鐘不同的是，這裡的古鐘全有盡職的工作人員上緊發條。然而，勒思默數著鐘聲，發現時間差了一小時。拿破崙時間。

距離去亞歷山大給的地址相見的時間仍有好幾小時。他順著亞旭夫街走下去，進入猶太古街的窄小入口。年輕觀光客排隊等著買中東炸豆泥丸，老遊客則坐在露天咖啡廳，面對聲勢浩大的菜單，表情懊喪。風姿綽約的巴黎婦女身穿黑色系和灰色系服裝，啜飲著顏色俗艷的美式調酒——在美國，連大學姊妹會的潮女都怕丟臉，避點這種酒。他記得有一次，弗雷迪來巴黎飯店和他會合，兩人慢慢共度奢華的一週，逛博物館，進出華燈熠熠的餐館，半夜挽手醉遊瑪黑區，白天則窩在飯店房間裡放鬆兼養病——其中一人在巴黎病倒了。

當時，朋友路易斯告知，這條街上有一間內行人才知道的男士精品店。弗雷迪穿黑夾克照鏡子，驚見書生瞬間變得俊光四射：「我真的長這樣嗎？」「希望」兩字寫滿弗雷迪的臉；勒思不顧售價高如這一趟的旅費，非買下來送他不可。事後，他向路易斯透露自己魯莽破財之舉，挨路易斯訓一頓：「你希望你的墓誌銘寫這樣嗎：**他去巴黎卻捨不得奢侈一下？**」後來他懷疑，奢侈品是那件衣服還是弗雷迪。

他找到這家無招牌的黑色店面，只見單獨一個金色乳頭造型門鈴，撫摸一下才按。門開了。

兩小時後：亞瑟．勒思站鏡子前，左邊白色皮沙發上有杯喝完的義式濃縮咖啡和一杯香檳，右邊是安里戈：開門歡迎他的人就是他。小個子落腮鬍的他是魔法師，請勒思坐下，去為勒思取出剛買的「你穿好合適」。和皮埃蒙特那個裁縫師簡直有天壤之別。義大利文學獎附贈一套訂製西裝，這位上唇小鬍子近似海獺的裁縫師默默量他的尺寸，勒思驚喜找到完全符合招牌藍的布料，裁縫師卻說：「太年輕，太鮮艷。你要穿灰色的。」勒思堅持要藍，裁縫師聳肩以對：**再說吧**。勒思留下京都飯店的地址，說他四個月後將投宿那裡，而前往柏林途中的獎品是白拿了。

但如今在巴黎：一整個更衣間的寶藏。何況鏡子呈現著：全新的勒思。

安里戈：「我……講不出話……」

人間流傳一種旅客謬論：出國買衣服。白亞麻修身外衣在希臘好風雅，出行李箱卻糜爛成嬉皮裝。在羅馬買的條紋襯衫很美，帶回家卻被打入深櫃。至於在峇里島買的精緻手工蠟染衣，先是留到搭郵輪才穿，後來充當簾子用，然後被視為失心瘋的前兆。巴黎呢——

勒思穿著天然皮革的翼尖鞋，每一趾尖有一抹綠，合身的黑亞麻長褲有螺旋縫線，反穿的灰T恤，連帽皮夾克露出柔軟絨面，軟如舊橡皮擦的殘根。他的造型像紐約火島的大魔王饒舌歌手，將近五十了。但在這國家，在這城市，在這一區，在這間店裡——滿是毛與皮的浮誇精品，鈕釦與縫線巧妙隱藏，獨家灰色系服飾唯有經典黑色電影裡看得到，頭上是雨水斑斑的天窗，腳下是天然冷杉地板，橡樑掛幾盞宛如天使的暖光燈泡，而安里戈明顯有點暗戀這位迷人的美國客——勒思的外觀改頭換面了，更加俊朗，更有自信。他的青春美從冬季儲藏箱被挖出來，歸還給中年的他。**我真的長這樣嗎？**

晚宴在巴克街，場地由女傭室改裝的房間，天花板低矮，走廊適合飛奔，與其用來設宴，倒不如挪用為離奇凶殺案的場景。因此，勒思經人引介，認識一張張貴族笑臉，暗然以不入流的小說語句在心中刻畫這些人：「啊，愛流浪愛藝術的女兒。」他暗暗對自己說，和對方握手，眼前是一位外表邋遢的金髮年輕女子，身穿綠色連身洋裝，眼珠被古柯鹼刷得雪亮。他接著見到一名身穿絲質束腰衫的老婦，遠遠對他點頭，他心想：「在賭場輸光首飾的大媽就是她。」阿姆斯特丹來的不長進表哥，身穿細條紋棉質西裝。同志兒子的服裝走美式風格，穿海軍藍休閒西裝搭配卡其褲，整個週末嗑搖頭丸的後勁猶存。外表沉悶的義大利老爺爺穿覆盆莓顏色的夾克，端著一杯威士忌：戰時密犯通敵罪的惡人。角落的西班牙帥弟身穿白淨乾爽的襯衫：意圖恐嚇勒索所有人。女主人以洛可可髮型示人，下巴方正：最後一分錢花在慕斯上了。誰會被謀殺？哇，被謀殺的人是亞瑟·勒思！因為他是最後關頭獲邀的，是無名小卒，也是絕佳的人肉標靶！勒思凝望自己這杯毒香檳（第二杯了，至少是），不覺莞爾。他再東看西看，找不到亞歷山大，大概是躲起來了，不然就是有事耽擱。這時候，勒思注意到書架旁邊，有一名戴著有色鏡片的矮瘦男子。恐慌感如鰻魚，在他體內溜鑽，他放眼尋找逃生口，可惜人生沒有逃生口。於是。他再喝一口，走過去，報上自己名字。

「亞瑟，」芬利·杜艾爾微笑說：「又在巴黎相見了！」

為何舊識難忘懷？

在王爾德與史坦文學獎之後，亞瑟．勒思和杜艾爾其實見過一次面。當時是在法國，是在弗雷迪飛來找勒思之前。那一趟，勒思接受法國政府補助，下鄉擔任文化大使。法國政府安排美國作家拜訪小鎮，在圖書館駐村一個月，將文化傳播給偏鄉。主辦單位是法國文化部。對受邀的美國作家來說，自己國家怎可能引進外國作家？更不可思議的是，出這主意的竟然是文化部。那年，勒思抵達巴黎，被時差整得日夜顛倒（當時他尚未學到弗雷迪的安眠藥訣竅），拿到受邀作者名單，昏沉沉看一眼，嘆氣。名單上有個熟悉的姓名。

「哈囉，我是芬利．杜艾爾，」芬利．杜艾爾說：「我們互不認識，不過我拜讀過您的大作。歡迎光臨我的城市；我住這裡，你知道吧。」勒思說他很期待一同出發，杜艾爾卻說勒思誤解了。名單上的作者不是同進同出而已，而是兩兩結伴。「像摩門教傳教士。」杜艾爾微笑說。勒思緊接著得知，幸好他的搭檔不是杜艾爾，按捺如釋重負的輕鬆感。但實際上也不會有人和他搭檔，因為和他搭檔的老作家生重病，無法搭機前來。勒思的喜悅不因此稍減，更加慶幸遇到這個小奇蹟：他能單獨在法國住一個月，有時間寫寫東西，做一些筆記，好好享受鄉野情趣。穿金色衣服的女子在桌頭起立，指派每一人去的地點：馬賽、科西嘉、巴黎、尼斯。亞瑟．勒思……她看手上的名單……被派去米盧斯。「什麼？」米盧斯。

原來，米盧斯位於德法邊境，離斯特拉斯堡不遠。米盧斯有個盛大的豐收節，可惜剛結束，耶誕節的通集也很壯觀，可惜勒思也無緣躬逢其盛。十一月是青黃不接的時期，是上有一姊、下有一妹、其貌不揚的次女。他搭的火車在夜裡抵達米盧斯，整個鎮顯得幽暗而瑟縮，他被帶進旅館——就在車站裡面。他的房間和傢俱全是一九七〇年代的產物，黃色塑膠抽屜櫃弄了半天打不開，勒思投降了。不知道哪個水管工瞎了眼，淋浴用的冷熱水龍頭錯置。從他的窗戶可見一座紅磚圓形廣場，近似一張義式辣香腸披薩，咻咻颼的風不停在上面撒枯葉調味。他安慰自己，幸好弗雷迪在他駐村結束時能在巴黎和他會合，他們能遊覽一星期。

他的隨行人員是艾蜜莉，是美美瘦瘦的阿爾及利亞裔女孩，不通英文，令勒思懷疑她有哪一點條件符合這職位。然而，她天天早上來飯店見他，面帶微笑，穿著美好的羊毛衫，送他去見省圖書館員，全程坐後座，然後在晚上送他回飯店。她家住哪裡？謎。她的作用何在？同樣是一團謎。她負責陪他睡嗎？如果是的話，他們誤譯他的書了。省圖書館員的英文比較好，但不知為何承載著莫名的哀傷，在晚秋霏霏細雨中，他的蒼白禿頭似乎快被融入單調的背景裡。他負責安排勒思的每日行程——通常是白天拜訪一所中小學，晚上去一間圖書館，有時在兩者之間去拜訪修道院。法國高中餐廳午餐供應什麼？勒思從不特別好奇，如今發現是肉凍和醃黃瓜，他應該驚訝嗎？容貌姣好的高中生以菜英文問出高明的問題，h漏掉不發音，像倫敦東區中下階層的土腔。勒思回答得風度翩翩，引來女生嘻嘻笑。學生跟他討簽名，把他當成影視名人看待。晚餐通常在圖書館，經常設在唯一有桌椅的地方：兒童區。想像長手長腳的亞瑟．勒思縮在小椅子上，面對著小桌子，看著圖書館員為他剝除肝醬上的保鮮膜。訪問到某地，當地人請他吃「美式點心」，結果是麥麩瑪芬。後來，他朗讀給礦工聽，礦工若有所思聽著。大家到底都在想什麼東西？為什麼找一個名氣普普的同性戀為法國礦工朗讀？他想像杜艾爾在垂掛絨布幕的蔚藍海岸劇場娛樂民眾。在米盧斯，天空陰沉，時運也陰沉，難怪亞瑟．勒思的情緒走下坡。日子一天比一天灰濛濛，礦工的態度隨之灰沉，他的心境也更加晦暗。他發現全米盧斯僅一家同志酒吧，名叫富豪噴射七，即使如此，他的悲情有增無減。酒吧裡漆成黑色，近似苦艾酒客名畫，讓人一看就悲哀，店名的雙關語更教人不敢領教。勒思完成文化部下達的使命，豐富了法國每一位礦工的生活，之後才搭火車回巴黎。進旅館，發現弗雷迪穿著外出衣褲，躺在床上熟睡；他剛從紐約過來。勒思擁抱他，荒謬的眼淚開始決堤。「喔，嗨，」睡眼惺忪的弗雷迪說：「你是怎麼了？」

杜艾爾喝一小口香檳說：「你這次來巴黎的目的是什麼？」

為什麼大家都對小亞瑟．勒思感到好奇？以前大家怎麼從來沒想到他？他總覺得自己在這些人心中無足輕重，和白板（quaalude）裡多出來的一個a一樣畫蛇添足。「只是旅遊而已，我正在環遊世界。」

「環遊世界八十天。」杜艾爾喃喃說著法語，仰頭望天花板。「你帶了貼身男僕帕斯巴德嗎？」

勒思回答：「沒有。我單獨一個人。我獨行。」他低頭看自己的香檳杯，空了。勒思霎然想到，自己也可能醉了。

但杜艾爾毫無疑問是醉了。他倚著書架，穩定重心，直視勒思說：「我讀過你上一本書。」

「喔好。」

他頭向下傾，勒思現在看得見他的眼睛在鏡框之上。「能在這裡遇見你，運氣真好！亞瑟，我想講一件事，方便我講嗎？」

勒思縮脖子，準備迎接即將撲上身的瘋狗浪。

「你有沒有想過，你怎麼從來沒得過獎？」杜艾爾問。

「時機和運氣不對？」

「同志圈的媒體為什麼不肯評論你的書？」

「沒有嗎？」

「對，亞瑟。別假裝你沒注意到，你不符合標竿。」

勒思誤聽成「你不在大砲裡[註]」。他正想回應說，我覺得自己很像踏進砲筒，人從砲口向觀眾揮手，然後鑽進砲身杳然無蹤，一個即將破半百的小牌小說家。隨即，他領悟到，對方說的是「標竿」，不符合標竿。

「什麼標竿？」勒思吞吞吐吐說。

「同志圈的標竿，各大學的標竿，亞瑟」——杜艾爾明顯氣急敗壞——「王爾德與史坦，另外還包括，呃，老實說，包括我在內。」

「符合標竿是什麼滋味？」大砲的影像仍殘留勒思腦海。他決定中途攔截杜艾爾：

「說不定，我是個差勁的作家。」

杜艾爾揮揮手，不理會這句話，或者，他不理的也許是服務生奉上的鮭魚可樂餅。

「不對。你是個非常出色的作家，《卡利普索》是傑作，寫得好美，亞瑟。我必須說我非常佩服。」

勒思愣住了。他捫心自問自己的弱點。太言重了嗎？太情癡？「太老氣嗎？」勒思試問。

「我們大家都年過五十了，亞瑟。原因不在於你是——」

「不對，我還沒——」

「是一個差勁的作家。」杜艾爾停半拍，以強化效果：「原因在於，你是一個差勁的同志。」

勒思無言以對，這句抨擊命中不設防的一側。

「我們的職責是呈現圈內美好的一面。可是，在你的書裡面，你把角色寫成吃盡苦頭卻得不到回報。要不是我認識你，我會以為你是共和黨人。《卡利普索》很美，充滿惆悵，但也自怨自艾到極點了。一個男人被海浪沖上小島，體驗到好幾年的同志戀情，結果卻回家去找老婆！你應該要再改進一點。為我們好，啟發我們啊，亞瑟。目標訂高一些。抱歉我講得這麼白，不過這話是非講不可。」

最後，勒思擠出一句反問：「一個差勁的同志？」

註：標竿（canon）與大砲（cannon）發音相似。

杜艾爾摸摸書架上的一本書。「這樣想的人不只我一個，這事引發過討論。」

「可是……可是……人物是照奧德修斯描寫的，」勒思說：「他最後回到髮妻潘尼羅佩懷抱。故事原本是這樣沒錯。」

「做人可別忘本啊，亞瑟。」

「我沒忘。我是德拉瓦州坎頓人。」

杜艾爾摸摸勒思手臂，勒思感覺如觸電。「你是順著感覺寫你想寫的東西，我們全都一樣。」

「所以我被同志圈杯葛了嗎？」

「我剛遠遠見你站那邊，所以非藉這機會告訴你，因為別人不會像我這麼仁慈。」他微笑，補上一句：「仁慈到對你這樣直話直說。」

有三個字在他心中湧現，勒思卻不願講，然而，對話中被狠狠將了一軍，礙於下棋的邏輯，他不得不說：

「謝謝你。」

杜艾爾從書架取下剛才摸的書，走進人群，翻到獻辭頁。也許那一頁印的是他的大名。天花板掛著一座陶瓷吊燈，吊著幾個藍色小天使，灑下的影多於光。勒思站在吊燈下，體會到愛麗絲在仙境被縮小的感受，他被杜艾爾縮小了，照比例被縮成迷你勒思，如今，再小的門他都鑽得進去，問題是門的另一邊是哪一座庭園？差勁同志的庭園。誰曉得天下有這種事？勒思始終以為，自己只不過是個差勁的作者。差勁的伴侶、差勁的朋友、差勁的兒子。顯然，實際情況更糟糕；他連自己都做不好。他心想，**不幸中的大幸是**，他望向另一邊，見杜艾爾正在娛樂女主人：「我不矮。」

回首米盧斯結束後的巴黎之旅，當時確實有些狀況。攜伴旅行的互動情形很難逆料，而弗雷迪和勒思起初常相互掣肘。儘管在人生旅途中我們差不多是點水的蜻蜓，在一般的旅途中，勒思總是一隻借住外國殼的寄居蟹，喜歡定點深度認識一條街、一間咖啡店、一間餐廳，喜歡聽服務生、老闆、寄衣間女孩直呼他名字，以便離開後，他能把這地方眷戀成另一個家。弗雷迪恰好相反，他想看遍所有東西。在重逢的那一夜，勒思帶來米盧斯的憂鬱，弗雷迪帶來時差，兩人都有睡意，巫山雲雨起來卻酣暢淋漓。翌晨，弗雷迪提議搭觀光巴士看遍巴黎熱門景點！勒思怕得直打哆嗦。弗雷迪坐在床上，穿著運動服，一副沒救的美國佬模樣。「有啥不好？很棒啦，我們可以參觀聖母院、艾菲爾鐵塔、羅浮宮、龐畢度中心，還有那條大道上的拱門，香熙……協……」勒思不准。基於某種不理性的恐懼，他不想被熟人見到他站在觀光團裡，跟著一面金色大旗子走來走去。「哎唷，誰會在乎呢？」弗雷迪問，但勒思連考慮都不肯。他逼弗雷迪陪他搭地鐵或步行遊覽，飲食全靠路邊攤，不准進餐廳。母親若知道，會說他得自父親真傳。每天遊覽到最後，兩人既累又心浮氣躁，口袋一堆地鐵票根。考慮同床共枕，兩人還必須先憑意志力卸下將軍與步兵的角色，否則甭談。幸好弗雷迪走運了：勒思中了流感。

在柏林照顧巴斯迪安時，勒思曾想起某個病人——那人就是他自己。病倒後，記憶當然是一片模糊。漫漫長日，他像普魯斯特凝望地板上的一道金日光——唯一沒被禁閉窗簾攔下的逃犯。漫漫長夜，他效法雨果，傾聽腦殼內的鐘塔迴盪出的笑聲。這一切全和弗雷迪憂慮的臉孔糊成一團。有個醫生來了，講法語，弗雷迪溝通不成，因為他找得到的唯一口譯正垂死呻吟。弗雷迪端吐司和茶過來；弗雷迪穿休閒西裝，戴圍巾，忽然成了巴黎人，傷心揮別外出；弗雷迪渾身葡萄酒味，醉倒在他身旁。勒思凝視天花板電扇，懷疑電扇該不會靜止吧，旋轉的是房間，或者相反？好比中世紀古人猜測著天動說或地動說。壁紙畫著一棵樹，樹上躲著幾隻鸚鵡，勒思欣然認出是他童年那棵巨大的合歡樹。他坐在德拉瓦州老家的大樹上，望著後院，看著母親的橙色圍巾。勒思讓樹枝擁他入懷，讓蘇斯博士畫中的粉紅花香環繞。他爬得很高，超出三四歲小孩的極限，母親急著喊他名字。她有所不知的是，兒子爬大樹是想獨處，自滿得不得了，當然也有點害怕。鐮刀形葉片掉在他蒼白的小手臂上，母親一直喊他的名字，他的名字，他的名字。亞瑟．勒思在樹枝上蠕蠕前進，指間感受著滑溜的樹皮……

「亞瑟！你醒了！你氣色好多了！」低頭看他的是弗雷迪，穿著浴袍。「現在感覺怎樣？」

悔恨，多半是。恨自己先貴為將軍，現在淪為傷兵。他慶幸他只病倒三天，仍有時間去逛……

「我逛完多數景點了。」

「是嗎？」

「你要的話，我樂意陪你再逛羅浮宮。」

「不必，不必了，不用。我想去找路易斯說過的一間店，我認為應該送你禮物……」

巴克街上的貴族轟趴悶到到不能再悶。剛被杜艾爾找上，被告知自己觸犯多項文學罪，他依然苦尋不著亞歷山大；不是慕斯餿了，就是他的胃有毛病。顯然，他該告辭了，他的胃腸太虛弱了，無法再聽人描述那場婚禮。也好，班機會在五小時後起飛。勒思開始張望，尋找女主人——黑色女裝蔚為一片黑海，一眼難以找對人。他發現有人站到他身旁。一張西班牙臉孔，笑容穿透黝黑的皮膚而出，像是想勒索取財的歹徒。

「你是亞歷山大的朋友吧？我叫哈維爾。」男子說。他端著一盤鮭魚加北非小米，金綠眼，黑髮梳直中分，長度足夠撩至耳後。

勒思不語。他忽然覺得熱，自知臉色通紅起來。大概是酒精作祟。

「我還知道你是美國人！」男子又說。

勒思不知所措，紅上加紅。「你……你怎麼知道？」

男子的視線上下打量他身體。「你打扮得像美國佬。」

勒思低頭看自己的亞麻長褲、刷毛皮夾克。他明白了，他誤闖魔店，中了老闆的邪，重蹈先前無數美國旅客的覆轍。他荷包失血，穿成巴黎人可能打扮的裝扮，而非巴黎人的日常穿著。早知道就穿那件藍西裝。他說：「我叫亞瑟。亞瑟．勒思。我是亞歷山大的朋友，他邀請我來。可是，他好像還沒來。」

男子挨近過來，非抬頭不可；他比勒思矮了一大截。「亞瑟，他老是邀請人，自己卻從來不到場。」

「我其實正想離開，我在這裡一個人也不認識。」

「不行，別走！」哈維爾似乎明瞭到這話太大聲。

「我今晚得搭飛機。」

「亞瑟，多待一會兒嘛。這裡的人我也一個都不認識。那邊那兩個，你看見沒？」他以下巴指向黑色露背裝的女子，金髮紮成髻，杯子附近一盞檯燈照亮。男人全身灰色，頂著一顆超大的亨弗萊．鮑嘉頭。兩人並肩站著，正在欣賞一幅素描。哈維爾露出奸笑，一撮頭髮落下來，掛在額頭上。「我剛和他們交談。三個人彼此都不認識，不過，我能……憑第六感……馬上知道我是電燈泡。所以我才過來這裡。」哈維爾把頭髮撩至原位。「他們一定會上床。」

勒思笑一笑，說那一對當然沒有明講。

「沒有是沒有，不過，看他們的肢體語言，兩人的手臂碰觸到了。看他湊近跟她講話，這裡又沒有那麼吵。他湊近只為了接近她，他們嫌我礙事。」就在這一刻，鮑嘉一手放在女子肩膀上，指向那幅素描，講著話，嘴唇貼近她耳朵，近到吹動幾絲沒紮緊的頭髮。這下子明朗化了；這一對肯定會上床。

他轉回哈維爾，見哈維爾聳肩：無奈。勒思問：「所以你才過來這邊？」

哈維爾的視線逗留在勒思。「是原因之一。」

勒思允許這句撩男話術的暖意盈灌全身。哈維爾的表情不變。一時之間，兩人默然無語；時光緩緩擴張，深深呼吸。勒思明白，輪到他採取行動了。他回想，小時候有朋友會慫恿他去摸燙手的東西。沉默被打破了，是酒杯的聲音，杯子也破了，掉在地上石板，從杜艾爾手裡落地。

「所以，你要飛回美國？」哈維爾問。

「不對。飛去摩洛哥。」

「啊！我母親是摩洛哥人。你要去馬拉喀什，接著是撒哈拉沙漠，然後去菲斯，對吧？一般的行程是這樣。」哈維爾是在眨媚眼嗎？

「我猜我算一般旅客吧，是的。你對我的掌握這麼多，你自己卻是一團謎，不太公平吧。」

再眨一眼。「我不是。我不是。」

「我只知道你母親是摩洛哥人。」

媚眼繼續眨不停。「對不起。」哈維爾皺眉說。

「身為謎團也不錯。」勒思盡量為對方找台階下。

「對不起，我眼睛裡有東西。」哈維爾的右眼急速眨動，猶如驚弓之鳥。眼眶外緣開始涓流出一條淚。

「你沒事吧？」

哈維爾咬緊牙關，眨了又眨，揉揉眼睛。「太丟臉了。我換新的隱形眼鏡，戴了很不舒服。法國貨。」

勒思沒有補上一句笑點。他看著哈維爾，心存憂慮。他讀過一本小說，書中提到移除眼中異物的偏方：伸舌尖舔。但這舉動太親暱了，比接吻還親暱，他連提都不敢提起。更何況，偏方來自小說，八成是子虛烏有。

哈維爾再急眨幾下：「掉出來了！」哈維爾感嘆說：「我自由了。」

「不然就是你用法國貨用習慣了。」

哈維爾的臉上出現不均勻的紅暈，淚水在右臉頰泛光，濃睫毛黏在一起。他試圖微笑。他有點喘不過氣。在勒思眼裡，他像剛才一路長跑過來的人。

「謎團破功了！」哈維爾說，一手放在桌上，假笑一聲。

勒思好想吻他，想抱住他，保護他。他不經大腦思考，直接伸手，壓在哈維爾手上。他的手仍有淚水。

哈維爾抬頭以金綠眼看他，近到勒思能嗅到髮油的橙香。兩人如此靜靜站著，文風不動，裸瓷塑像一尊。手壓著哈維爾的手，目光盯著金綠眼。感覺上，記憶庫恐怕永難刪除此刻這筆資料。然後，兩人站開來。勒思臉紅如舞會佩戴的康乃馨。哈維爾深吸一口氣，然後解除四目相對的狀況。

「我在想，」勒思情急之下沒話找話說：「你有沒有破解加值稅的妙招……」

他們無視現場綠條紋布料壁紙，牆上掛著素描畫，或稱為「漫畫」，是較大幅作品的細部分解圖：有的畫一隻手、有的畫一隻握筆的手、有的畫女子朝天的臉孔。壁爐架上方掛著重點作品：寫信中的女子歇筆沉思。書架和天花板相連，假如勒思仔細找，應該會在H．H．H．曼登的皮博弟系列小說旁找到一本美國短篇小說集，裡面收錄一大驚奇——他的一篇小說。女主人沒讀到；書擺上書架，是因為她多年前曾和另一篇的作者有過一段情。在兩層以上的架子上有兩本詩集，她讀過，作者是羅伯，但她不知客人之一和大詩人大有關係。然而在此處，與他的舊情人相逢。現在，太陽已下山，勒思也找到破解歐洲稅制的管道。

勒思的招牌笑聲先大後小：**啊**哈哈哈！

「我來這裡之前，」勒思說著，感覺舌頭被香檳制伏了：「去逛了奧賽美術館。」

「很不錯。」

「高更的雕刻深深感動我。不過，我卻突然看見梵谷，三幅自畫像。我走向其中一幅，用玻璃框住。我看見自己倒映在玻璃上，暗叫一聲：天啊。」勒思搖搖頭，瞪大眼睛，重溫當時的驚訝。「**我的模樣跟梵谷一模一樣**。」

哈維爾笑一笑，伸手摸臉。「在割耳事件之前吧。」

「我當時心想，**我瘋了**，」勒思繼續：「不過……我已經比他多活了十多年！」

哈維爾歪頭，成了西班牙可卡犬。「亞瑟，你今年幾歲？」

深呼吸。「四十九。」

哈維爾走近他，定睛看他，散發出菸味混合香草香，有勒思祖母的味道。「太巧了。我也四十九歲。」

「不會吧，」勒思說，真心感到困惑。哈維爾臉上找不到一條皺紋。「我還以為你才三十五、六歲。」

「少騙人了。不過，你騙得好。你看起來一點也不像要五十歲。」

勒思微笑。「下禮拜就是我生日。」

「快五十了，感覺很怪，不是嗎？我覺得自己才剛搞懂怎麼虛度青春。」

「對啊！就像出國玩到最後一天，終於搞懂了哪裡買得到咖啡、喝得到美酒、吃得到順口的牛排，結果隔天就該回家了。而且，永遠不會再回來。」

「你比喻得非常好。」

「我是作家，我自認可以把東西比喻得非常好。可惜有人罵我是『情癡』。」

「什麼？」

「意思是傻，心腸軟。」

哈維爾似乎高興起來。「**心腸軟**是個不錯的字，心腸軟。」他深呼吸，彷彿想鼓足勇氣。「我想我也一樣。」

哈維爾說這句話時面露哀傷。接著，他改盯著自己的酒。窗外天空趕走最後一層薄紗，露出閃亮赤裸的金星。勒思看著哈維爾黑髮中的銀絲，玫瑰色鼻樑英挺，頭垂白襯衫之上，兩顆鈕釦沒扣，露出棗色肌膚，點綴著胸毛，向下通往黑影。白毛不在少數。他想像一絲不掛的哈維爾，想像白床上的這雙金綠眼向上望……他憧憬著觸摸這身溫暖的肌膚。今晚的進展出人意料，這人也出人意料。勒思想到，以前曾在廉價商品店買皮夾，發現裡面夾著一百美元。

「我想抽根菸。」哈維爾說，臉上有童稚的靦腆。

「我陪你去。」勒思說。兩人一同踏出敞開的落地窗，進入岩造的窄陽台，幾名歐洲菸客回頭瞄美國人一眼，把他當成秘密警察似的。陽台繞過屋子的轉角，從這裡看得見各家煙囪和傾斜的金屬屋頂。這裡別無旁人，哈維爾掏出一包，拉出兩支象牙白的菸。勒思搖搖頭：「我其實不抽菸。」

兩人相視大笑。

哈維爾說，「我好像有點醉，亞瑟。」

「我好像也是。」

能在陽台上與哈維爾獨處，勒思的微笑漫至全臉。是香檳在搞鬼嗎？為何他不禁嘆氣被旁人聽見？兩人在欄杆旁肩並肩。煙囪全像花盆。

望著屋頂風景，哈維爾說：「人變老是一件怪事。」

「怎麼說？」

「認識新朋友，有些人禿頭，有些人白頭，我不清楚他們的頭髮原本是什麼顏色。」

「我倒從沒想過。」

這時候，哈維爾轉頭看勒思；他可能是邊開車邊轉頭看乘客的那一型。「我有個朋友，認識他五年了，我有一次問他才曉得，他原來快六十歲了。但他頭髮是紅色，我好驚訝！」

勒思點頭贊同。「前陣子，我走在紐約街頭，有個老頭子朝我走過來，還抱我。我根本不知道他是誰。原來，他是我某任男友。」

「我的天！」哈維爾以西班牙話驚呼，嚥下一大口香檳。勒思感覺自己的手臂碰到哈維爾的手，縱使隔著兩層布，勒思的皮膚仍復活起來。他多麼迫切想碰觸這男人。

哈維爾說：「我呢，有一次吃晚餐，旁邊坐一個老頭子。無聊透頂了！他的話題是房地產。我心裡嘀咕，**拜託老天爺，我以後老了，不要讓我變成他這樣**。後來我發現，他比我小一歲。」

勒思放下酒杯，提起勇氣，一手再次放在哈維爾手上。哈維爾轉身面對他。

「變老的另一件怪事是，」勒思語重心長說：「我發現同年齡的朋友裡只有你一個單身。」

哈維爾不回應，只露出哀傷的淺笑。

勒思愣一愣，縮手回來，站離欄杆半步。如今，在他與西班牙人之間騰出的新空格裡，旁人能看到勃然擎天的艾菲爾鐵塔奇景。

勒思問：「你不是單身，對吧？」

哈維爾輕輕擺頭，煙從嘴裡滲漏而出。「我們在一起十八年了。他在馬德里，我在

「喔。」金綠眼突然露出愁容。「我們不會再見面了吧？」

他年輕時一定是身材精瘦，綿長的黑髮在某些光線下顯得靛藍如早期漫畫書裡的色澤。年輕的他一定是穿橙色三角泳褲海泳，愛上一個在岸上微笑的男人。他一定是錯愛連連，最後在藝術博物館邂逅一位可靠的男人，只大他五歲，已有禿頭跡象，肚腩也微凸，但性情溫順，不可能再弄碎他的心。對方住在熱氣蒸騰的城堡都市馬德里。定情十幾年後，兩人總算結婚。這一對吃了多少頓火腿加醃鯷魚晚餐？襪子抽屜裡的黑襪和海軍藍襪混搭，兩人不知吵了多少次架，最後才決定各放各的抽屜？棉被也各自蓋一床，如同德國人的習慣？茶和咖啡品牌也依個人喜好？度假也分頭玩，丈夫（頭全禿了但肚子仍未超凸）去希臘，他自己去墨西哥？如今，他又獨自去海邊弄潮，同樣穿橙色泳褲，身材不復精瘦。郵輪製造的垃圾堆積海岸線，遙望在古巴躍動的燈火。他一定是寂寞好久了，如今才站在勒思面前問是否無緣再相見。在巴黎樓頂，身穿黑西裝和白襯衫。任何說故事的人都會羨慕這段可能發展的戀情，在富含可能性的今夜。

勒思穿著刷毛皮夾克，以城市夜景為烘托。神情哀傷的他四分之三面向哈維爾，穿著灰襯衫，圍著條紋圍巾，藍眼珠，鬍鬚紅銅色，看起來不像他本人。他看似梵谷。

一群椋鳥從他背後起飛，朝教堂翺翔。

「我們太老了，不然以後有機會再相見。」勒思說。

哈維爾的手放在勒思腰際，靠近他。菸味混合香草香。

「前往馬拉喀什的旅客請注意……」

亞瑟．勒思採勒思派的坐姿蹺腳，膝蓋重疊，騰空的一腳抖不停，長腿又妨礙到其他旅客。滾輪行李箱幹嘛這麼大，勒思難以想像這些人帶什麼東西去摩洛哥。人來人往太頻繁，他只得收腳，靠椅背坐正。他仍穿著巴黎新衣裳，長褲穿一天下來，亞麻布已露疲態，外套熱得他差點窒息。晚宴令他酒醉倦怠，因酒精、疑慮、興奮而紅光滿面。然而，他已成功寄出退稅表格，因此剛走過女退稅員面前的他笑得不可一世，宛如剛幹下最後一票的歹徒。哈維爾承諾明早代他寄；表格現正塞在纖瘦的黑外套裡，依偎在結實的伊比利胸膛。從這角度看，不盡然是空手而回吧，不是嗎？

他閉上眼睛。在他「遙遠的青春年代」，為了安慰焦慮的心，他常在腦海勾起書封、作者照、剪報等影像自娛。這些東西，他現在能輕易喚回腦海；可惜它們沒帶來安慰。他腦袋裡的攝影師呈給他一張底片索引，全是同一張定格照：哈維爾拉他向石牆吻他。

「本班機座位超賣，在此徵求有乘客能自願……」

機位又超賣了。這次勒思把她的話當耳邊風，或者是完全不考慮在年滿五十之前再遇到緩刑、飽含可能性的第二天。也許太飽了，或者只是剛剛好。

在晚宴上，鋼琴獨奏曲結束了，客人報以掌聲。從萬家屋頂上空也響起掌聲，若非回音，就是另有一場轟趴。一道三角形的琥珀光打進哈維爾眼珠，他頓時眼亮如琉璃。此時，勒思的大腦只有一個想法：**求我**。已婚男笑著撫摸勒思的紅鬍子——**求我**——再吻他，比上次長大約半小時。又有人被勒思的吻魅惑了。他把勒思推去靠牆，拉下夾克拉鍊，激情愛撫他，呢喃著甜美細語，偏偏不說能改變一切的話，直到勒思最後告訴他，出發的時間到了。哈維爾點頭，陪他走進綠條紋壁紙的屋內，站在他身邊，看著他向女主人道別，見他以差勁的法語向其他命案嫌犯道別——**求我**——然後帶他至前門，陪他下樓，一直送行到路旁。雨霧蒼茫這條街宛如藍色水彩畫，岩雕門廊，綢緞街道——**求我**——可憐的西班牙人讓傘給他（被婉拒），然後憂傷微笑說：「見你走，我很難過。」——揮別。

求我，我就留下。

有人撥打勒思的手機，但他無暇接聽：他已經踏進機艙，對著照常歡迎他登機的鷹臉男空服員點頭。空服員講的不是乘客的語言，也非空服員母語或機場官方語，而是航空公司的語言（「晚安。」因為這架飛機是義大利籍）。勒思彆扭走在走道上，左碰右撞，幫忙一位瘦小的女乘客把巨大行李扛上艙頂置物櫃，最後找到最合他胃口的座位：最後排最右角。不怕後座小孩亂踢椅背。監獄枕頭，監獄毯。他脫掉箍得緊緊的法國鞋，塞進座位下。窗外是戴高樂機場夜景，鬼火燐燐，有人拿著指示燈棒揮舞。他先關閉窗簾，然後閉眼。他聽見鄰座粗魯坐下，講著義大利話，他差點聽懂。腦海閃過在高爾夫度假村游泳的往事。閃過假想的艾斯醫師。閃過真有其事的萬家屋頂和香草香。

「……歡迎您搭乘本航班從巴黎飛馬拉喀什……」

煙囪全像花盆……

另有一通電話打進勒思的手機，這次號碼不詳，我們永遠無法得知對方是誰，因為對方未留言，而對方想找的人已經在起飛時深墜夢鄉，高高在歐洲大陸之上，離五十歲僅七日，終於如願航向摩洛哥。

沒那麼摩洛哥

她後面另有八頭駱駝組成的隊伍，因為這次露營共有九人報名，但目前只有四頭駱駝馱著人。從馬拉喀什出發至今已經少了五人。

駱駝愛什麼？我猜，這世上沒有一項是駱駝愛的。駱駝不愛燙她腳的沙，不愛烤得她暴熱的烈日，不愛她像戒酒者猛灌的水，不愛坐下，不愛像小明星似的直眨眼睫毛。駱駝也不愛起立，該站的時候奮力伸展青少年般的四肢，憤慨呻吟。她也不愛其他駱駝，她輕蔑牠們如富家女被迫搭經濟艙。駱駝不愛奴役她的人類。不愛像汪洋一樣一成不變的沙丘。她不愛味同嚼蠟的青草，嚼不出滋味一嚼再嚼，然後為了促進消化繼續悶嚼。駱駝不愛熱如地獄的白晝。駱駝不愛天堂似的夜晚。不愛日出。不愛日落。不愛日或月或星。也絕對不愛身上這個沉重的美國人，他比理想體重多幾磅，以這年齡倒也還好，他比多數人高，頭重腳輕，不時左搖右傾。駱駝揹著這個亞瑟．勒思毫無意義地走進撒哈拉。

走在她前面的是穆罕默德。他穿白色吉拉巴長袍，頭上裹著藍頭巾，牽著駱駝前進。她後面另有八頭駱駝組成的隊伍，這次露營共有九人報名，但目前只有四頭駱駝馱著人。從馬拉喀什出發至今已經少了五人。不久，這支駱駝隊即將再減損一員。

坐在她背上的是亞瑟．勒思，也裹著藍頭巾，欣賞著沙丘，看著小小的塵捲風在每座沙丘頂起舞，夕陽把景色渲染成金色和土耳其玉色。他心裡想的是，至少不必孤單過生日。

幾天前，從巴黎搭機前來的他一覺醒來：睡眼懵懵的亞瑟·勒思發現自己置身非洲大陸。香檳蟲的餘威仍在體內蠢動，哈維爾的愛撫，相當侷促的靠窗機位，他踉蹌走過停機坪，頭上是染成靛色的夜空，來到一條長得不像話的人龍後面，等著入境。在國內表現莊重的法國人，一踏上曾是法國殖民地的這片土地，整群人似乎瞬間喪失理智，好比見到被你負心的舊情人那種顛狂。這群法國人懶得排隊，精心掛在柱子之間的繩子被他們拉掉，大夥兒爭先恐後朝馬拉喀什衝鋒。摩洛哥警察穿著調酒橄欖配色的紅綠制服，保持鎮定。檢查護照，蓋章。勒思想像著，同樣的情況全天候發生，日復一日。一名法國女人鑽進人群推擠，他不知不覺扯嗓，「女士！女士！」對方只噘嘴聳聳肩**（人生不就這麼一回事嘛！）**繼續往前衝。難不成有敵軍入侵，只怪他沒聽說？難不成這班機是逃出法國的最後一班？果真如此，英格麗·褒曼在哪？

因此，他和大家一同拖著腳步前進（在歐洲人當中，他依然鶴立雞群）這時仍有充裕的時間好好恐慌一下。

他大可滯留巴黎，至少還能再次延後登機（再領六百歐元）。他大可拋棄這趟無厘頭的摩洛哥行程，換取一個更加無厘頭的奇遇。**原本預定前往摩洛哥的亞瑟·勒思，在**

巴黎結識一名西班牙男子，從此音訊全無！有個關於弗雷迪的傳言等著他聽，但是，亞瑟．勒思最尊奉的原則是照計畫行事。所以，他來到這裡。至少他不覺得落單。

「亞瑟！你留鬍子啦！」老友路易斯在海關另一邊接機，喜樂如昔。淡銀色的長髮覆蓋耳朵，下巴白鬚森森，胖臉，灰色亞麻和棉質穿著品味不俗，微血管在鼻頭的三角洲沃土擴散。種種朝氣顯示，年近六旬的路易斯．狄拉克瓦遠遠超前了勒思。

勒思面帶警覺的笑容，摸摸鬍子。「我……我是想改變一下。」

路易斯抱住他，向後移，上下打量他。「好性感。我先帶你去吹冷氣，最近有熱浪，在馬拉喀什，連晚上都熱死人。很遺憾你的班機延誤了，害你苦等一整天，一定像惡夢一場吧！你該不會利用在巴黎的十四個鐘頭談了場戀愛吧？」

勒思心驚，趕緊說他打電話約亞歷山大。他敘述晚宴見聞，說亞歷山大爽約。他避談哈維爾。

路易斯轉向他問：「你想談談弗雷迪嗎？還是你不想談弗雷迪的事？」

「不想談。」

路易斯點頭。大學畢業後，勒思開車遠征西岸，在舊金山認識了路易斯。路易斯租了一間便宜公寓，樓下有一間共產黨書店，收容勒思，介紹他品嚐ＬＳＤ和電子音樂。英俊的路易斯．狄拉克瓦當時顯得好成熟，好自信；他三十歲，和勒思可以說是差一世代，如今兩人簡直像同輩。另外，路易斯的定性似乎一向遠遠勝過勒思，和同個男友廝守了二十年，是情路有成的典範。而且生活也華麗：以此行為例，就是這樣的豪奢之旅，路易斯的故事才講得有聲有色。這一趟的目的是慶生——主角不是勒思，而是名叫佐拉的女子。佐拉也快五十歲了，勒思不認識她。

叫到計程車了。「我建議我們去補個眠吧，」路易斯說：「屋內沒人想睡。大家從中午就一直喝酒到現在。誰曉得還會搞什麼名堂？都是佐拉害的；呃，你就快認識她了。」

第一個被淘汰的人是女演員。也許是喝多了摩洛哥白酒的關係吧。這群人合租一間摩洛哥傳統屋，樓頂可見像舉手小學生的庫圖比亞清真寺尖塔，晚餐美酒一杯接一杯。也許是她在晚餐後被琴湯尼灌醉了吧，因為她脫掉衣服（租屋處的兩名工作人員都叫穆斯塔法，見狀不語），走進院子裡的泳池，烏龜盯著她的白肉看，但顧自己仍是恐龍。仰泳漾起水波，池畔的其他人繼續自我介紹（勒思在其中，兩腿夾一瓶葡萄酒，奮力拔出瓶塞）。也許是琴酒告罄後，她發現有龍舌蘭酒；有人找出一把吉他，另有人手握一支本地的尖聲笛，她即興跳起舞來，頭上頂著一盞燈籠，後來被人牽出泳池。也許是之後被傳來傳去的威士忌，也許是印度大麻，也許是香菸；鄰居是公主，也許是她大聲拍手三下，表示他們在馬拉喀什鬧得太晚了——究竟女演員是怎麼喝掛的，我們不得而知。我們只知道，隔天早上，她下不了床。赤裸的她叫人端飲料給她，見人端白開水過來，她把杯子推走，說：「我指的是伏特加！」由於她不肯動，由於前往撒哈拉沙漠的車子在中午啟程，也由於她上兩部電影的品味可議，也由於只有女壽星認識她，因此大家託兩位穆斯塔法照顧她，丟下她動身出發。

「她不會有事吧？」勒思問路易斯。

「她的酒力居然這麼差。」路易斯說，轉頭以特大鏡片墨鏡面對他。大墨鏡把他變成晝伏夜出的靈長類動物。兩人在小巴士上坐一起，詭異的熱浪來襲，把車外的世界熱成炒菜鍋。其他乘客懶洋洋靠窗坐。「我還以為，演員全是鋼鐵做的咧。」

「各位請！」導遊拿著麥克風說。摩洛哥導遊名叫穆罕默德，身穿紅色馬球衫和牛仔褲。「我們會在這裡通過阿特拉斯山脈，我們說它像蛇。今晚我們會抵達〇〇〇（被麥克風干擾的地名），在那裡過夜。明天是棕櫚谷。」

「咦，明天不是沙漠嗎？」有人以英國腔說。勒思是昨晚認識他的，認得他的嗓音。科技天才的他四十歲急流勇退，轉戰上海開夜店。

「喔，對，我答應過是沙漠！」穆罕默德的個子矮，長髮捲曲，約莫四十幾歲。他動不動微笑，但英文講得慢吞吞。「很遺憾天氣不巧熱得大家不舒服。」

後座有女人發聲，韓國人：小提琴手。「冷氣可以開強一點嗎？」

阿拉伯語交談聲，出風口開始對車內猛灌暖風。「我朋友說冷氣剛才到頂了。」穆罕默德微笑。「但我們知道，現在才到頂。」冷氣機絲毫沒有冷卻作用。離開馬拉喀什的路上，車外路旁有幾群回家吃午餐的學童，用上衣或課本蒙面對抗毒辣的太陽。牆綿延數英里，偶見綠洲般的咖啡店，店裡的男人對著路過的巴士行注目禮。這裡有間披薩店。這裡有間未完工的加油站：**非洲**。有人把一頭驢子拴在電線桿，棄置在荒野。司機播放音樂：莫名蠱惑人心的格納瓦族歌曲。路易斯似乎睡著了；他戴的墨鏡讓勒思難以知道他是睡是醒。

大溪地。

「我一直好想去大溪地。」弗雷迪有次告訴勒思。當時是下午，弗雷迪找來一群年輕朋友，聚在屋頂上聊天。在場另有幾個較年長的男人，斜眼瞅著，把彼此當成猛獸。

在輕快的瞪羚群中，勒思也是**草食性的**，但他不知該如何向其他中年人傳達不爭食的想法。勒思多想告訴這些中年人，**我上一任男友現在六十多歲了**。這些中年人裡面，有沒有人像他，也偏愛中年人？他無從得知，因為中年人全躲著他，就像同極相斥的磁鐵。在這種聚會，玩到最後，弗雷迪會一臉倦意飄過來找勒思，兩人會聊掉剩下的時光。而在這場聚會裡，也許是龍舌蘭酒加夕陽的情調，弗雷迪提起大溪地。

「聽起來是不錯，」勒思說：「不過對我來說，我覺得大溪地太像個度假村了。應該遇不到一個當地人吧。我想去印度。」

弗雷迪聳聳肩。「哼，去印度，你肯定會認識當地人。聽說，那裡什麼都沒有，當地人見不完。我想說的是，你記得我們去巴黎逛奧賽美術館嗎？喔對了，你病倒了。算了。我逛到高更雕刻品的展覽室，其中一座寫著：**盡情耍神秘**。另一個寫著：**盡情談戀愛，你將幸福**。原文當然是法文囉。我看了好感動，感觸比他的畫更深。他為大溪地家中也刻了同一個作品。去大溪地玩應該是衝著海灘去的，我卻想參觀他家，很怪，我知道。」

勒思正想接話，不料此時，躲在美景崗背後的太陽照亮一團霧，弗雷迪直奔欄杆去欣賞。兩人未再討論大溪地，因此勒思也不曾再想過。然而，顯然大溪地一直放在弗雷迪心中。

因為現在，弗雷迪一定就在大溪地，和湯姆度蜜月。

盡情談戀愛，你將幸福。

大溪地。

不消多久，下一個人跟著陣亡。巴士載一行人來到艾本哈度（途中在路旁一間餐廳吃午餐，貼滿花磚有迷幻作用），導遊帶他們下車。走在他前面的是一對男女，兩人都是戰地記者。前一晚，他們翻出八〇年代在貝魯特的經歷，以饗勒思；他們說到，有間酒吧的鳳頭鸚鵡能模仿砲彈的聲音。女記者是裝扮時尚的法國人，白髮成髻，棉質長褲色彩鮮艷，高大的男記者有一撇山羊鬍，穿攝影記者夾克，兩人從阿富汗來到這裡準備歡笑、當菸槍、再學一種阿拉伯方言。這世界彷彿全是他們的；再強的勢力也無法制伏他們。壽星佐拉走近勒思旁邊。「亞瑟，我很高興你能來。」不高的她姿色嫵媚，長袖黃洋裝秀出美腿；她有一種特色美，鼻樑修長，特大號的明眸像拜占庭時代的聖母畫。一舉手一投足一摸椅背、撩撥臉上的髮絲、對友人微笑——全都意味深長，目光毫不隱瞞而直擊人心。從她的口音，很難判斷她是哪國人——英國？模里西斯？西班牙巴斯克？匈牙利？但勒思已透過路易斯得知，她在摩洛哥出生，童年移民英國。這次是她十年來頭一次返鄉。勒思從旁觀察她和友人的互動；她總是呵呵笑著，總是笑臉迎人，但勒思看得出，當她走開時，臉上帶著一抹深刻哀傷的陰霾。艷麗、聰穎、適應力強、直言不諱、不時爆粗口……佐拉就像那種能指揮國際間諜集團的女人。而根據勒思猜測，她正是特務大頭目。

最重要的一點：她絲毫沒有年近五十的跡象，甚至不到四十。凍齡如她，很難想像她灌酒和水手一樣凶，罵髒話也和水手有得比，薄荷菸更是一根接一根。她的外形肯定比一個人年輕。那人臉上有細紋，面帶倦意，是既老又窮也沒人愛的亞瑟・勒思。

佐拉把亮麗的眼珠子轉向他。「告訴你喔，我是你的大書迷。」

「噢！」他說。

兩人正沿著一道低矮的古磚牆走，下坡的河畔有一大片的白泥漆民宅。「我真的好愛《卡利普索》。真的真的愛死了。操你媽的，你害我讀到最後哭了。」

「聽妳這麼說，我猜我該高興吧。」

「寫得好悲哀，亞瑟。幹，太慘了。你下一本寫什麼？」她把頭髮甩到肩後，髮梢劃出流暢的一條長線。

他注意到自己咬著牙。河裡有兩男孩騎著馬，緩緩從淺水區涉水而上。

佐拉皺眉。「看我把你嚇慘了，都怪我多嘴亂問。媽的，干我屁事嘛。」

「不會不會，」勒思說：「不要緊。我剛寫完一本小說，被出版社嫌棄。」

「什麼意思？」

「呃，書被他們拒絕了，拒絕出版。記得我賣第一本書的時候，出版社老闆找我進辦公室，對我講了一堆大道理，說什麼他知道這筆稿酬不多，不過全出版社上下一家親，我也成了家中一份子，出版社有意投資我，為的不是這一本書而已，而是栽培我的寫作生涯。結果，才過十五年，轟的一聲，我被掃地出門了。一家親個頭。」

「聽起來跟我家沒兩樣。你的新小說寫什麼？」佐拉瞧見他神情不對勁，連忙改口：「亞瑟，我要你知道，你不爽可以叫我滾蛋。」

勒思有個原則：出書前絕口不談書的內容。關心內容的人一聽新書不對味，反應往往太直覺式，甚至只要面露疑色，看在作者眼裡，等於是批評他的新對象：**他？你正在跟他拍拖，我沒聽錯吧？**但不知何故，勒思信任她。

「內容是……」話才講三個字，他就踩到路上的石子，穩住腳步才說：「內容是一個中年男同志在舊金山漫遊。再來就是，妳知道，他的……他的哀愁……」他的臉開始收斂成曖昧的神情，不覺然愈講愈無力。在隊伍的最前面，夫妻檔記者以阿拉伯語吆喝著。

佐拉問：「中年人是白種人嗎？」

「是的。」

「中年白種美國男人在漫遊，胸懷中年美國哀愁？」

「天啊，大概是吧。」

「亞瑟，對不起，我是直腸子。像那樣的主角，很難教讀者為他難過吧。」

「就算主角是同志，也不行？」

「就算是同志也不行。」

「滾蛋。」他不知自己會這麼罵出口。

佐拉止步，指著他胸口，奸笑說：「幹得好。」

隨即他注意到，前方的山丘上有一座有城垛的城堡，建材看似被太陽烤過的泥巴。怎麼看都覺得不可能。他為什麼沒料到？為什麼沒料到會在摩洛哥看見《聖經》裡的古城耶利哥？

「這，」穆罕默德說明：「是哈度族的古城牆，艾本哈度。『艾』（Ait）的意思是柏柏爾族，『本』是『來自』，哈度是家庭。所以，『艾本哈度』。在城牆裡面，現在仍有八家居住。」

為什麼沒料到尼尼微、西頓、蒂爾？

「對不起，」科技天才夜店老闆說：「你說這裡住八（eight）家嗎？或者住著艾（Ait）家？」

「艾家。」

「數目字八嗎？」

「它曾經是一個村落，現在只剩下幾家。八。」

巴比倫？烏爾？

「再說一次。是數字八？或是姓艾？」

「是的，艾家。艾本哈度。」

就在這當兒，戰地女記者靠著古牆開始嘔吐。眼前的奇蹟被遺忘了，丈夫衝向她，為她攏住秀麗的頭髮。斜陽將土坯建築的景象塗抹成藍影，勒思竟被帶回童年家中的裝潢，當時母親沉迷於美國西南方的風格。河對岸傳來呼叫聲，宛如空襲警報：晚禱通知。艾本哈度城堡在他們面前冷酷地矗立。男記者先以德語和導遊氣急敗壞溝通，隨即改用阿拉伯語和司機交談，接著改以法語講話，結尾是一段不知所云的激辯，只針對鬼神。至於他的英文髒話多流利則不得而知。他的妻子抱頭想站起來，卻栽進司機懷裡，大家被急忙趕回巴士。「偏頭痛，」路易斯對他說：「酒，高海拔。我敢打賭，她玩不下去了。」勒思再看泥土與禾桿搭建的古堡最後一眼。這座城堡年年重建以補強被雨水侵蝕的城牆，補了再補，原始的古堡已不復存在，徒留舊有的外型。這類似生物全身的細胞不斷淘汰新生，初生時的細胞已蕩然無存。這類似亞瑟·勒思。古城堡今後有何規劃？本地人會持續重建，永遠不停嗎？或者到最後有人跳出來說，**喂，搞什麼鬼嘛？它想倒就讓它倒嘛。滾蛋**。如此為艾本哈度畫下句點。勒思自認即將領悟生死與物換星移的大道理，即將看透一項明顯至極的遠古真諦，不料英國腔殺出來攪局。

「嗯，抱歉我一直問不停，我只想確定一下。再問一次，是艾……」

「祈禱比睡覺好。」清真寺傳來晨禱通知，但旅遊比祈禱好，在宣禮員誦經的同時，一行人已上巴士，等候導遊帶記者夫妻上車。這間旅館夜裡是黑漆漆的岩石迷宮，日出竟蛻變為宮殿，座落於棕櫚蓊鬱的山谷中。旅館正門外有兩個小男童捧著一隻小雞，嘻嘻笑著。小雞呈鮮艷的橙色（若非人工染色，就是超自然現象使然），對著小男童不停嘰嘰叫，叫得凶，叫得憤慨，但小孩只哈哈笑，捧著小雞給行李沉重的勒思看。上車後，他坐在韓國小提琴手和她的模特兒男友旁邊。年輕男模視線朝勒思掃過來，藍眼無神。男模愛什麼？路易斯和佐拉坐一起，笑呵呵。導遊回來了；戰地記者夫妻仍在養病，他報告說，稍後將騎駱駝跟上。全巴士乘客笑成一堆，恢復活力。脫隊沒關係，有晚班駱駝可騎就好。

接下來的行程是暈車藥淬礪出的夢魘：車子爬坡爬得像醉漢，每次急轉彎都見到攤販的紫晶洞散發奇光，有個幼童被行進中的巴士嚇一跳，趕緊衝向路邊，手握一顆染色的紫晶洞，渾身被車輪揚起的滾滾塵土覆蓋。路旁不時可見北非堡壘，城牆以耐火黏土打造，有一片綠色大木門（導遊穆罕默德解釋是驢門），門上另開一片小門（人門），但四處看不到人影驢影，只見北非相思樹點綴的荒蕪山腰。乘客有的睡覺，有的凝望窗外，低聲聊天。小提琴手和男模熱切低語著，於是勒思起身，往後排走，找到正看著窗外的佐拉。她比手勢，勒思在她旁邊坐下。

「快五十了，你曉得我下定什麼樣的決心嗎？」她板著臉說，彷彿宣告會議召開。「兩個決心。第一：去他媽的愛。」

「什麼意思？我不懂。」

「意思是，戒了算了，去他媽的愛。我戒過菸，也有辦法把愛戒掉。」勒思的視線轉向她包包裡的薄荷菸。「看什麼看？我菸戒好多次了！我們這年紀，談情說愛不安全。」

「照妳這麼講，路易斯跟妳說過我也快五十了？」

「對呀！生日快樂，親愛的！我們兩個一起吃癟吧。」得知生日早勒思一天，她簡直樂不可支。

「好吧，我們這年紀不適合談情說愛。老實說，我聽了心情變得好輕鬆，我寫作可以更勤快。妳第二個決心是什麼？」

「跟第一個有關。」

「嗯。」

「變胖。」

「呵。」

「去他媽的愛，把自己吃胖，像路易斯那樣。」

路易斯轉頭。「講誰啊？我嗎？」

「你！」佐拉說：「看看你，媽的，都胖成肥豬了！」

「佐拉！」勒思說。

幸好路易斯只嘿嘿笑著，雙手拍一拍圓鼓鼓的肚皮。「我自己也覺得好笑。每天早上我照鏡子，一直笑個不停。我耶！瘦皮猴路易斯．狄拉克瓦！」

「所以，我的心願就這兩個，亞瑟。你跟不跟？」佐拉問。

「我可不想變胖，」勒思說：「我知道這聽起來無聊又愛慕虛榮，但我不想就是不想。」

路易斯湊近。「亞瑟，你非搞清楚狀況不可啊。看看那些五十歲以上的男人，那些留小鬍子的瘦皮猴。想想看，他們節食加運動，費了多少心血，只求擠進三十歲穿的西裝啊！穿得下又怎樣？還不照樣是個乾癟糟老頭。去他的。克拉克老是說，人可以瘦，或是也可以活得快快樂樂。而我呢，亞瑟，我已經試過瘦了。」

路易斯的丈夫名叫克拉克。沒錯，這一對和十九世紀初美西探險搭檔同名：路易斯與克拉克。兩人至今仍覺得這組合笑破肚皮。笑破肚皮！

佐拉靠向前，一手放在他手臂上。「別這樣嘛，亞瑟。跟著做，陪我們一起胖。好玩的還在後頭咧。」

巴士前排傳來聲響：小提琴手正壓低語調，和穆罕默德交談。靠窗座位傳來男模呻吟聲。

「完了，不會吧，又一個嗝屁了。」佐拉說。

「我本來還以為，」路易斯說：「他會更早掛掉。」

於是，橫越撒哈拉沙漠的駱駝隊只有四頭載人。男模病情告急，在進沙漠前的最後一個小鎮穆哈密德留在巴士上，小提琴手陪伴他。「稍後他會騎駱駝跟上。」穆罕默德在其他人騎上駱駝時說。駱駝扭身起立時，背上的騎士如茶壺般東倒西歪。四頭有人騎，五頭背上無人，排成一直線，影子投射沙地。勒思看著被詛咒的駱駝，看著手套偶似的駱駝頭，看著乾草堆一般的軀體，看著枯瘦的細腿，不禁心想，**看看牠們！誰相信世上有神明？**離生日還有三天；佐拉還有兩天。

「這哪算生日？」勒思對路易斯高喊，大家坐著駱駝，顛簸迎向夕陽。「應該是阿嘉莎・克里斯蒂的懸疑小說才對吧！」

「下一個掛掉的人是誰，我們來打賭看看。我打賭是我。就是現在。在駱駝背上。」

「我打賭是喬許。」英國科技天才。

路易斯問：「你現在想談一談弗雷迪的事嗎？」

「不太想。聽說婚禮辦得很美。」

「聽說婚禮前一夜，弗雷迪——」

駱駝背上的佐拉縱聲喊：「啐，閉上狗嘴啦！騎他媽的駱駝，好好欣賞他媽的夕陽，不行嗎？天啊！」

畢竟，能走到這一站幾乎算是奇蹟一樁。並非酒精、印度大麻、偏頭痛他們都挺住了；跟這三件事無關。重要的是他們踏過人生的坎坷路，忍受羞辱、失望、心碎、錯失良機，忍受惡父、爛工作、壞藥物、不性福……被絆倒後站起來，犯錯後認錯，倒栽蔥後重新出發，總算熬到五十歲，走到今天。他們迎向糖霜蛋糕似的地形和黃金山巒，遠遠看見沙丘上擺著一張小桌，上面有橄欖、口袋餅、酒杯、冰鎮葡萄酒。斜陽比駱駝更沉得住氣，鵠候他們到來。黃昏美景只能靜靜品味，這一幕尤其是：閉上狗嘴。

沉默只撐到駱駝登上沙丘。路易斯大聲說，今天是他和克拉克的二十週年紀念日，可惜手機當然沒收訊，只好等到菲斯，他才能打電話給克拉克。

導遊穆罕默德回頭說：「有啊，沙漠裡有Wi-Fi。」

「有嗎？」路易斯問。

「喔，當然有，到處都有。」穆罕默德點頭說。

「好耶。」

穆罕默德豎起一指。「問題是沒密碼。」

貝都因人導遊穆罕默德的嘿嘿嘿貫穿全隊。

「我又中計了。」路易斯說，然後回頭看勒思，指向隨隊的駱駝小童。

在沙丘上的餐桌旁，駝童之一伸手臂搭在另一童肩上，坐著看夕陽。沙丘的色澤漸漸轉成馬拉喀什建築物的黃土色和水綠色。兩男童勾肩搭背坐著。看在勒思眼裡，這景象顯得好陌生，令他黯然神傷。在他的世界裡，他從未見過異男們做這種舉動。他心裡想著，在馬拉喀什街頭，同志情侶不能手牽手散步，同樣的，在芝加哥街頭，兩個交情最深厚的男人也不能牽手散步，男男不能坐在沙丘上，不能效法這兩個少年勾肩搭背看日落。這份湯姆和哈克的相親相愛。

營地如夢境。從正中央看起：一圈營火坑，裡面堆積彎曲的北非相思樹枝，周圍擺著靠枕，八條地毯輻射而出，各自通往一頂略嫌小的馬戲團帳篷。進帳篷，豁然開朗的是仙境：銅床上的床罩繡著小亮片，床頭櫃和床頭燈的金屬部位有鎚擊紋，雕刻屏風擋住洗臉盆和含蓄的小馬桶，梳妝台和落地鏡。勒思走在帳篷裡，暗暗稱奇：大鏡子是誰擦的？臉盆水是誰裝滿的？馬桶誰清？接著是，誰負責扛銅床過來給驕縱的他睡？靠枕和地毯是誰帶來的？誰會說：「他們會喜歡這種有小亮片的床罩吧？」床頭櫃上有十幾本英文書，其中有一本是皮博弟系列科幻小說，另有三本的作者是爛到沒話說的美國人。假如場景換成閒人勿入的聚會，與會人注定會遇到最俗不可耐的舊識，這些人不但排斥聚會的風雅氣氛，也排斥自身的風雅。這些作者或許會轉頭對勒思說：「喔，他們也找你來了？」其中一本是杜艾爾的新作。在撒哈拉沙漠裡，在勒思的大銅床旁邊。謝了，人生大神！

北邊傳來：駱駝對著暮色悲鳴。

南邊傳來：路易斯驚叫，床上有蠍子。

西邊傳來：盤碟輕敲聲，穆罕默德正在擺設餐具。

南邊再傳來：路易斯大喊，別擔心，只是迴紋針而已。

東邊傳來：改行開夜店的英國科技天才說：「各位？我身體不太舒服。」

剩下哪些人？晚餐只剩他們四個：勒思、路易斯、佐拉、導遊穆罕默德。大家圍營火，喝完白酒，隔著火光對望；穆罕默德默默抽著香菸。是香菸嗎？佐拉起身說，她想去睡美容覺以迎接生日，大家晚安。看吶，滿天小星星！穆罕默德遁入夜色中。最後只留路易斯和勒思。

「亞瑟，」路易斯斜倚著靠枕，在柴火噼啪的靜謐中說：「你能來，我很高興。」

勒思嘆息，吸一口夜風，冉冉升起的一團煙上是銀河。他轉向火光中的好友。「週年快樂，路易斯。」

「謝謝你，克拉克和我正在辦離婚。」

勒思在靠枕上坐直。「**什麼？**」

路易斯聳聳肩。「是我們幾個月前達成的共識，我一直在找機會告訴你。」

「不對不對不對。**什麼？**怎麼回事？」

「噓，想吵醒佐拉嗎？也會吵到那個叫什麼的。」他移向勒思，端起自己的葡萄酒杯。「你記得吧，我和克拉克是在紐約認識的，在那間藝廊。後來，我們一東一西，遠距離交往一陣子，最後我要求他搬來舊金山同居。我們那天去『藝術酒吧』的內廳——你記得吧，能買到古柯鹼的那裡——我和克拉克坐在沙發上，他說：『好，我搬去舊金山，可以。我和你同居。不過，只能十年。十年一到，我會離開你。』」

勒思四下看看，當然找不到人陪他一同詫異。「你怎麼從來沒告訴我！」

「對，他說：『十年一到，我會離開你。』我聽了說：『十年啊，應該夠久吧！』我們只談這麼多。他二話不說，辭掉工作，拋下租金管制公寓，從不跟我吵誰的鍋子比較好用，誰的該留，誰的該丟。他就這樣搬進我家過日子。就這樣。」

「我從不知道這事。我總以為，你們兩個一直都在一起。」

「有你那種想法是當然的。老實說，連我也以為如此。」

「對不起，我實在太錯愕了。」

「結果，十年一到，他說：『我們去紐約一趟。』所以我們去了紐約。我其實早忘了當初的約定，真的。兩人生活過得那麼順利，你知道，我們在一起非常非常快樂。我們的旅館在蘇活區，樓下是一間中國燈飾店。他說：『我們去藝術酒吧。』所以我們搭計程車去，進內廳，喝一杯，然後他說：『呃，十年到了，路易斯。』」

「講這話的人是克拉克？居然質問你的保存期限？」

「對啊，他無藥可救。牛奶餿了，不管擺多久，他都照喝不誤。話說回來，沒錯。他說十年到了。我說：『屁啦，你當真嗎？你真的想離開我嗎，克拉克？』他說不想，他想留下。」

「謝天謝地。」

「多留十年。」

「太扯了吧，路易斯！這跟定時器沒兩樣嘛。就像他檢查東西有沒有煮熟似的。你應該當場摑他耳光才對。或者，他只是想整一整你？你們當時該不會嗑得太嗨了吧？」

「沒有沒有，你大概從來沒看過他的這一面吧？告訴你，他的生活很邋遢。在浴室脫完內褲原地擱著就走。不過呢，你知道，克拉克另有非常實際的一面。他在我們家安裝太陽能面板。」

「我以為克拉克的個性很隨和。而照你這麼講……他太神經質了。」

「我認為他會自認實際，或有前瞻性。總之，我們去藝術酒吧，我說：『喔，好。我也愛你，我們去買香檳來喝。』我後來就沒再想這件事。」

「結果，十年後——」

「幾個月前，我們又去紐約，他說：『我們去藝術酒吧。』那間酒吧變了，你知道嗎？完全不像以前那麼不入流；《最後的晚餐》的壁畫撤了，連古柯鹼也買不到。或許該謝天謝地，對吧？我們進內廳坐，然後點了香檳。他說：『路易斯。』我料到了。我說：『十年到了。』他說：『你怎麼想？』我們坐了好久，喝著香檳。我說：『老公，我認為是時候了。』」

「路易斯、路易斯。」

「他聽了說：『我也有同感。』我們互相抱一抱，在藝術酒吧內廳，坐在軟墊上。」

「你們是遇到什麼解不開的難題嗎？你從來沒告訴過我。」

「沒有啊，日子過得真的很順心。」

「那你幹嘛說『時候到了』？幹嘛放棄？」

「你記得吧，幾年前我在德州找到工作。德州啊，亞瑟！可是，我無法抗拒高薪誘惑，克拉克也說：『這工作很重要，我挺你，我們一起開車南下，我從沒見識過德州。』我們上車，開車去，整整開了四天，我們各訂一個規矩。我規定，我們只住有霓虹招牌的旅社。他的規定是，無論到什麼地方，一定要吃當日特餐，如果沒特餐就再找下一家。我的天啊，亞瑟，我吃了什麼鬼東西，你可知道！有一次，特餐是蟹肉焙盤。在德州啊。」

「我知道，我知道，你告訴過我。那一趟聽起來很好玩。」

「大概是我們開車旅行最好玩的一次；我們整天笑了又笑。一路尋找霓虹燈。後來，到德州了，他向我吻別，搭飛機回家，我在德州住了四個月。我心想，**嗯，還不賴嘛。**」

「我不懂。照你這樣說，你們兩個很快樂才對啊。」

「對。我住在德州的小房子，白天去上班也快樂。我心想，**嗯，還不賴嘛。婚姻一場還不賴。**」

「你卻跟他分手，這不對勁吧！一定有哪個環節出問題了。」

「沒那回事！沒有，亞瑟，沒有，正好相反！我想說的是，我們的婚姻很成功。二十年的喜悅、扶持、友誼，算是成功。任何事情能和任何人維持二十年，都算成功。如果有樂團一合作就是二十年，那算奇蹟。如果有喜劇兩人組合作二十年，可喜可賀。今晚的美景如果只維持一個鐘頭就結束，就算失敗嗎？太陽照耀十億年然後黯淡，算失敗嗎？不算，太陽是他媽的**太陽**。所以婚姻為什麼不能相提並論？以人性來說，兩個人不適合被終生綁死。連體嬰是悲劇。牽手二十年，最後歡樂開車遠行一趟，**嗯，還不賴嘛。我們見好就收吧。**」

「你不能這樣，路易斯。你倆是路易斯與克拉克。媽的，路易斯與克拉克啊，路易斯。男同志愛情能不能天長地久，就看你們了呀。」

「哎唷，亞瑟。我們天長地久了啊。二十年夠久了！而且這事跟你沒關係。」

「我只覺得你們錯了。如果你單獨去外面逛，會發現找不到跟克拉克一樣合適的對象。他也一樣。」

「他六月就要結婚了。」

「搞什麼鬼。」

「告訴你事實好了。就是在南下那一趟，我們在德州認識一個很不錯的年輕人。他住在馬爾法，以繪畫為業。我們一起遇見他，他和克拉克一直保持聯絡。現在，克拉克就要和他結婚了。他很可愛。他太棒了。」

「聽你口氣，你打算參加他們的婚禮。」

「我要在婚禮朗讀一首詩。」

「你瘋了。你和克拉克玩不下去了，我很遺憾，我很痛心。但我知道這是你們的事。我希望你快樂。可是，你是在自欺欺人啊！你不能參加他的婚禮！你不能以為一切都沒事，一切都好！你只是處於無法接受事實的階段。你就要和相處二十年的伴侶離婚了。是很悲慘，沒錯。傷心是應該的，路易斯。」

「有些事的確可以延續到死為止，沒錯。好比有些人用同一張老桌子，壞了繼續用，修了再修，只因為是祖母傳下來的。所以小鎮才會變成鬼城，所以房子才會堆滿舊貨。我想，人就是這樣變老的。」

「你有對象了嗎？」

「我？我考慮從此一個人。說不定單身比較好。說不定，我一直都喜歡單身，只不過年輕時怕沒伴，現在不怕了。我又沒有失去克拉克，若想徵求他意見，隨時打給他都行。」

「即使結束二十年感情也無所謂？」

「對，亞瑟。」

兩人繼續談一會兒，直到夜色深沉。「亞瑟，」期間路易斯提到：「婚禮前一晚，弗雷迪躲進廁所裡不出來，你聽說了嗎？」但勒思無心聽，在心中回憶多年來拜訪路易斯和克拉克的情景，回想晚餐聚會、萬聖節、醉到無法回家只好睡他們沙發過夜的那幾次。「晚安，亞瑟。」路易斯對老友敬禮，走進黑暗，留下勒思獨守漸熄的營火。一個光點吸引他的注意：穆罕默德正抽著菸巡視帳篷，扣好簾幕的釦子，如同為上床小孩蓋被子似的。最遠的帳篷傳來科技天才臥床呻吟聲。一頭駱駝在某處發牢騷，立刻有年輕人哄牠——工作人員晚上陪牲口睡覺嗎？他們睡覺時，真的以最精彩最魁偉的蒼穹為頂，以繁星作為小亮片床罩？看啊，你：今夜的星辰夠多，人人都分得到，人造衛星也在其中閃耀，偽幣以假亂真。有流星，他伸手但沒抓到。最後，勒思去睡了。但腦筋轉不停，反芻著路易斯對他說的話。不是十年喊停的故事，而是獨行餘生這件事。他明瞭到，即使在和羅伯分手後，他不曾真正放任自己落單。即使在這裡，即使環遊世界至今：先是巴斯迪安，然後是哈維爾。為何不停找人當作鏡子來照？是想看看鏡中的亞瑟．勒思嗎？他的確是在哀悼，沒錯——哀悼男友棄他而去，哀悼事業、小說、青春——既然如此，為何不乾脆遮住鏡子，撕裂覆蓋心上的布，放任自己盡情哀悼？也許，他應該試試獨處。

睡前，他嘿嘿暗笑著。獨處：難以想像。獨行餘生的想法顯得可怕，和勒思的個性背道而馳，和荒島求生一樣恐怖。

沙塵暴直到黎明才來襲。

勒思在床上輾轉難眠之際，新作浮現腦海：《捷足斯威夫特》。什麼鬼書名嘛，亂七八糟。《捷足斯威夫特》，最需要編輯的時候偏偏找不到她，莉歐納．弗勞爾斯。幾年前出版界大洗牌，她被調到別家出版社。但現在，勒思回想她接下他初試啼聲之作，言重的拙作，又把幾部小說草稿變成書。高明，巧妙，勸他刪修的說法不著痕跡。「這一段意境好美，好特別喔，」她如此說，法式美甲抱胸前，「我想收起來，**我自己獨享！**」莉歐納去哪裡了？深居某座高塔裡，另有新歡作者，拿出老把戲來如法炮製：「我覺得這一章如果缺席，氣勢更能在整部小說裡迴盪。」讀到《捷足斯威夫特》，她會怎麼建議他呢？改得俏皮，把斯威夫特的個性寫得更討喜。大家都這麼說；沒人在乎這角色受苦受難。話說回來，怎麼改呢？簡直像把自己改得討人喜歡。勒思昏沉沉地想著，五十歲了，有人喜歡就該偷笑了。

✈

沙塵暴來了。數月以來的規劃，遠道而來，開銷無數，如今卻陷入沙塵暴，束手任強風颳帳篷，宛如人牽著任性的騾子。三人（佐拉、路易斯、勒思）聚集在進餐用的大帳篷，裡面熱如烈日當空騎駱駝。防沙門以厚重的馬毛織成，沒洗過，這三名遊客也沒洗澡，因此臭氣熏天，唯有穆罕默德沒汗臭，顯得神清氣爽。他告訴勒思，他在破曉時分被沙塵暴吵醒，不得不逃去找遮敝物（如此看來，他的確是露宿帳篷外）。喝咖啡，吃著塗蜂蜜的薄餅，路易斯高聲說，「看樣子啊，我們有機會體驗一下事先沒預料到的事。」佐拉一聽，舉起奶油刀以對；她明天過生日。但是，他們被迫臣服於沙塵暴。他們以打牌喝啤酒消磨一整天，勒思和路易斯輸慘了。

「等著我報仇。」路易斯揚言，大家各自就寢，翌晨醒來，發現沙塵暴猶如討厭的客人賴著不走。此外，路易斯的預言應驗了：他也掛病號。他躺在小亮片床上冒汗，呻吟著「宰了我吧，宰了我吧」，勁風撼動他的帳篷。穆罕默德來了，全身裹著靛色和紫羅蘭色，滿臉遺憾。「沙塵暴只在沙丘中間。我們開出沙漠，它就不見。」他建議把路易斯和喬許扶上吉普車，載他們回穆哈密德，因為那鎮上至少有旅館、酒吧、電視，也有小提琴手、男模、夫妻檔戰地記者恭候。佐拉以鮮綠色頭巾裹住頭臉，只露雙目，眨眼不講話，久久才說：「不行。」她轉向勒思，扯掉頭巾。「不行，今天是老娘生日啊！把其他人丟去穆哈密德，可以，不過，**我們**要換換風景，亞瑟！穆罕默德？有什麼風景能讓我們驚喜到難以置信？載我們去。」

摩洛哥有瑞士滑雪小鎮，你相信嗎？穆罕默德載他們去的地方正是滑雪小鎮。車子駛出沙塵暴，穿越深峽谷，沿途有幾間旅館鑿岩壁而居，德國遊客對旅館視若無睹，開著破舊的德國品牌威斯法利露營車，在河邊露營。車子路過的村莊宛如童話裡才有，居民似乎只養著羊。車子行經瀑布和河堰，校舍和清真寺，北非堡壘和柏柏爾城堡，也路過一小鎮吃午餐，見到一個全身藍綠布的婦人，走向隔壁的雕木匠借木屑，帶回家撒在門階上，因為她家的貓好像在門階上撒過尿。他們也見到一群男孩，起初以為男孩即將在戶外上課，後來聽見歡呼聲響起，才知道男孩湊在一塊兒是想看電視轉播足球賽。車輪碾過石灰岩高原，爬上中阿特拉斯山脈的迴旋神塔路，直到闊葉林變成針葉林。通過沁涼的松林時，穆罕默德說：「有野獸！」起先，什麼也沒有，後來佐拉驚叫一聲，指著坐在木板平台上的一群動物：「猴子！」原來是一群撲克臉的巴巴利獼猴，見車子路過，頭跟著轉動，彷彿喝下午茶（或草地午宴）被人干擾。至於原本同行的人群，如今泰半遠在穆哈密德，只剩勒思和佐拉，坐在滑雪度假村酒吧裡，環境幽暗馨香。兩人各坐一張皮沙發椅，各端一杯本地渣釀白蘭地，天花板掛著水晶美術燈，眼前是水晶全景畫。他們剛吃過乳鴿派。穆罕默德坐吧台，喝能量飲料，沙漠服裝褪盡，換回馬球衫和牛仔褲。今天是佐拉生日，接下來將是勒思的生日登場，大約兩小時之後的午夜開始。滿足感騎著駱駝，果真跟上了。

「大老遠跑這一趟，」佐拉把臉上的頭髮撩開，說：「亞瑟，你繞著地球跑，為的只是想閃避男友的婚禮？」

「不是男友啦，我比較想避開像妳這樣的誤解。」勒思回答，覺得自己臉熱了起來。整間酒吧只有他們兩個客人。酒保有兩位，穿著像是歌舞雜耍團的條紋背心，似乎為了爭誰能出去抽菸而壓低聲量，活像喜劇的橋段。勒思剛向佐拉說明環遊世界的行程，未料香檳害他說溜嘴。

佐拉穿金色褲裝，戴鑽石耳環。剛才抵達後，兩人已去旅館登記入住，洗完澡，換好衣服，她散發香水味。慶生之旅出發前，佐拉整理行李時，帶上這身行頭，必然不是為了給勒思看。可惜，她只有勒思為伴。勒思當然穿招牌藍西裝。

「你知道嗎，」佐拉舉杯凝視杯中物，說：「這種私釀酒讓我想起喬治亞的外婆。是共和國，不是州。她以前常釀這種東西。」

「我只是覺得離開一陣子比較好，」勒思的話題停留在弗雷迪：「順便把這本小說救活。」

佐拉喝著渣釀白蘭地，凝望著暗夜風景。「我的另一半也離我而去。」她說。

勒思沉默片刻，隨即突然說：「喔！喔，不對，他不是離我而去——」

「詹妮特本來要陪我來的。」佐拉閉上眼皮。「亞瑟，你來是填補空缺，是因為路易斯說他有個朋友能來。有你是很理想，沒錯。我的意思是，一票人就剩下你一個。媽的，其他人一個個都太軟弱。大家是怎麼一回事？我慶幸你陪我來。不過，我跟你講句老實話，我倒希望她在我身邊。」

不知何故，勒思始終沒偵測出她是蕾絲邊。或許，他果真是個差勁的同志吧。

「出了什麼事？」他問。

「還能出什麼事？」佐拉說，端起小酒杯啜飲。「她愛上別人了，被愛沖昏頭。」

勒思喃喃表達同情，但佐拉已陷入沉思。在吧台裡面，較高的酒保似乎辯贏了，闊步走向陽台，矮酒保則難掩失落地凝望同事的背影。矮酒保的禿頭上只有一撮綠洲。酒吧外也許能遠望瑞士格施塔德或聖莫里茲。成群沉睡的獼猴蔚為綿延的黑森林，溜冰場的羅馬風格尖塔，黑冷的天空。

「她告訴我，她找到她今生的愛了。」佐拉半晌之後繼續說，仍定睛窗外。「詩裡寫過，小說裡也寫過，西西里島人也形容它像被閃電劈中。我們知道，世上哪有『今生的愛』這檔子事？愛才沒有那麼嚇人。愛是讓另一半睡懶覺、自願牽臭狗出去散步。愛是申報所得稅。愛是打掃廁所沒有怨言。愛是在人生路上有盟友相伴。愛不是熱火，愛不是閃電。愛是她一直和我共同擁有的點點滴滴。不是嗎？但話說回來，如果她說的對，那怎麼辦，亞瑟？如果西西里島人的說法是對的，那怎麼辦？如果愛真的是她感受到的那種天雷勾動地火的感覺呢？那是我從來沒有過的感受。你有嗎？」

勒思的呼吸開始急促。

佐拉轉向他：「如果哪天，你遇到一個對象，亞瑟，感覺像換了其他人都不行、非他不可的對象，那怎麼辦？並不是因為其他人比較沒魅力、太貪杯、床功太遜、他媽的每本書全照字母順序擺、洗碗機也有固定排序讓你抓狂，而是因為他們全不是真命天子。全不是詹妮特遇見的那個女人。也許你走過人生千山萬水，從頭到尾沒遇到這種人，以為愛是其他雜七雜八的東西，結果哪天真的遇到真命天子，願上帝保佑你啊！因為，轟的一聲，你死定了。就像詹妮特那樣。為了轟轟烈烈愛一場，她毀了我們的人生！可是，話說回來，如果愛真的是那樣呢？」她激動到抓緊沙發椅。

「佐拉，我為妳難過。」

「你那個弗雷迪，也是這樣嗎？」

「我……我……」

「人的腦袋一旦錯到底了，就會錯下去，」她的頭又轉回黑暗的窗景，說：「搞錯時間，搞錯對象，搞錯家在哪裡：錯錯錯。自欺的腦袋。」

這份癲狂，她對女友的癲狂，搞得她迷惘、沉痛、怒燄奔騰。然而，她說的「自欺的腦袋」，聽起來倒是滿熟悉的；他也遇過同樣的事。不盡然是天翻地覆嚇死人的瘋狂，但他知道腦袋曾告訴他一些事，害他環遊世界想忘掉一切。頭腦不值得信賴，這是確切無誤的道理。

「愛是什麼，亞瑟？愛到底是什麼？」她問：「是我和詹妮特八年來的溫馨美好嗎？就是溫馨美好的感覺嗎？或者是閃電？難道是劈中我女友的那道摧毀力猛烈的狂雷？」

「這聽起來不快樂。」勒思只擠出這句話。

她搖搖頭。「亞瑟，快樂是狗屁。五十歲，我多活了二十二個鐘頭，能倚老賣老教你這道理。這是從我感情生活得到的智慧。午夜一過，你就會懂了。」她明顯喝醉了。屋外，酒保哆嗦著抽菸，認真不已。她嗅一嗅酒杯裡的渣釀白蘭地說：「我喬治亞的外婆以前也釀這種酒。」

是溫馨美好的感覺嗎？是溫馨美好嗎？反覆縈繞勒思耳際。

「對。」沉醉往事的她微笑著，嗅著酒杯。「香味就像我外婆的**恰恰**！」

壽星的酒力不敵恰恰，十一點半就被勒思和穆罕默德攙扶上樓回房間，她微笑致謝。她帶著快慰的醉意，讓勒思扶她上床。她對穆罕默德講法語，穆罕默德先以法語安撫她，隨後改以英文重複。勒思幫她蓋被子時，她說：「唉，太荒唐了，亞瑟，對不起。」勒思為她關房門之際，發現自己即將獨自慶生。

他轉身；他不孤獨。

「穆罕默德，你會講幾國語言？」

「七個！」他爽朗說，大步走向電梯。「我在學校學的。我來這城市的時候，他們笑我的阿拉伯話，說它老古板，我是在柏柏爾學校學的，所以現在我更用功。我也向觀光客學！對不起，仍在學英文中。你呢，亞瑟？」

「七種語言！我的天啊！」電梯裡全是鏡子，門關上時，勒思面對的影像是無限延伸的紅色馬球衫穆罕默德，伴隨一旁的是勒思的父親五十歲的身影，換言之是勒思本人。「我……我會講英語和德語——」

「我也是！」穆罕默德以德語說。接下來的對話先從德文譯為英文：「我在柏林住過兩年，那裡的音樂好悶！」

「我是曾經來過那裡的！你的德語是精彩的！」

「你也不賴。到了，亞瑟，你先請。你準備慶生了嗎？」

「我有對年齡的恐懼。」

「別怕別怕，五十沒啥了不起。你是個帥男，身體健康，而且是有錢人。」

勒思想辯稱他不是有錢人，但及時打住。「你有幾多年？」

「我五十三歲了。我就說嘛，沒啥了不起的，根本沒啥了不起。我去點一杯香檳給你喝吧。」

「我有對老的恐懼，我有對寂寞的恐懼。」

「你沒啥好怕的啦。」穆罕默德轉向在吧台接班的女酒保。她的頭髮紮成馬尾，身高和穆罕默德差不多。他以摩洛哥的阿拉伯方言交代女酒保，也許是叫她幫這位美國佬倒一杯香檳，慶祝剛過五十的他。女酒保挑眉對著勒思笑，講了一句話，穆罕默德哈哈一笑，勒思呆呆站著傻笑。「生日快樂，先生。」她以英語說，為他斟一杯法國香檳。

「我請客。」

勒思想回請穆罕默德喝一杯，但穆罕默德只肯喝能量飲料。他說明，並非他怕犯伊斯蘭教的忌諱，他不信神。「因為酒精使我瘋狂。瘋狂！但我吸印度大麻。你要嗎？」

「不了，今晚不行。大麻會讓我瘋狂。穆罕默德，你真的是導遊嗎？」

「我是必須去維生的，」穆罕默德說，講英語忽然多了一分羞怯：「但是事實上，我是作家，和你一樣。」

怎麼搞的，腦筋錯到離譜了。一次又一次搞錯。這種時刻，哪裡有出口可鑽？驢門在哪裡？

「穆罕默德，今夜有你陪伴是我的榮幸。」

「我是非常迷《卡利普索》的。當然，我不是讀英文而是法文。我也很榮幸陪你。祝你生日快樂，亞瑟．勒思。」

也許湯姆和弗雷迪正在大溪地收拾行李。畢竟，大溪地時區超前這裡好幾小時，目前正午時分，想必烈日正像錫匠錘打著海灘。兩個新郎正在摺亞麻襯衫、亞麻褲和外套，一提到摺衣服必然少不了弗雷迪。勒思回憶著，打包行李的人總是弗雷迪，勒思則在飯店沙發上偷閒。在巴黎最後一夜，「你摺太快了，亂摺一通，」弗雷迪說：「每件拿出來都皺巴巴，仔細看我摺。」弗雷迪攤開外套和襯衫，鋪在床上，像是給紙娃娃穿的衣服，然後把長褲和毛衣放在上面，全部摺疊好，落成一大包，最後雙手叉腰，得意微笑（順道一提，這一幕兩人渾身光溜溜）。「接下來呢？」勒思問。弗雷迪聳聳肩：

「接下來放進行李箱就好了。」然而，衣服太大一疊，行李箱當然吞不下。無論弗雷迪再怎麼塞擠，無論他再怎麼坐再怎麼壓也裝不下，只好拆成兩包，正好塞進兩個箱子。戰勝行李箱之後，他洋洋得意看著勒思。勒思坐在巴黎春雨點滴的窗前，映出四十出頭的精瘦身影，點頭問他：「裴魯老師，衣服全被你收走了，這下子我們穿什麼？」弗雷迪火大攻擊他，接下來半小時兩人赤條條。

是的，想必裴魯老師正在摺衣服。

想必正因如此，他才沒空打電話祝前男友生日快樂。

現在，勒思站在瑞士旅館陽台上，瞭望冰封的小鎮。欄杆雕刻著布穀鳥的圖形，每隻伸出尖喙，顯得不搭調。杯底養著最後一滴香檳攤成的銅板。下一站是印度。他即將專注在小說創作上，原本只想最後添幾筆修飾一下，如今目標改成搗毀整部小說，重新來過。書寫這一個沉悶乏味、自我中心、可悲可笑的斯威夫特。沒人肯同情的斯威夫特。如今，他五十歲了。

我們總在該慶賀的時刻嚐到哀傷；哀傷是布丁裡的鹽。羅馬將領凱旋遊行時，不也讓奴隸隨行，以提醒自己有朝一日也會慘死。即使是說這故事的我，也曾經在應該歡樂的場合一過，隔天早上卻縮在床鋪的邊緣發抖（配偶：「我真心但願你不會挑這個時候哭」）。小朋友一早被叫醒，聽見「你五歲了」，難道會哭得呼天搶地，哀怨全宇宙秩序大亂嗎？太陽慢慢衰亡，螺旋光臂向外伸，分子紛紛飄向地球，人類難逃被烤死的命運——難道我們不全都應該仰望星空哀嚎？

但是，有些人的確是想得稍微多了點。再怎麼說，生日不過是生日嘛。

阿拉伯世界有個流傳已久的故事，主人翁聽見死神快找上門了，趕緊溜去薩馬拉躲避，結果到了薩馬拉，他卻在市集遇到死神。死神說：「是你啊。我本來今天來薩馬拉度個假，想放你一馬，沒想到運氣這麼好，你居然跑來這裡找上我！」主人翁還是被死神帶走了。亞瑟．勒思走過半個地球，紛雜如玩花繩的行程包含公費活動、換航班、逃出沙塵暴、躲進高山，簡直像他想湮滅行蹤、想跟獵人鬥智——光陰大神卻一直在這裡等他。在冰雪遍地的滑雪度假村。有布穀鳥相伴。當然，光陰大神會是瑞士人。勒思仰首喝香檳。他心想：**很難叫人為中年白人難過吧**。

的確，即使勒思也無法再為斯威夫特感到難過。宛如冬天游泳被凍到麻木而沒感覺了，亞瑟．勒思也傷心到無法憐憫這角色。要他同情羅伯，會，因為他在索諾瑪插管。同情羅伯前妻美利恩，會，因為摔斷髖骨的她恐怕無法再站起來。同情被婚姻綁死的哈維爾，甚至連巴斯迪安也值得同情，因為他支持的球隊慘敗。同情佐拉和詹妮特。同情同是文字工作者的穆罕默德……勒思的憐憫之心展翼翱翔全世界，翅膀寬如信天翁。然而，他不同情斯威夫特——現在，斯威夫特象徵白種男人的唯我獨尊，變成蛇髮妖，在勒思的小說裡踱步，踏到的地方句句變成石頭——就和亞瑟·勒思不同情自己一樣。

他聽見身旁的陽台門打開，看見矮酒保抽完菸，回來上班。酒保指著欄杆上一隻布穀鳥雕刻，以簡單易懂的法語對他開口（如果他懂法語的話）。

可笑。

亞瑟·勒思突然站定不動，好像要拍蒼蠅似的。就要想通了，別分心。雜七雜八的事拉扯著他的思緒——羅伯、弗雷迪、五十、大溪地、花卉、指著勒思西裝袖子的酒保——但他置之不理。就要想通了，別讓它逃走。可笑。他的心智匯聚在一個小光點。假如小說不寫成刻骨銘心、無盡幽思，那會怎麼樣？為何一定要寫成哀傷的中年人漫遊家鄉，追思過去，懼怕將來？為何要寫成羞辱和悔恨的巡禮？為何要寫單身男人心靈遭受侵蝕？假如筆調不帶一絲哀傷，會怎麼樣？一時之間，整本小說自動呈現在他眼前，宛如沙漠的苦行者見到波光粼粼的城堡……

靈光消失了。陽台門砰然關上，招牌藍西裝被布穀鳥的尖喙勾著（袖子幾秒後即將被扯破），但勒思渾然不覺。他緊抓住殘留的一個想法。**啊哈哈哈！**他笑出勒思的招牌笑法。

他的斯威夫特不是英雄，而是傻瓜。

「嗯，」他對著夜風沉吟：「生日快樂，亞瑟・勒思。」

在此附帶聲明一句：快樂並不是狗屁。

沒那麼印度

這間文人靜修寫作屋位於山丘上，可瞭望阿拉伯海，是卡洛斯半年前推薦的地方……
眼前必須迎戰的是小說，他已有前進的方針……

對一個七歲男童而言，比枯坐機場貴賓室更無聊的事只有臥病在床休養。對這男童而言，人生六千分之一的時間已經耗在這座機場裡了。他也已經翻過母親皮包裡的每一個夾層，好玩的東西只有一個塑膠水晶鑰匙圈。他考慮去翻廢紙簍——自由擺動的蓋子看似具備消磨時光的潛力——這時他留意到，貴賓室窗外有個美國人。男童一整天下來見到的美國人只有這一個。他剛在機場廁所發現幾隻像機器人的蠍子，繞著排水孔打轉，他一副事不干己而冷酷地看得入迷，現在觀察這美國人的態度也一樣。這人高得驚人，頭髮金得耀眼，穿著淺米黃色亞麻衫和長褲駐足，微笑看著手扶梯使用規則。使用規則寫得洋洋灑灑而縝密，其中包含保護寵物安全的叮嚀，長度超過手扶梯本身。美國人似乎覺得好笑。男童看著他拍拍全身每一個口袋，滿意地點點頭。他抬頭望閉路電視，關注航班和登機門的短暫戀情，然後走過去排隊。儘管大家已通過至少三道檢查哨，負責把關的人照樣叫大家再次出示護照和登機證。多餘的驗證讓美國人似乎又覺得好笑。但就是有其必要性：至少三名乘客差點搭錯機。美國人是其中一位。誰知道印度中部的海得拉巴有什麼樣的鮮事等著他去闖呢？我們永遠不會知道，因為他被指引去另一道登機門：前往印度南部的提魯瓦南塔普拉姆。他沉迷在一本筆記簿裡面。果然，有工作人員衝向美國人，拍他肩膀一下，他跳起來，直奔他又差點錯過的班機。兩人消失在縮短的空橋。已能看懂喜劇的男童鼻子貼玻璃窗，等著看一場必然上演的好戲。片刻後，美國人衝回來，抓起剛才遺忘的肩背包，又一溜煙跑掉了，這次一定不會再回來。沉悶的氣流開始籠罩，男童不禁歪頭，母親問他是不是急著去尿尿，他說對，但他只想再去看蠍子。

「這些是黑螞蟻，牠們是你的鄰居。伊莉莎白住附近，她是一條黃鼠蛇，是牧師特殊的朋友，不過牧師說如果你受不了的話，他很樂意殺蛇。但是呢，這裡也有老鼠。不要害怕食蟹獴。不要去跟流浪狗玩──牠們不是我們的寵物。不要開窗戶，因為小蝙蝠會飛進來找你，猴子也可能溜進來。如果你夜裡起來走路，最好踏一踏地，把其他動物嚇跑。」

勒思問，這裡還有什麼其他動物？

茹帕里以相當嚴肅的語調回答：「希望我們永遠不知道。」

這間文人靜修寫作屋位於山丘上，可瞭望阿拉伯海，是卡洛斯半年前推薦的地方──輾轉前來的旅途漫長，但勒思總算抵達歇腳處。他害怕的生日，害怕的婚禮，已雙雙被他拋諸腦後；眼前必須迎戰的是小說，他已有前進的方針，期待最後可以征服它。他不再需要留意歐洲和摩洛哥，但仍必須當心德里機場和欽奈機場，以及在提魯瓦南塔普拉姆會遇到的疑難雜症。在提魯瓦南塔普拉姆，前來接機的是靜修所的經理茹帕里，看似高興見到他，很有風度地帶他穿越一座熱氣騰騰的停車場，來到一台白色塔塔車，後來他得知駕駛是茹帕里的親戚。駕駛向勒思炫耀車子儀表板上的電視機，勒思暗自擔心。出發了。茹帕里身材苗條，姿態優雅，一條黑辮子一絲不苟，側面輪廓猶如硬幣上的凱撒人頭。一路上，茹帕里一直找政治、文學、藝術等話題想和勒思聊，但勒思對沿途景象太著迷了。

風景和他預期的完全不一樣。太陽穿透樹梢和民房之間對他拋媚眼，駕駛在坑坑洞洞的路上飆車，路旁堆積的垃圾彷彿是洪水沖刷而成的（乍看以為是出海口的沙灘，近看才發現是一百萬個塑膠袋集合成的傑作，和一百萬隻小動物組成珊瑚礁是同樣的道理）；綿延無盡的店家，彷彿是一道連續的水泥護欄上漆著不同招牌，促銷雞肉、藥品、棺材、電話、寵物魚、香菸、熱茶、賣相差的家常食品、共產主義、床墊、手工藝品、中國菜、理髮、啞鈴、論盎司計價的黃金。低矮的寺廟每隔一段距離出現，猶如勒思童年時糕餅店賣的那種色彩繽紛、糖霜精巧但基本上難以入口的方形蛋糕。婦女坐路邊，竹簍裡裝著亮閃閃的銀魚、可怕的鬼蝠魟、眼珠子如卡通的烏賊。無以數計的男人駐足茶行、雜貨店、藥房，觀望勒思路過。司機閃躲腳踏車、摩托車、卡車（轎車卻不多見），在車流當中慌忙蛇行，讓勒思彷彿回到迪士尼世界。有一次，母親帶姐弟倆去迪士尼玩，坐上以《柳林風聲》為主題的遊樂設施，過程如狂想曲，猶如搭破車，小手緊握得指關節發白，製造出源源不絕的心靈創傷。這裡的一切全不在他料想之中。

茹帕里帶他踏上紅土步道，粉紅絲巾的頭尾在她身後飄逸。

「這一朵，」她邊說邊指向一朵紫花：「是十點花。十點開，五點謝。」

「像英國博物館。」

「也有一種四點花，」茹帕里反駁：「另外也有睏樹，日出開，日落闔。你到時候會知道，這裡的植物比人類還守時。而這一棵植物更有活力。」一小棵羊齒葉植物被她的印度涼鞋一碰，立即蜷縮，葉片全閉合。勒思驚愕不已。茹帕里帶他來到椰林分立的地方。「這裡的景觀可能具有啟發性。」

絕對有：懸崖下有一座紅樹林，林木邊緣的阿拉伯海鞭笞著岸邊，動作惡毒如宗教判官，打得冥頑不化的沙灘臉色蒼白。在勒思身旁，在峭壁邊，椰林展示著種類繁多的蟲鳥，能媲美珊瑚礁水域的生物：紅白頭的鷹隼兩兩成雙盤旋高空，惱火的烏鴉群似女巫聚集樹梢，附近一棟小房子門口有幾隻黃黑蜻蜓像雙翼飛機嗡嗡纏鬥中。

「你的小房子在這裡。」

茹帕里指的獨棟小屋一如其他建築，設計走南印風格，磚造屋身，屋瓦屋頂下方是通風用的木製格子夾層，但小屋格局為五角形。奇特的是建築師把內部區隔為愈來愈小的「室」，如同鸚鵡螺殼，盡頭是一張小桌子，牆上鑲嵌著《最後的晚餐》畫作。勒思好奇凝望片刻。

當初簡介是怎麼寫的，勒思已查不出白紙黑字的證物，因此難以追溯關鍵資訊，或者也可能是，關鍵資訊被卡洛斯．裴魯刻意隱瞞了。來到現場一看，勒思發現，這裡有別於一般作家閉關完成小說的場所——這裡沒有擺滿藝術品，三餐不提供素食，找不到瑜伽墊，喝不到阿育吠陀舒壓茶。亞瑟．勒思訂到的其實是基督教徒靜修所。他個人並不反基督。小時候，他成長在基督教一神論救派的環境中，教會明目張膽省略耶穌不提，讚美歌集裡的曲子也和一般基督教有天壤之別，多年後勒思才明瞭「強化正能量」並非引述自《公禱書》，但勒思嚴格說來算是基督徒。只從美勞課作業的角度去慶祝耶誕節和復活節，這種人如何稱呼？除了「基督徒」，著實找不到其他字眼能形容吧。話雖這麼說，他發現自己訂到的寫作地點竟是基督教場所，不免洩氣——千里迢迢來到地球另一邊，有點像是居然只拿到在家附近就能買到的品牌。

「做禮拜是在禮拜日上午，當然。」茹帕里告訴他，指向一棟灰色的小教堂。在這幾棟式樣新奇的建築包圍下，教堂顯得單調，猶如學校的課間糾察，坐著等著擒拿蹺課學生。原來他即將重寫小說的地方就在這裡，在上帝祝福下。

「你有一封信。」迷你桌上擺著一信封，在牆上猶大的正下方。勒思拆信閱讀：**亞瑟，你到了之後立刻聯絡我，我會在度假村，希望你平安抵達。**署名是：**朋友卡洛斯，**用的是公司信紙。

茹帕里走後，勒思拿出名不虛傳的橡皮健身帶。

幾天後，某天早餐時，茹帕里問他：「你注意到了嗎？」地點在磚造矮房子的靜修中心本部，有點像一座居高望海的堡壘。她接著說：「早上的聲音比晚上甜美得多。」她指的是鳥兒在甦醒時的和諧鳴聲，就寢前卻嘈雜刺耳。然而，勒思只能想到印度特有的喧鬧：宗教樂隊大車拚。

破曉前，紅樹林邊緣的清真寺帶頭，以搖籃曲的語調柔聲宣布晨禱，基督徒不甘示弱，不久也播放曲調熱門的讚美歌，短則一小時，長則三個鐘頭。基督教音符響起後，印度教寺廟也超強放送卡祖笛似的反覆小節，令勒思聯想起兒時的冰淇淋車。後來，穆斯林提醒信徒禱告。接著，基督徒決定敲響銅鐘。迴盪空氣中的有布道、現場歌唱、鼓聲如雷的表演。如此，各教派交相較勁，如同音樂祭各路好手飆歌，音量一個比一個大，日落時演變為大鬧特鬧，帶頭的穆斯林宣布獲勝，不僅召喚信徒晚禱，更廣播祈禱詞全文。之後，宗教叢林歸於平靜。這或許是佛教徒唯一的表現機會。每天早晨，大車拚再起。

「請你一定要告訴我們如何協助你寫作，」茹帕里說：「你是我們頭一位作家。」

「我希望有一張能自由搬動的書桌。」勒思暗示著解放自我，不想在創作時被侷限在鸚鵡螺核心。「我需要裁縫師。我的西裝在摩洛哥扯破了，縫衣針也一直找不到。」

「這些事交給我們，牧師會介紹一位好裁縫師。」

牧師。「環境也要清淨，這是我最需要的。」

「當然當然當然。」她堅稱，晃著頭，金耳環跟著左右擺動。

寫作靜修所位於小山上，可瞭望阿拉伯海。在這裡，他即將賜死舊作，剝下他想留的肉，和全新素材縫合，以靈感電擊這具複合體，電到它從手術台上起身，磕磕絆絆走向鸕鶿出版社。就在這裡，在這小房間內。能賜予靈感的景物不勝枚舉，宛如山下那條灰綠色的河流鑽過椰林和紅樹林。在河的對岸，勒思依稀見到一頭黑公牛在曬太陽，身上油光閃耀，氣勢雄壯，後腿各有一段白毛，看似襪子，比較像人變成的牛，反而比較不像真牛。附近有白煙從叢林火場升起……不勝枚舉。他記得（記錯了）羅伯對他說過一句話：**對作家而言，真正的悲劇只有一個，就是無聊，其餘全是創作素材**。其實羅伯從沒講過這種話。對文字工作者而言，無聊是不可或缺的元素；無聊時，作家才可能動筆。

勒思四處獵靈感，視線落在衣櫃裡掛著的斷袖藍西裝，決定**此事**才是當務之急。小說被擱置一旁。

牧師長得像諧星格魯喬・馬克思，只不過身材小他幾號，而且膚色黑幾度，穿長袍，單邊肩上有幾顆鈕釦，看似速食餐廳制服，為人友善且熱情。如茄帕里所言，牧師樂意殺害他視同朋友的蛇。牧師也別具創意，具備童書裡的成年人才有的巧思：他在家架設集雨裝置和竹管子，將水引進公用水槽，也想出辦法將廚餘化為烹飪用瓦斯，管子直通家中的爐子。他有個三歲大的女兒，光著身子到處亂跑，只戴假鑽石項鍊（能裸體的話，有誰不肯？）。她能用英文數數兒，能像牛車爬坡般數到十四，之後，車輪就脫落了：「二十一！」她樂得尖嗓喊：「十八！四十三！十一〇！二十〇！」

牧師和勒思站在屋外。「亞瑟先生，你是作家，」牧師說：「我要你問**為什麼**？你在這裡，如果看到怪事或傻事，一定要問**為什麼**？例如，摩托車安全帽。」

「摩托車安全帽。」勒思覆誦。

「人人都戴安全帽，你注意到了吧。因為法律規定。不過，沒有人照規定繫好帽帶，對不對？」

「我還不太常出——」

「騎士不願繫帽帶，那麼何必戴安全帽呢？戴了會飛掉，幹嘛戴呢？很傻吧，對不對？看起來是典型印度人，典型荒謬。不過你應該問，**為什麼**？」

勒思忍不住問：「為什麼？」

「這是有原因的，其實並不傻。理由是，帽帶一繫好，手機就沒法子打。騎士騎車回家，一趟兩三個鐘頭。或許你會想，非得邊騎車邊講手機嗎？為什麼不乾脆停在路邊講個夠？傻啊，對不對？勒思先生。你看看這裡的馬路，看一看。」勒思見一行婦女全穿色彩鮮艷的金絲邊紗麗，有些拿著皮包，有些頭上頂著金屬桶，踏著碎柏油路旁的石子和雜草前進。牧師雙手一攤：「**沒有路邊可停啊**。」

他向牧師打聽到裁縫師的住處，到了之後發現裁縫師在踏板旁邊睡著了，明顯有印度Signature威士忌的酒臭味。他思索要不要叫醒他，這時正好有一條黑白野狗信步而來，對兩人吠叫，裁縫師這才驚醒，直覺拾起石頭砸狗，狗被嚇跑了。為什麼？隨即他留意到勒思，他歪嘴朝客人笑。他指著勒思的鬍子，解釋自己下巴蓄鬍的原因：「等錢一進來，我們就刮鬍子。」勒思說，對，可能，然後讓他看西裝。裁縫師甩甩手，表示修補很容易。「明天這時候回來。」他說。就此，裁縫師帶著勒思的招牌西裝進店內。分離的不捨忽然間襲來，他趕緊深吸一口氣，下山進市區。他本想晃個十五分鐘，然後掉頭回家忙正事。

兩小時後，他再路過裁縫店時，上衣已經被汗浸透，紅光滿面，頭髮被剪得相當短，鬍子不見了。裁縫師奸笑著，伸手指自己的下巴；他的確也有錢刮鬍子了。勒思點頭再點頭，吃力地走上山，途中數度被鄰居攔下，有的想練英語會話，有的奉茶請他喝，有的邀請他進家裡坐，有的想載他去教堂。終於回到小屋後，他才想起，這裡沒有淋浴，只好強忍倦意在紅塑膠桶裡裝水，脫衣褲，以冷水沖澡，擦乾身體，穿衣褲，坐下來寫作。

「哈囉！」屋外有人呼喊：「我來這裡量你的書桌！」

「量什麼？」勒思回喊。

「量你的書桌。」

濕著一身亞麻衣的勒思出門一看，果然有個矮胖的禿頭男拿著布尺微笑，嘴上有一撇青少年般的薄鬚。他請勒思坐在門廊藤椅上，為他丈量，然後鞠躬告退。為什麼？接著，門外來了一個青少年，嘴上一撇成人鬍，高聲說：「我來拿走你的椅子。半小時後會有一張新椅子。」勒思納悶這其中奧秘何在；絕對是一場誤會，絕對是男孩的理解有困難。思考不出所以然，勒思只好微笑說，當然可以。男孩走向椅子的態度猶如馴獅師一般戒慎，搬起椅子帶走了。勒思斜倚椰樹望海，回頭看小屋時，發現黑白狗站在門口，半蹲著準備排便。狗眼看著勒思，屎照拉。「喂！」勒思大喊，狗蹦跳逃走了。無桌，他當然無字可寫，只得收看環境提供的娛樂：大海。半小時之後，一秒不差，男孩回來了⋯⋯搬來一張一模一樣的椅子擺在門廊上，神情得意，勒思一頭霧水接受。「小心，」男孩認真說：「它是新椅子，一張新椅子。」勒思點頭，男孩告退。勒思看著椅子，小心翼翼坐下，椅子承受重量後吱嘎幾聲。感覺還好。他欣賞著三隻黃鳥在附近屋頂玩得不可開交，呱呱嘎嘎亂叫，纏鬥到渾然忘我，居然搞出一場出其不意的笑鬧劇，三隻一同跌落屋頂，摔在草地上。勒思開懷大笑起來——**啊**哈哈！他從沒見過小鳥墜地。他站起來，椅子跟著他的屁股起來。椅子果真是新的，亮光漆在濕熱的氣候中來不及乾。

「……結果，最後我可以靜下來，想寫寫東西的時候，教堂那裡好像結束了，因為好多人開始聚集在我的小房子周圍，攤開毯子，端出吃的東西，在四面八方野餐得好不快活。」勒思這句話的對象是茹帕里。時間是晚餐之後；窗外一片漆黑，一盞日光燈泡照亮室內，椰香和咖哩葉味仍瀰漫。他沒說出口的是，門廊上有人喧嘩，窗外有人在辦舞會，吵得他難以忍受。想改寫小說的他無法專心片刻。勒思很氣餒，惱火至極點，甚至考慮就近搬去旅館住。然而，他站在這棟喀拉拉邦小屋裡，有汪洋可望，牆上有《最後的晚餐》，這時想像自己走向茹帕里，說出今生最荒誕不經的一句話：**除非他們停止野餐，否則我打算去住阿育吠陀靜修所！**

茹帕里聆聽他訴說野餐的事，點著頭。「是的，這種事常發生。」

他記得牧師的建議。「為什麼？」

「喔，本地人嘛，他們喜歡上來看風景。這裡很適合教友家庭聚在一起。」

「可是，這地方是靜修所……」他及時縮口，隨即再問：「為什麼？」

「在這地方，海景很特殊。」

「為什麼？」

「這裡是——」她頓了一下，羞怯低頭，說：「這裡是唯一的地方，是基督徒唯一能去的地方。」

勒思總算問到癥結所在了，但又再度觸及他無法理解的事物。「那我希望他們玩得開心，他們吃的東西好香。今晚的晚餐也很可口。」勒思發現靜修中心沒有冰箱，因此食材全得當日在市集採買，或當天從茹帕里的菜圃摘來煮，一切都新鮮，只因為沒冰箱可保鮮。即使是椰子，也由一名教友徒手剝殼。這信徒是穿紗麗的老婆婆，名叫瑪麗，每早端茶給他，對他微笑。**除非他們停止野餐！**不管到哪裡他都很龜毛。

茹帕里說：「提到晚餐，我發生過一件好好笑的事！以前我在市區教法文，常帶午餐去。每天我搭火車去教書，你知道，天氣熱得很！有一天，我找不到位子坐，結果你猜我怎樣？我去坐車門口的階梯，門開著，哇，好涼爽啊！我以前怎麼沒想過坐這裡呢？想到這裡，我的手提包掉到門外去了！」她掩嘴笑起來。「完蛋了！包包裡有我的學校識別證、現金、午餐，好多好多東西。死定了。火車當然不會說停就停，我只好等到下一站才下車，招一輛人力車載我往回走。我們在鐵軌上找了好久好久！後來，有個警察從亭子裡出來。我把事情經過告訴他。他叫我描述包包裡的東西。我說：『警官，裡面有我的識別證、錢包、手機、乾淨的上衣。』他看著我幾秒。然後他問：『另外還有咖哩魚嗎？』他拿出手提包給我看。」茹帕里又興奮大笑起來。「整個包包裡面全是咖哩魚！」

她的笑聲好宜人；勒思狠不下心告訴她，這地方不適合寫作。噪音、野生動物、暑熱、工人、野餐民眾——在這裡，他絕對生不出一本書來。

「你呢，亞瑟，你今天順心嗎？」茹帕里問。

「喔還好。」他略過不提的是理髮廳軼事。進理髮廳後，他被帶進一個無窗戶的房間，以紅布幕為門，理髮師是上衣和牧師相同的矮男，二話不說，馬上把勒思的大鬍子刮掉（連問也不問），頭兩側的頭髮也被剃光，只留頭頂的金毛，然後問勒思：「按摩？」結果勒思的全身挨一頓捶擊拍打，彷彿逼他供出軍事機密似的，結尾還賞他四個響亮的大耳光。**為什麼？**

茹帕里笑問還有沒有什麼需要幫忙。

「我真正要的是喝一杯。」

笑臉垮掉了。「喔，教堂設施裡外禁止飲酒。」

「我只是開玩笑的啦，茹帕里，」他說：「不然要去哪裡找冰塊呢？」

她有沒有聽懂笑點，我們永遠不得而知，因為就在這一刻，電燈全熄滅了。

這次停電如同多數分手，藕斷絲連，每隔幾分鐘恢復供電，片刻之後卻又陷入漆黑。接下來的場景有如一場大學話劇，舞台燈忽明忽暗，展現劇中人各種不期然的定格模樣：茹帕里抓緊椅子扶手，憂慮得噘嘴成剝皮魚的長相；亞瑟．勒思錯把窗戶當成門，即將踏進涅槃境界；紙張飄落茹帕里頭上，想必讓她誤認為大果蝠臨頭，嚇得她破口驚叫；亞瑟．勒思這一次踏對了門，盲然踩進茹帕里的涼鞋；茹帕里跪在地板上祈禱；亞瑟．勒思走進夜色，藉著月光，瞥見一幕嶄新的駭人景象：那條黑白狗在小屋周圍散步，嘴裡叼著一塊布，顏色是中藍色。

「我的西裝！」勒思吶喊，踉蹌直奔下坡，甩掉涼鞋跑著。「我的西裝啊！」

他朝著野狗往下坡衝刺，燈又熄了，草叢裡顯露令人屏息的一景——繁星般的螢火蟲正準備相愛。勒思只得摸黑回小屋，咒罵著，赤腳小心踏在瓷磚地板上，這才找到他的縫衣針。

我記得有一次在屋頂和朋友聚會，亞瑟．勒思對我說出他反覆作過好幾次的夢：「其實算是寓言吧，」他捧啤酒抱胸，說：「夢中，我穿越一座黑森林，像但丁，有個老婆婆走過來說：『你運氣好，你把一切都拋開了。因為你不想再談情說愛了。想想看，你能省下多少時間去做更重要的事！』說完，她離開了，我繼續走——夢作到這裡，我通常改成騎馬，這夢的場景非常中世紀。對了，你大概聽了覺得很悶吧，你不在夢裡。」

我回應說，我有我自己的夢。

「我繼續在黑森林裡騎馬，騎出林子，來到一大片白色平原，遠方有高山。有個農夫在那裡，對我招手，說的是差不多一樣的話。『前方有更重要的事等著你！』我騎上山。我看得出來，你沒在聽。這夢妙在後頭。我騎上山後，山頂有個山洞，裡面有個神職人員——你知道，就像卡通那種。我說，我準備好了。他說，準備怎樣？我說我準備思考更重要的事。他問：『比什麼更重要？』我說：『比愛更重要的事。』他看著我，好像我瘋了似的，說：『世上哪有比愛更重要的東西？』」

我們默默站著，一朵雲飄來，遮住太陽，屋頂頓時涼颼颼。勒思望向欄杆下面的街頭。

「對，這就是我作的夢。」

勒思睜眼，見到戰爭片中的景像——陸軍草綠色的飛機螺旋槳急促刷著空氣——不對，不是螺旋槳，是天花板吊扇才對。然而，角落裡悄聲交談的語言確實是馬拉雅拉姆語。天花板可見影子游移，像人生偶戲。現在，他們改講英語。殘餘的夢境仍在現實邊緣，如露珠般晶瑩，逐漸蒸散中。原來，這裡是醫院病房。

他記得在黑夜中尖叫，好心的牧師衝進來（只纏腰布，揹著女兒），安排教友載勒思去市區的醫院，茹帕里道別時憂心忡忡。他在候診室裡忍痛等候數小時，唯一的慰藉是一台中邪的自動販賣機，找零的總數比吞下的錢還多。形形色色的護士，從老油條悍婦到天真美少女都有，最後勒思終於等到照X光，證實了右腳（大小骨頭組成的群島多美麗），哎唷，腳踝果然骨折了，深埋腳底肉的是半截縫衣針。這時候，他接受第一階段的診治，女醫師以豐唇直呼這傷是「鬼扯蛋」（「這男人怎麼有縫衣針？」），無法取出異物。既然無功而返，骨折處被暫時固定住，勒思被推進病房，同一間另有一名病患，是曾在加州瓦列霍住過二十年的老工人，講西班牙語但不通英語。接著，護士為他隔天一早的手術預作準備，擔架一個換過一個，也挨了幾針麻醉，最後他被推進一塵不染的外科劇場。外科醫師和藹可親，蓄著神探白羅的八字鬍。X光儀器能動，方便外科醫師操作，佐以口袋型放大鏡，五分鐘不到，便取出害他受傷的小麻煩（以鑷子夾著，伸向他眼前）。手術後，腳又被塞進一個近似靴子的夾板固定，醫師開給他強效止痛藥，精疲力竭的他幾乎一瞬間沉入夢鄉。

現在，他四下張望病房，思索當前處境。他身上的紙袍顏色綠如自由女神像，骨折處安然固定在黑色塑膠靴中。他的藍西裝可想而知，正躺在某隻野狗的狗窩裡，為一家大小保暖。一位福態的護士正在角落忙著文書作業，雙光鏡片給人的錯覺是她是一隻四眼魚（學名Anableps anableps），能同步注意水面上下的狀況。他大概是發出聲音了，護士轉頭過來，以馬拉雅拉姆語吆喝幾聲。令人佩服的是，八字鬍外科醫師竟然走進病房，白袍飄舞，微笑指著勒思的傷腳，像水電工指著修好的廚房流理台。

「勒思先生，你醒了！你以後不會再觸動金屬探測器了，嗶嗶嗶！我們都很好奇，」醫師彎腰問：「男人怎麼會有縫衣針？」

「縫補東西，釦子掉了自己縫。」

「你這一行高風險嗎？」

「顯然，縫衣針的風險更高。」勒思覺得連口氣都不再像自己。「我什麼時候可以回靜修所，醫生？」

「喔！」醫師說著翻找口袋，掏出一紙信封。「靜修所寄這給你。」

信封上寫著：**非常抱歉**。勒思拆封，裡面是殘絲隨風舞的一片艷藍色破布。如此看來，討不回來了。沒有西裝，亞瑟・勒思也不復存在。

醫師繼續說：「靜修所聯絡到你朋友了，過一會兒，你朋友會來接你。」

勒思問是茹帕里嗎？也許是牧師？

「我哪曉得！」醫師說，美式的語法在英國腔裡格外突出。「不過，你不能回靜修所去了。那種地方，有樓梯啊！爬坡，不行！右腳至少三個禮拜不能觸地。你朋友有住處給你，不必再美式跑步啦！」

不能回去？那——小說怎麼寫！新的住處會有什麼設備，勒思納悶著，這時有人敲門，門一開，謎底揭曉——

絕對有可能的是，勒思置身夢境中，而這夢像俄羅斯娃娃，夢醒時，打個哈欠，床是童年的雙層床，下床摸摸死了好幾年的狗，和死了好幾年的母親打招呼，竟發現又置身另一層夢境中，又是一場硬梆梆的惡夢，主角必須英勇接受再次夢醒的挑戰。

因為，站在門口的人只會在夢中出現。

「哈囉，亞瑟。我來照顧你了。」

或者不然，自己一定是死了。一定是被人從草綠色的煉獄押走，帶到專門等他跳進去的火坑。火海上的一棟小屋，名為「地獄中的文藝靜修所」。門口那張臉保持笑容。亞瑟緩緩地、哀傷地，逐漸能接受人生中的喜劇神曲，說出各位早該猜到的名字。

司機猛按喇叭，宛如槍戰中的法外之徒。流浪狗、山羊紛紛從路上跳開，一副做錯事的表情，人們也紛紛跳開，也露出無辜表情。兒童在路邊成群站，清一色紅格子制服，有幾個抓著印度榕樹樹枝懸垂半空中，想必是剛放學。他們凝望著勒思路過的景象。他一直聽車子不停按喇叭，音響流瀉著甜如糖漿的英文熱門歌曲，身旁是柔和的嗓音，講話者是卡洛斯・裴魯：

「……到了怎麼不通知我一聲？幸好他們找到我的信。我告訴他們，我當然願意收容你……」

時運逆轉，亞瑟・勒思腦筋一時轉不過來，不知不覺凝視著這張熟識多年的臉孔。有特色的羅馬舵般的尖鼻子，以前聚會時，勒思總看著它東轉西轉，以鼻尖探搜話題，目光橫掃全場，探照告別的客人——即將趕去更好玩的下一攤。卡洛斯・裴魯的鼻子，年輕時多麼英挺出眾，多麼難忘，如今在車上仍然挺拔，完美如初，恰似輪船上的柚木雕刻首飾像。船身已全部大換新，船首飾像依舊。他的身材已從健壯年輕人變成豐腴、尊貴中年人，不油不胖，不像佐拉提議的那種癡肥，而是無事一身輕、終於有機會喘息的體態。不是快快樂樂、性感動人、管他全世界去死的那種胖，而是莊嚴、威武、碩大無朋的胖。是巨人，是大神像：卡洛斯大帝。

亞瑟，你是知道的，我兒子本來就不適合你。

「天啊，見到你真好！」卡洛斯握一握他手臂，對他賊笑一下，充滿童稚的調皮意味：「聽說在柏林，有個小伙子在樓下對著你的窗戶唱歌。」

「你要帶我去哪裡？」勒思問。

「你在那裡是不是有一段戀情啊？對象是王子吧？你該不會趁夜色掩護，逃離義大利吧？快告訴我，你是撒哈拉沙漠大情聖。」

「別傻了。」

「說不定是在杜林喔，男孩在你陽台下方高歌，絕望愛上你。」

「從來不會有人絕望愛上我。」

「對，」卡洛斯說：「你總是給他們希望，不是嗎？」笨重的車身剎那間消失，場景變成某家草坪上，兩人端著白酒，恢復年輕。想與某人共舞。「去哪裡，我告訴你好了。我要帶你去我開的度假村。我說過就在附近。」

世上酒吧何其多。[註]「你的好意我心領，不過，我最好還是去找一間阿育吠陀——」

「別傻了。我的度假村工作人員到齊了，客人一個也沒有，因為一個月後才營業。你會喜歡的啦——有一頭大象！」亞瑟以為，度假村裡養大象，隨著卡洛斯的視線望去，心跳暫停。就在正前方的馬路上，果然有一頭大象，老人斑密布，灰頭土臉，乍看以為是一牛車本地林場生產的白橡皮，大耳揚起才知道是大象，既像羽翼開展，也像飛行用的薄膜，毫無疑問是大象沒錯，信步在街上兜風，肚子裡有一大桶綠竹，尾巴甩來甩去，這時候轉頭注視，小眼珠子莫測高深，看著正盯著牠看的人類——勒思認得出這

註：《北非諜影》男主角台詞，後半句是「她偏偏走進我這間。」

種眼神——彷彿在說：**我沒你奇怪**。

「喔，我的天啊！」

「規模比較大的寺廟都會養一頭。我們可以繞過去。」卡洛斯說。車子叭叭叭喧嘩著繞路。勒思轉頭看大象消失在後窗，搖頭晃腦，拖著笨重的軀體，顯然明白自己掀起騷動，暗自欣喜不已。隨即，一群男人舉著無力下垂的共產黨旗，走出樓房，抽著菸，擋住人間罕見的奇景。

「聽著，亞瑟，我有個想法——啊，到了。」卡洛斯驟然說。與其說勒思看到，倒不如說他直覺車子駛入陡降坡，朝海洋前進。「在我們說再見之前，我簡短問你兩個問題。很簡單的問題。」車子開進一座大門；勒思難以相信的是，司機仍在按喇叭。

「說什麼再見？」

「亞瑟，別再那樣多愁善感了啦。我們年齡都一大把了！過幾個禮拜我就回來，慶祝一下你康復。我有公事要忙，這次能重逢真的是奇蹟。第一個問題是，羅伯寫給你的信，你還留著嗎？」

「我的信？」喇叭停息了，車子停下。綠制服的年輕人走向勒思這一邊。

「別賣關子，亞瑟，到底有沒有？我趕著去搭飛機。」

「好像有。」

「好極了。另一個問題是，弗雷迪有沒有聯絡上你？」

身旁的車門打開，一股熱氣撲向勒思。他轉頭看見一位帥弟行李員站在車門外，握著鋁拐杖等著給他。他回頭問卡洛斯。

「弗雷迪幹嘛聯絡我？」

「沒事。繼續忙你的小說吧，等我回來，亞瑟。」

「一切都沒事吧？」

卡洛斯比手勢道別，接著，亞瑟下車，看著大使牌白色豪華車奮力爬坡進棕櫚林，最後只剩不停叭叭聲。

他聽得見浪濤聲，也聽得見行李員在講話：「勒思先生，您的部分行李運來了，已經送進您的房間。」但勒思仍凝望著風中的棕櫚樹。

奇怪。剛才那句話問得太隨意，勒思差點漏掉。卡洛斯坐在車子一角，簡單問一句。臉上沒有情緒——同樣是卡洛斯那張漠然不耐煩的臉孔——但勒思看得見他玩弄著獅子頭戒指，在手指上繞呀繞，目光則聚焦在有老態而無助的亞瑟．勒思。勒思搞懂了，整個對話全是空影一場，是幻夢，虛而不實，而卡洛斯別有居心。然而，他硬是無法破解密碼。他搖搖頭，對行李員微笑，接下拐杖，仰望即將入住的白色監獄。老友問話中另有一道隱而不宣的暗語，唯有細心的聽者，或長年聆聽他的人，才有辦法參透。另外隱含的是，大家永遠猜不到卡洛斯也有的心境：**恐懼**。

對於五十歲的男人而言，比臥床養病更無聊的事唯有枯坐教堂裡。度假村給勒思的是「王公」套房，把他安頓在舒服的床上，有海景可看，美中不足的是隔著厚如養蜂人面紗、從天花板垂下的蚊帳。環境高雅、涼爽、工作人員隨傳隨到，但氣氛悶到難以喘息。勒思多麼懷念山上那隻食蟹獴。他懷念茹帕里和野餐民眾，懷念樂隊大車拚，懷念牧師、黃蛇伊莉莎白；他甚至緬懷救世主耶穌基督。唯一能引他遐思的是行李員。他名叫文森，每天來探望不良於行的客人。文森的鬍鬚刮得乾淨，臉蛋秀氣，一對黃玉般的澄澈眼珠，屬於羞赧型帥男，外型出眾而不自知。每次文森來探望，勒思總向救世主耶穌基督祈禱，希望神能為他撲滅慾火；他最不想要的是邊養病邊暗戀。

因此，幾星期下來，氣氛空白而枯燥，正好——終於——為勒思營造出一個完美的氛圍，他總算能動筆了。

如同從漏水的舊桶倒水進新桶子，感覺上是輕鬆得令人起疑心。情節如果遇到愁雲慘霧，例如雜貨店老闆癌症末期了，勒思只需把氣氛翻轉過來，叫主人翁斯威夫特基於同情心，一口氣買下七輪香噴噴的乳酪，帶著走遍舊金山，乳酪愈來愈臭，臭到整章結尾。寫到墮落的一幕，斯威夫特帶一包古柯鹼進飯店浴室，在吧台上撒一行毒粉，勒思只需在情節裡加一台感應式烘手機，轟的一聲！颳起一場有失顏面的暴風雪！只需添加一個被拋出窗外的桶子、一個沒蓋好的人孔蓋、一個香蕉皮。在泡湯的假期近尾聲時，斯威夫特問男友：「我們是輸家嗎？」勒思喜不自勝加一句回應：「這個嘛，寶貝，我們絕對不是贏家。」他懷著趨近虐待狂的喜悅，撕脫皮膚般一次次的羞辱，暴露滑稽的底蘊。太爽了！假如人生也能這樣搞，該有多好！

他在黎明清醒，見海面愈來愈閃亮，太陽卻仍穿著睡衣打不起精神，他只好坐下，提起作者鞭子，再對主角鞭笞幾下。不知何故，一股前所未有、苦甜參半的渴望，逐漸在小說裡凝聚。勒思內心起了變化，愈來愈寬容。勒思如同對待知錯能改的信徒，開始疼愛起主角，最後有天早晨，手托著下巴坐了一小時，觀看野鳥飛越海平面的灰霧，這位善神總算恩賜主角短暫的歡樂時光。

最後，某日下午，文森前來關心他：「請問您的腳傷如何？」勒思說他現在能不用拐杖走動了。「好，」文森說：「現在，亞瑟，請您準備進行一趟非比尋常之旅。」勒思以挑逗的語調問，要去哪裡？也許文森終於打算帶他去見識印度風光。可惜不然，文森臉紅回答：「唉，我無法同行。」他說度假村開張時提供非比尋常之旅給客人。外面傳來一陣嗡嗡聲，他向窗外看，見一艘快艇朝碼頭急駛而來，由兩名青少年操縱。在文森攙扶下，勒思跛腳上船。馬達發出獅吼後啟動。

船程大約半小時，期間勒思看見海豚騰躍，飛魚在海面如石子打水漂，也見到一隻水母隨波逐流的觸鬚。他憶起兒時參觀水族館，欣賞到一隻海龜以蛙式游泳，動作像遲緩的姨婆，之後他遇到一隻粉紅色水母，無腦，像泡沫，也像睡衣，是在水中脈動的怪物，抽噎一聲想著：**恕我不與你同在**。快艇終於抵達一座白沙島，面積不比市區街廓大多少，島上有兩株椰子樹，地上紫色小花綻放。勒思輕手輕腳登島，走向樹蔭。又見幾隻海豚在逐漸黯淡的海上騰躍。一架飛機掠過，在月亮下面畫線。這島無疑是人間樂園——直到勒思轉身，驚見快艇駛離。被丟包了。難道這是卡洛斯最後的詭計嗎？先軟禁他幾星期，在他小說寫到最後一章才載他來荒島遺棄？簡直是《紐約客》單格漫畫才有的命運。勒思仰望夕陽，訴求著：我放棄了弗雷迪！我心甘情願離開他；我甚至走避他鄉，不出席婚禮。苦頭吃盡了，所有的苦也往自己肚裡吞；變成殘障人士，單腳不良於行，際遇淒涼，為招牌西裝之死哀慟。能被剝奪的東西全被剝奪了，簡直成了同志版的約伯。他在沙灘跪下。

背後傳來一陣絮絮叨叨的嗡嗡聲。等到他轉頭四下張望，他才看見另一艘快艇急駛而來。

「亞瑟，我有個主意。」卡洛斯晚餐後告訴他。卡洛斯的助理群剛才火速生好營火，燒烤兩隻在礁岩刺上岸的雜色魚。現在，勒思和卡洛斯在軟墊坐下，合喝一瓶冰香檳。

卡洛斯斜倚著亮片軟墊，他身穿有腰帶的白長衫。「等你一回家，我希望你找出你和俄川藝文社有關的所有書信，只要是我們認識的人寫的，我全要。尤其是重要的那幾個，羅伯、羅斯、富蘭克林。」

勒思夾在兩軟墊之間，坐姿不自然，極力想坐正，心裡嘀咕著，為什麼？

「我想向你收購。」

背景是如洗衣機遲緩運作的海濤聲，穿插一連串的噗啪水聲，肯定是魚在作怪。月亮蒙紗高掛，為地面萬物灑下朦朧光，搶盡星辰的鋒頭。

卡洛斯熱切凝望火光中的勒思。「你有的隻字片語都行。你認為有多少？」

「我有……我不清楚。要翻翻看才知道。幾十封吧，不過全是私人書信。」

「我要私人書信。我正在策劃一套典藏品，那年代的東西鹹魚翻身了，有些大學針對那年代的大大小小東西開課，而我們親身認識他們。我們是那段歷史的一部分啊，亞瑟。」

「我不確定我們是那段歷史的一部分。」

「我想搜集所有東西，集合在一起，號稱卡洛斯・裴魯典藏。已經有一間大學表示意願了；有可能在圖書館設置一廳，冠上我的姓名。羅伯有沒有為你寫過詩？」

「卡洛斯・裴魯典藏。」

「聽起來響亮嗎？有你的書信，整個典藏才算完整。如果裡面有一首羅伯寫給你的情詩更好。」

「他的創作風格不是那樣。」

「或者，伍德豪斯畫的那一幅畫，我知道你缺錢用。」卡洛斯輕聲說。

計畫大白：卡洛斯想奪走一切。奪走他的自尊，奪走他的健康和他的理智，奪走弗雷迪，事到如今，到最後，又連回憶、紀念品都不放過。亞瑟・勒思即將蕩然無存。

「我財務狀況還好。」

營火搭在椰殼上，火舌舔到特別可口的一塊，欣喜沖天，照亮兩人的臉。他們不年輕了，一點也不，往日那兩個大男孩已蕩然無存。為何不乾脆賣掉信，賣掉紀念品、繪畫、書籍？為何不乾脆放火燒掉？為何不乾脆拱手奉上人生這檔子鳥事？

「你記得那下午在海邊的事嗎？你那陣子還和那個義大利人交往……」卡洛斯說。

「馬可。」

卡洛斯笑了。「我的天啊，馬可！他怕石頭，叫大家移去和異性戀坐一起。記得嗎？」

「當然記得，那是我認識羅伯的那天。」

「我常回想起那天。當然，當時我們不知道太平洋上有個強烈颶風，竟然跑去海邊玩水，根本是瘋了！危險到不可思議。不過，當時的我們既年輕又傻氣，對吧？」

「我能認同這一點。」

「有時候，我會想起我們在那片海灘上認識的所有男人。」

一幕幕往事這時浮現勒思腦海，包括卡洛斯站在海岩上，凝望天空，下面的潮汐池倒映著一身瘦肉的他。營火噼啪燒，朝天拋射螺旋狀火星。除了火與海，別無其他聲響。

「我從來沒討厭過你，亞瑟。」卡洛斯說。

勒思凝視營火。

「向來只有羨慕，我希望你明白。」

一大批半透明小螃蟹橫行沙灘上，看準海水衝鋒。

「亞瑟，我領悟出一套理論，你聽我講完。我的理論是：人生有一半是喜劇，另一半是悲劇。有些人前半生是悲劇，活到下半輩子才進入喜劇階段，我就是。看看我年輕時的日子多慘。窮小子進大都市——你大概永遠沒法子體會吧，不過，天啊，我的日子好苦。那時的我只想發達。謝天謝地，我遇見唐諾，不過後來他生病死了——轉眼間，我多了一個兒子。我接下他的事業，累到快蹺辮子了，才交出今天的成績單。四十年的苦心啊。

「不過，看看現在的我——喜劇！胖子！有錢人！荒唐！看看我穿什麼——印度長衫！那時候年輕的我肚子裡有一把熊熊怒火——多想證明自己多高竿；現在呢，有錢有歡笑，日子多美好。我們再開一瓶。不過你呢？你年輕時候是喜劇一場。當時你是荒謬的一個，是大家哈哈笑的對象。你總像眼睛被蒙住，常迷糊撞到東西。我比你多數朋友認識你更久，而我對你的觀察也絕對更近一步。假如亞瑟・勒思是一門學問，我就是這領域全世界最頂尖的專家。我記得我們認識的那天。你那時瘦到皮包骨，全身只見鎖骨和髖骨！而且好天真。其他人呢，天真早就離我們遠去了，我們根本懶得裝天真。你不一樣。我想，當時大家都想接觸你那份天真，說不定也想毀掉你那種渾然不知危機的處世之道。笨拙又無知。我當然羨慕你囉。因為我永遠學不來；我很小就失去天真了。如果你在一年前問我，或六個月前，我會說，是的，亞瑟，你的前半生是喜劇，但你現在深陷悲劇的後半生。」

卡洛斯拿起香檳，為勒思添酒。「怎麼說？」勒思問：「悲劇的——」

「不過我已經不那麼想了，」卡洛斯繼續說：「弗雷迪常模仿你一個動作，你知道嗎？你沒看過？我表演給你看，保證你喜歡。」卡洛斯站起來表演——動作誇大，不扶著椰子樹做不出來。他有可能醉了。即使在他表演時，他仍維持傲慢的尊容，一如他以豹步巡行泳池畔的風範。只消靈巧一動作，他瞬間化身亞瑟・勒思：長腳、彆扭、金魚眼、內八、面帶畏懼的淺笑，甚至連髮型也撩起來，變成勒思一向的髮型，像漫畫書配角的模樣。他以稍嫌歇斯底里的語氣高聲說：

「這西裝是我在越南買的！布料是夏日輕羊毛。我要求的是亞麻，但女裁縫師說，那怎麼行，亞麻容易皺，你應該指名要夏日輕羊毛。結果呢？她說的有道理！」

勒思在原位呆坐片刻，然後訝然嘿嘿笑起來。「對嘛，」他說：「夏日輕羊毛。至少弗雷迪有在聽。」

卡洛斯笑一笑，不再模仿，恢復原來的卡洛斯，靠在樹幹上，臉上瞬間閃過勒思在車上留意到的神態：恐懼、渴望、「書信」以外的東西。「亞瑟，怎樣？可以讓我收購吧？」

「不賣，卡洛斯。不賣。」

卡洛斯的臉從營火前轉過來，問他是否顧及弗雷迪。

勒思說：「弗雷迪跟這事完全無關。」

卡洛斯遠望海面上的月光。「你知道嗎，亞瑟，我兒子其實不像我。有一次，我問他為什麼懶成這副德性，我問他到底想要什麼。他答不出來。所以，我代替他做決定。」

「我們先倒帶，回頭談一件事。」

卡洛斯頭轉回來，看著勒思。「你真的沒聽說嗎？」一定是月光下的錯覺——卡洛斯不可能面帶溫情。

「你剛為什麼說我下半生是一場悲劇?」勒思問。

卡洛斯微笑著，彷彿已經做出某種決斷。「亞瑟，我的想法變了。你天生有喜劇演員的好運。倒楣事是有，只不過全發生在不重要的地方。在關鍵處，你是幸運的。我認為——你八成不認同——不過我認為，你的一生全是一場喜劇。不只前半輩子是，而是一輩子全是。你是我遇過最荒謬的一個人，你時時刻刻誤打誤撞，終生傻呼呼的，誤解別人過，講過錯話，人生路上被一切事物和所有人絆倒過，而你卻還勝出。但你渾然不自知。」

「卡洛斯。」他沒有凱旋的感受，他覺得吃敗仗。「我的人生，我過去這一年的人生——」

「亞瑟．勒思，」卡洛斯搖搖頭，打斷他：「我認識的人裡面，人生最美好的一個就是你了。」

勒思覺得是鬼話。

卡洛斯直視營火，仰頭把剩下的香檳一飲而盡。「我想回岸上了，我明天一大早就走。你要記得把航班的細節交代給文森。你是要去日本，對吧?京都?我們想確定你平安回國。明早見。」語畢，卡洛斯走向孤島另一邊，邁步前往快艇在月光下等候的岸邊。

隔天早上，勒思不見卡洛斯。勒思自己的快艇接他回度假村後，他看星星看到深夜，回憶著山上小屋外的草坪，想起地上隱隱發亮的螢火蟲，見到一個星座看似他童年名叫麥可的松鼠布偶，被他遺忘在佛羅里達的飯店忘了帶走。哈囉，麥可！他拖到非常晚才上床，醒來時發現卡洛斯已經走了。他納悶著自己到底在哪裡打了勝仗。

對一個七歲男童而言，和枯坐機場貴賓室比較之下，更無聊的事只有枯坐教堂裡。這男童正坐在主日學裡，課本攤開在大腿上，裡面寫著《聖經》故事，每一幅插圖的畫法迥異。他盯著的圖畫是但以理的猛獅，他多麼希望畫的是噴火龍，他希望筆沒被母親沒收。這座岩造教堂呈長方形，白色木頭天花板，門外草地上大概排著兩百支涼鞋。大家穿上最稱頭的服裝，他這身衣褲熱得他苦哈哈。吊扇反覆轉著，觀賞著上帝撒旦網球對決賽。男童聽見牧師在講話；他腦裡只容得下牧師的女兒。她雖然才三歲，卻徹底征服了他的心。他望過去，她坐在母親大腿上，回頭看見他，對他眨眨眼。更有意思的是她背後的窗戶。敞開的窗外有一輛塔塔車陷入車陣，動彈不得，男童一眼認出車上的乘客是：機場那個美國人！

太不可思議了，他想告訴大家，可惜教堂裡當然嚴禁喧嘩；這禁令和牧師那個愛挑逗人的女兒一樣，整得他快抓狂了。美國人穿著那天的淺米黃色亞麻衫，四周是攤販逐車兜售紙包裝的熱食、飲水、汽水，喇叭聲似音符此起彼落，感覺像一場花車遊行。美國人探頭出車窗外，大概是想查看路況，剎那間視線和男童相接一秒。那對藍眼珠隱含什麼寓意，男童無法理解。那是荒島難民的眼神。目的地日本。後來，無形的障礙物排除了，車流恢復前進，美國人縮頭回車內陰影中，離開了。

旅程尾聲

他對懷石料理一無所知，但他已安排好，在接下來兩天裡，有四家餐廳等著他前去品嚐晚餐，最後一家是在京都郊外的古宅旅館裡。

從我座位的視角望去，亞瑟·勒思的故事並不算太慘。但我承認，目前狀況看起來不妙（大難即將臨頭）。我回想起我倆第二次見面的情景，當時勒思才四十出頭。我剛搬到新城市，參加雞尾酒會，瞭望景觀時，感覺好像有人開窗戶，於是我轉頭看。沒人開窗戶，倒是有一個人剛走進來。他個子很高，金髮漸稀，側面看近似英國貴族。他對人群露出哀傷的淺笑，（聽人講一段軼事後）舉手的樣子像在說「有罪！」無論他走到天涯海角，沒有人會誤以為他不是美國人。我小時候，有人在冷颼颼的白房間教我畫圖，他就是同一個人嗎？當時我以為他是小孩，後來發現他是大人，覺得他背叛我。起初我沒認出就是他。我最初的想法當然不是小孩子的想法。但再看一眼之後，對，我的確認得他。他老了卻不顯老：腮幫子較厚實，脖子較粗，頭髮和膚色也褪色一度。沒人會誤認他是小孩，但再怎麼看也絕對是他：我認得那份他隨身攜帶、一眼即可指認出的天真。我的天真早已在和他初相識之後的幾年蒸發了；說也奇怪，他的天真仍在。眼前的這人，早該學乖了，早該穿上一套談笑風生的盔甲來自保，像在場其他人一樣笑著；到這時候，他早該長出一層皮膚。站著那裡，活像在紐約中央車站迷路的人。

事隔將近十年後，亞瑟·勒思在京都下飛機，臉上也是同樣的表情。他發現沒人來接機，體驗到旅客必有的踩進流沙的感受：**當然沒人來迎接我。有誰會記得呢？我這下**

子該怎麼辦？在他上空，有隻蒼蠅繞著吸頂燈飛，航道呈梯形，而模仿是人生中常有的事，亞瑟・勒思開始依樣畫航道，在入境大廳團團轉，路過幾個櫃檯，上面的標示寫的是英文，他卻看不出意義（Jasper!, Aeronet, Gold-man）。他想到，有一次讀的一本書，赫見通篇寫的全是胡言亂語，頓時明瞭自己其實是在作夢。來到最後一個櫃檯，櫃名寫著Chrome，一名老年人叫住他。亞瑟・勒思到這地步已練就一身流利的環球手語，立刻明白Chrome是民營接駁車公司，京都市政府為他預留一張車票，上面的旅客名字是：DR. ESS，艾斯醫師。勒思體驗到一陣短暫的美妙暈眩。機場外，迷你巴士正在等他，顯然是勒思專車。戴小帽的司機下車，戴著白手套，一副電影裡的禮車駕駛模樣。他向勒思點頭，而勒思在上車前也油然鞠躬。他挑座位坐下，拿手帕擦臉，望窗外，看看旅途最後一站。接下來僅剩一座海洋等著他橫渡而已。一路走來，他已喪失太多東西了：男友、尊嚴、鬍鬚、西裝、行李箱。

對，我忘了提，他的行李箱沒運到日本。

勒思來日本的目的是為男性雜誌撰文鑑賞日本美食，特別是懷石料理。他是在和朋友打撲克牌時自願代打的。他對懷石料理一無所知，但他已安排好，在接下來兩天裡，有四家餐廳等著他前去品嚐晚餐，最後一家是在京都郊外的古宅旅館裡，因此他預期能見識到多樣化的風格。兩天一結束，他的旅程就畫下句點。他對日本的認識僅限於幼年的一件往事。母親專程開車載他進華盛頓特區玩，叫他穿襯衫和羊毛長褲，帶他去一棟有廊柱的岩造大建築，在門外冒雪排隊排了好久才進門。裡面是個陰暗小廳，展示著各式各樣的寶物，有卷軸、頭飾、盔甲（小勒思乍看以為是真人）。母親低聲說：「這些東西是第一次獲准離開日本展出，以後大概不會再出國了。」她指的是一面鏡子、一件珠寶、一支寶劍，站崗的是兩位有血有肉而令人失望的警衛。鑼聲響起，提示大家該走了，她彎腰問兒子：「你最喜歡哪一個？」聽兒子回答後，她好氣又好笑，臉糾結成一團：「庭園？哪來的庭園？」原來，吸引小勒思的不是神聖的瑰寶，而是一個玻璃箱，裡面有一座具體而微的城鎮，小勒思可藉放大鏡逐家逐戶看，像神一樣，每一家的細節精美無比，感覺像拿著神力望遠鏡窺視歷史。小人國固然精巧，最神奇的莫過於一座庭園，裡面有條河似乎流水潺潺，河裡有許多橙斑錦鯉，兩旁是茂密的松楓，以及一小座竹造（小如大頭針）泉池，竹筒裝滿水會向下傾，讓水流進底部的岩砵。小人國庭園令小勒思神往數星期。在自家後院，他踏著枯黃樹葉，找尋開啟庭園的小金鎖。他以為找到門是理所當然的事。

因此，眼前的一切處處驚奇而新鮮。亞瑟・勒思坐進接駁車，看著工業區景觀在公路兩旁蓬勃發展。也許，他期望見到的是比較美一點的景色。然而，即使是川端康成書寫的也是大阪周遭萬變的風貌，何況那是六十年前的事了。他累了，航班和轉機過程甚至比法蘭克福機場的安眠藥之旅更像夢境。卡洛斯沒再聯絡他。無厘頭的雜音在他腦中嗡嗡叫：**他找我，為的是弗雷迪嗎？**奈何那一段已到終點，而本故事也即將完結。

接駁車繼續駛進京都，市區看起來只比先前的小鎮細緻一些而已。勒思仍忙著研究是否已到鬧區——這條路也許真是大街，那條河也許真是鴨川——車子已經抵達目的地：大街旁的一堵矮木牆。一名黑西裝青年對他鞠躬，好奇盯著行李箱缺席的地方。身穿和服的中年婦人從鵝卵石庭園走來，脂粉薄施，頭髮向上梳成令勒思聯想到二十世紀初的髮型——插畫家吉布森筆下的理想美女。「亞瑟先生。」她鞠躬說。勒思也鞠躬回禮。她背後的櫃檯傳來一陣騷動：一名同樣穿和服的老嫗正在吱吱喳喳講手機，對著牆上的月曆做記號。

「那是我母親，」女將嘆息說：「她以為她還在當家。我們給她一個假月曆，讓她以為她在幫客人訂房。手機也是假的。我可以為你泡一杯茶嗎？」他說太好了，她微笑倩麗，隨即臉色垮下來，愁容密布。「可惜啊，亞瑟先生。」她說，彷彿即將告知至親往生的噩耗。「您太早來了，賞不到櫻花。」

喝完茶（她親手攪拌出綠泡沫帶有苦味的茶——「請在喝茶前先吃砂糖餅乾」），女將帶他去房間，並告訴他說，這間其實是小說家川端康成的最愛。榻榻米地板中凹，裡面擺一張塗亮光漆的矮桌。女將推開紙門，外面的角落是沐浴月光下的庭園，剛下過雨，水珠滴滴答答。川端康成寫過這座雨中庭園，讚美它是京都之心。「不是隨便一座庭園，」她強調：「而是眼前這一座。」她告知，浴缸裡的水已經熱了，侍者會讓水維持熱度，讓他隨時泡澡。衣櫥裡有一件浴衣供他穿。想不想在房間裡享用晚餐？她可以親自去端飯菜來。他即將鑑賞描寫的四次懷石料理中，這是第一餐。

他事前得知，懷石料理是日本古代正餐，源於禪寺和宮廷，通常有七道菜，每道有特定種類的餐點（生食、煮物、燒烤）以及季節旬味。今晚是皇帝豆、艾蒿和鯛魚。美食精緻無比，再搭配女將上菜的優雅姿態，令勒思倍感謙卑。「容我致上最誠摯的歉意，我明天無法接待您，因為我必須去東京。」她的口氣宛如惋惜自己錯過最難能可貴的奇蹟：再與亞瑟．勒思共度一日。從她嘴角的細紋，他看見所有寡婦藏私的一縷笑意。她鞠躬退下，端來三小杯不同清酒。勒思三杯都品嚐，女將問他最鍾意哪一杯，他說屯丹，其實他嚐不出差別。他問女將最喜歡哪一杯，她愣一愣說：「屯丹。」自己也能把假話講得如此真情流露，該多好。

隔天是最後一天，已安排好前往三家餐廳，看樣子是行程緊湊。上午十一點，勒思仍穿昨天的衣褲，正要前往第一攤，從旅館人員收放的號碼櫃領回鞋子，不料卻遭老婆婆埋伏。她站在櫃檯裡，個子矮小，老人斑如冬椋鳥，約莫九十歲，吱吱喳喳講個沒完，彷彿治療日語不通症的良方就是**硬塞更多日語**（相當於以酒解酒的歪理）。然而，不知為何，打滾異鄉、比手畫腳幾個月下來，他的哀心旅程多了一分將心比心和心電感應，他覺得自己聽得懂老嫗說什麼。她講的是年輕時的事。她講的是身為女將的往事。她取出一張歷盡風霜的黑白舊照，裡面有一對西方情侶坐著，男士銀髮，女士戴著無邊女帽，模樣相當時髦——勒思當下認出他在同一個廳喝過茶。老嫗說，奉茶的女孩就是她本人，而男士是美國名人。講到此處，老嫗停頓半晌期待著，等著對方指認相片裡的名人。印象猶如深海潛水伕徐徐謹慎浮上來，最後升上海面，勒思驚呼：

「卓別林！」

老嫗欣喜閉眼。

紮兩條辮子的妙齡女子走過來，打開櫃檯裡的小電視，轉台至天皇與賓客茶敘的轉播，勒思認出其中一人的臉孔。

「那個人是你們的女將嗎？」他問女子。

「喔，是啊，」她說：「她非常抱歉無法向您說再見。」

「天皇約她喝茶，她怎麼不告訴我！」

「她至為抱歉，勒思先生。」該道歉的還在後頭。「我也非常難過您的行李尚未送來。但今天早晨，我們接到一通電話，有留言。」她遞給勒思一個信封，裡面有一張紙，內容全部大寫，無標點符號，讀起來有早期電報的錯覺：

亞瑟別擔心羅伯中風快回家有空請回電——美利恩

「亞瑟，是你啊！」

美利恩的聲音——離上次交談過了將近三十年。離婚後她罵了他什麼難聽的話，他可想而知。但他記得墨西哥城的研討會：她祝福你。索諾瑪現在是前一晚的七點。

「美利恩，怎麼了？」

「亞瑟，別擔心，別擔心，他沒事。」

「怎。麼。了。」

地球另一邊傳來嘆息聲，他暫時擱下焦慮，暗暗驚呼：美利恩！「他在公寓讀書，結果摔倒在地上了，幸好瓊恩當時在。」她是看護。「他有一些瘀傷。他現在講話有點困難，右手動作尤其困難。輕度。」她改以嚴肅的語氣說：「是輕度中風。」

「什麼是輕度中風？意思是沒有大礙嗎？或謝天謝地不是重度中風？」

「謝天謝地的那一種。而且，謝天謝地當時他沒在爬樓梯或什麼的。聽著，亞瑟，我不希望你窮著急，我只是想通知你一聲。你知道嗎，他把你列為頭號緊急聯絡人，可是大家都不知道你在那裡，所以打電話找我。我是第二號。」乾笑一聲。「算他們運氣好，因為我已經困在家裡好幾個月啦！」

「唉，美利恩，妳跌傷髖部了！」

又嘆氣。「檢查過了，沒骨折，倒是跌得渾身烏青。又能怎樣呢？身子不管用了。抱歉墨西哥城不得不缺席，不然在那場合重逢，氣氛會比較好。」

「我好高興妳能陪在他身邊，美利恩。我明天就趕回去，我要先查——」

「不行不行，亞瑟，不准你回國。你正在度蜜月。」

「什麼？」

「羅伯不要緊啦。我會在他這裡待個一星期。等你回國再來探望他吧。要不是他堅持，我才不肯打擾你呢。當然，這種時刻他很想念你。」

「美利恩，我不是在度蜜月。我來日本是採訪寫一篇稿子。」

然而，和美利恩・布朗本爭執是徒勞。「羅伯說你結婚了。他說你的另一半是某某弗雷迪。」

「不對不對，」亞瑟說，覺得自己頭重腳輕：「某某弗雷迪結婚的對象是某某人。不重要，我馬上回去。」

「你給我聽好，」美利恩以女主管的語氣說：「亞瑟！不准你上飛機，他會氣炸。」

「我在這裡待不住了，美利恩。換成妳，妳也會不願意的。我們兩個都愛他，不會在他受苦受難時不回去看他。」

「好吧，那我們就透過你們男生用的那種視訊通話吧……」

雙方約在十分鐘後通訊。在這段空檔，勒思借用旅館的電腦——房間古色古香，電腦卻出奇跟得上時代。等待對方上線之際，他凝視窗邊一盆天堂鳥插花。輕度中風。他媽的人生。

亞瑟．勒思和羅伯的情路快走到盡頭時，他正好讀到《追憶似水年華》的結尾。閱讀普魯斯特的這本巨作是勒思畢生最壯闊、卻也最沮喪的經驗之一，三千頁的小說耗費他五個夏季潛心讀完。第五年夏天，有天下午，他在鱈角友人家，躺在床上讀普魯斯特，讀到最後一冊大約三分之二時，突然在毫無預警之下看見「全文完」三字，右手仍握有差不多兩百頁沒讀——可惜最後這兩百頁的作者不是普魯斯特，而是編輯殘酷的把戲，全是註解和後記。他覺得中計了，被擺了一道，花了五年準備享受的樂趣被剝奪了。他回溯二十頁，重新讀，試圖再營造近尾聲的情緒，可惜太遲了，無緣一嚐的樂趣已一去不復返。

羅伯離開他的時候，他也有同樣的心情。

還是你以為，提分手的人是勒思？

和閱讀普魯斯特一樣，勒思也意識到兩人的結尾即將來臨。朝夕相處十五年，戀愛的感覺早已煙消雲散，他已開始偷吃；不僅只於和野男人有一手，他也偷偷和人交往長達一個月，甚至一年，足以粉碎現有的一切。他是在測試愛情的韌性多強嗎？或者，他只是一個情願將青春託付給中年男子的人，等到自己年近中年，他想討回他浪擲的大好年華？想討回性與愛與愚昧嗎？這些不正是多年前羅伯救他脫離的煩惱嗎？至於兩人生活中美好的事物，例如安全感、恬適、愛——勒思發現自己竟一個個搗成碎屑。也許他做傻事而不自知，也許是一種精神失常，但也許他知道。也許他是想放火燒掉一棟他不再想住的房子。

真正走到結尾是在羅伯辦巡迴朗讀會的時候，那次是去南方。到目的地時，羅伯照規矩打電話回家，但勒思不在。接下來幾天，答錄機留言滿了，前幾則留言是旅行見聞，例如俗稱西班牙青苔的松蘿鳳蘭垂掛橡樹下，看似破爛洋裝，後來留言一則比一則簡短，最後直接掛斷不語。事實上，勒思準備等羅伯回家，打算找羅伯進行非常嚴肅的對談。他預期兩人將接受六個月的伴侶諮商，預期結局是淚別。也許全程需時一年。但他就是覺得非開始不可。他的心糾結著，台詞反覆演練，如同旅客去櫃檯購票前默練外文慣用句：「我想你和我都心裡有數，我們走不下去了。我想你和我都心裡有數，我們走不下去了。我想你和我都心裡有數，我們走不下去了。」後來，沉寂五天之後，家裡的電話終於再度鈴響，勒思壓住心臟病發的徵兆，接起來，說：「羅伯！終於接到你電話了，我想跟你溝通一件事：我想你和我都心裡有數——」

但他的講稿被羅伯的沉嗓刺破：「亞瑟，我愛你，不過我不會再回家了。馬克會去幫我收拾我的東西。對不起，我不想在電話上談。我不是在生氣。我愛你。我不是在生氣。不過，你和我都變了，再見。」

全文完。如今他手裡只握著註解和後記。

「看看你，亞瑟。」

是羅伯。視訊品質不佳，但螢幕上的確是舉世聞名的詩人羅伯・布朗本本人，身旁（肯定是訊號傳輸導致的）是幽幽的回音。電腦前的他：活著。頭禿得有型，覆蓋著一層嬰兒絨毛似的光暈。他穿著藍色浴袍，笑容含有一如既往的聰明搗蛋鬼意味，但今天微笑向右塌。中風。老天。一條管子從鼻孔鑽出，狀似一撇假鬍子，嗓音像含沙，身邊傳來（也許是麥克風靠太近而強化）機器吵雜的循環聲，讓勒思回想起童年家中一件事。小亞瑟有時會接到電話，不吭聲的對方呼吸沉重，他聽得出神，母親則喊著：「喔，是我男友吧？告訴他說，我馬上過去！」不同的是，這人是羅伯，癱了，口齒不清，神態窘迫但還活著。

勒思：「你情況怎樣？」

「感覺像在酒吧跟人打了一架。正從陰間跟你講話。」

「你的樣子好難看，你竟敢做出這種事。」勒思說。

「你該看看對方被揍得多慘。」他的話像含在嘴裡，語調怪異。

「你聽起來像蘇格蘭人。」勒思說。

「我們老成了我們的父執輩（our fathers）啦。」或者他講的是祖宗（forefathers），另外他s音全講成f，如同書寫體《獨立宣言》手稿：「**在人類行事過程中，如有需要……**」

有位年邁女醫師彎腰湊向鏡頭。她戴黑框眼鏡，身形單薄而骨感，臉皺如被揉進口袋裡塞太久，下巴有家禽般的肉垂，白色鮑伯頭，眼神冷冰冰。「亞瑟，我是美利恩。」

嘩，開啥玩笑！勒思心想。他們是在尋我開心吧！普魯斯特的結尾有一幕是，離群多年的旁白出席聚會，發現是化裝舞會，氣得直跳腳；大家都戴白假髮！隨即他醒悟，不是化裝舞會，只是大家都老了。而現在，勒思看著螢幕上自己的初戀，看著他的元配——他們一定是在尋我開心吧！但這玩笑未免拖太長了。羅伯繼續沉重呼吸。美利恩沒笑容。沒有人在開玩笑。

「美利恩，妳氣色好棒。」

「亞瑟，你長大了。」她不覺莞爾說。

「他五十歲了。」羅伯說，然後縮頭忍痛：「生日快樂，孩子。對不起我沒趕上。」s音全改成f。**生命權、自由權、以及追求幸福的權利**。「我才和死神失之交臂。」

美利恩說：「死神爽約了。我走開一下，讓你們兩個男生多聊一聊。再一分鐘喔！亞瑟，可別把他累垮了。我們該好好照顧我們的羅伯。」

三十年前，在舊金山的海灘上。

她走了，羅伯的視線跟著她走，然後轉回到勒思。和奧德修斯的境遇一樣，幽魂列隊飄過，眼前是：盲人先知特伊西亞斯。「你知道，這裡有她真好，但她快把我整瘋了，她一直督促我。世上沒有比陪前妻玩交叉拼字遊戲更瘋的事了。你躲到哪裡去了？」

「京都。」

「什麼？」

勒思彎腰向前，高喊：「京都，日本。不過我趕著回去看你。」

「看個屁。我好端端的。我或許運動技能沒了，不過老腦袋瓜還挺靈光的。醫生叫我做這個，你看。」他以非常遲緩的動作，吃力舉起手，握在手中的是一丸鮮綠色的黏土。「叫我成天握握握。我剛不是說我這裡是陰間，詩人被迫生生世世握黏土。死黨全來了，沃特、哈特、艾米莉、法蘭克。博物館美國廳。握黏土。小說家呢，被迫——」

羅伯閉目喘息片刻，然後以更虛弱的語氣繼續：「——小說家被迫幫我們調酒。你在印度有寫小說嗎？」

「寫了，剩最後一章。我想回去看你。」

「啐，寫完再說。」

「羅伯——」

「別拿我中風當藉口。懦夫！你是怕我死掉。」

勒思無言以對。被他說中了。**我知道我不在你身邊／但在我過世的那天／我知道你將哭泣**。相對無語期間，機器持續吸進呼出，羅伯的臉稍微垮下來。**哭泣再哭泣，哭泣再哭泣**。

「還不是時候，亞瑟，」他快口說：「急個屁。聽說你留了大鬍子？」

「你是不是告訴美利恩，說我和弗雷迪結婚了？」

「誰曉得我說什麼？看我這樣子，我像我清楚自己在講啥鬼話嗎？你結婚沒？」

「沒。」

「現在你在這裡，我和你都在。你看起來非常非常傷心，孩子。」

是嗎？睡飽了，也有人嬌寵，何況還剛泡過湯？可惜世人休想對盲人先知隱瞞真相。

「你不愛他嗎？亞瑟。」

亞瑟不語。從前，在舊金山北灘區有一間難吃的義大利餐廳，某天店內冷清，只見兩名服務生和一家子德國觀光客，母親後來在洗手間跌倒，撞到頭，堅持去醫院（不懂美國醫療費用多高）。當時羅伯和勒思也在同一家餐廳。年僅四十六的羅伯握著勒思的手，說：「我的婚姻很久前就觸礁了，美利恩和我幾乎不同床。我熬夜太晚，而她一大清早起床。她氣我們沒生小孩。結果，現在想生也太遲了，她會更火。我生性自私，不擅長理財。我很不快樂，非常非常不快樂，亞瑟。我想說的是，我愛上你了。在我遇見你之前，我其實早有離開她的打算。好像有首詩這樣寫：**我將歌舞取悅你，五月每日早晨**。我存了點錢，能買一棟爛房子。我懂得靠一點點小錢過活。我知道這很蠢，不過，我要的是你。別人愛講什麼隨他們去講，誰理他們？我要的是你，亞瑟，而我——」但他講不下去了，因為羅伯．布朗本閉眼，內心的渴望在這年輕人面前淹沒他的理智，他只能在這間糟透了的義大利餐廳裡握他手。兩人不曾再回來光顧。視訊中的詩人在勒思眼前縮臉忍痛，吃苦再吃苦，為了亞瑟．勒思。將來，勒思還有機會被愛這麼深嗎？

七十五歲的羅伯吃力呼吸著，說：「喔，可憐的孩子。你愛得很深？」

亞瑟依然不語。羅伯也不說話；他知道，叫人解釋愛或悲是多麼荒謬，因為愛不是指一指就能說清楚的。這好比觀星，指著天空說「那一顆，就是那一顆星星，在那邊」，同樣白費力氣，同樣難以傳達意念。

「我是不是太老了，再也找不到對象，羅伯？」

羅伯稍微挺直身子，回歸作樂的心情。「你太老？你聽聽自己講啥傻話。前幾天，我看電視上的一個科學節目。我現在常做老頭做的這種事。最近我不再毒舌。那節目探討的是時光旅行，訪問到一位科學家，他說如果時光旅行辦得到的話，應該先現在做一台時光機，幾年後再做另一台，人就能在兩個年代之間往返。差不多是一條時光隧道。不過呢，問題來了，亞瑟。想回到過去，頂多只能回到發明第一台時光機的年代。期待落空了，我覺得挺掃興的。我受到的打擊很深。」

亞瑟說：「永遠別想宰掉希特勒了。」

「話說回來，就算沒有時光機，現在也已經是同一回事了。你遇見某某人，對方比如說是三十歲吧，你絕對無法想像他們更年輕的樣子。你看過我的相片，亞瑟，你見過我二十歲的模樣。」

「你那時好帥。」

「不過呢，其實，其實你沒辦法想像我比四十幾歲更年輕，對不對？」

「當然可以，怎麼不行？」

「你可以揣摩，但你不太能想像。你不能回溯到更久以前，有違物理定律。」

「你太激動了。」

「亞瑟，我現在看著你，還看得出當年海灘上那個腳趾甲塗成紅色的男孩。一開始是看不到，視覺適應後才看清楚。我看見在墨西哥的那個二十一歲男孩子。我看見羅馬飯店房間裡的那個年輕人。我看見握著處女作的那個文藝青年。我看著你，你還年輕。在我眼裡，你永遠年輕。但對其他人就不是同一回事了，亞瑟。現在才認識你的人永遠無法想像你年輕，他們永遠無法回溯到五十歲以前的你。這不完全是壞事。這表示，這下子，大家會以為你一直是成年人，他們會認真看待你。他們不會知道的是，有一次你在晚宴上，整晚喋喋不休講尼泊爾，但其實你指的是西藏。」

「不敢相信你又提那件糗事。」

「另外有一次，你把多倫多講成加拿大首都。」

「看我去叫美利恩來拔管。」

「而且對方是加拿大總理。我愛你，亞瑟。我想講的重點是——」一番高談闊論後，羅伯顯然體力耗盡。他深吸幾口氣：「——重點是，歡迎蒞臨他媽的人生。五十算什麼？現在我回首五十歲，心想，媽的，那時候到底在彷徨什麼？看看我現在，我要進陰間了。去盡情享受吧。」先知說。

美利恩再度出現在螢幕上：「好了，兩個男生，時間到了。我們該讓他休息一下。」

羅伯倚向前妻。「美利恩，他沒跟他結婚。」

「沒有嗎？」

「顯然是我聽錯了。那小子跟別人結婚了。」

「哼，狗屎運，」她說，然後以同情的神態面對鏡頭。白髮以髮夾固定，圓形黑框眼鏡反射著舊日艷陽天。「亞瑟，他快沒力氣了。能再見到你真好。我們可以約時間再聊。」

「我明天就回國了，我可以開車北上。羅伯，我愛你。」

老頑童對著亞瑟微笑，搖搖頭，兩眼炯亮明晰。「我永遠愛你，亞瑟・勒思。」

「是這一間，我們用餐前脫掉衣服。」妙齡女子在門口稍停，旋即摀嘴，瞪圓了眼睛，表情驚駭。「不是脫衣服！脫鞋！我們脫掉鞋子！」這是今天排定的三家餐廳中的第一家，剛和羅伯視訊已搞亂行程，因此勒思趕著用餐，但他乖乖跟隨女子的馬尾走進一間大格局的廳堂，裡面有一張餐桌，座位凹進地板裡。這裡有一位老人全身紅衣，鞠躬說：「這裡是宴會廳，你能見到它會變成舞妓表演的舞台。」老人按一個鍵，後牆宛如〇〇七情報員的巢穴，傾斜成舞台，上方的劇場燈轉而對準。一老一少見狀似乎得意不已。勒思不知道什麼是舞妓。座位靠窗的他熱切等待懷石餐上桌。和上次一樣，七道菜輪番來，前後將近三小時。燒烤、煮物、生食。另外——他怎麼沒料到——又是皇帝豆、艾蒿、鯛魚。又可口宜人。但是，如同緊接著第一次約會而來的第二次約會，感覺或許稍嫌熟悉了點？

羅伯剛才的嗓音言猶在耳：**看看我現在，我要進陰間了**。中風。羅伯從未善待自己的身體，向來把健康視為一件老舊的皮夾克，扔進海水泡著，丟在角落皺成一團。勒思不認為這皮囊上的刮痕、舊傷、病痛是歲月的敗筆，而像作家瑞蒙．錢德勒寫道：是「俗氣人生」的證據。畢竟，這皮囊只是精明頭腦的載具，是裝王冠的盒子。羅伯照顧這頭腦，宛如母老虎呵護幼子一樣；他已戒酒戒毒，嚴守就寢時間。他悉心遵行養生之道。如今，他被竊據了——頭腦被竊據了——人生大神當起賊了！就像林布蘭的名畫被人從畫框裡切走。

這天的第二餐在較摩登的餐廳進行，內部裝潢是瑞典人不假虛飾的簡樸，以金黃木為主，侍應也是金髮男，國籍是荷蘭。從勒思的座位能欣賞一株孤樹，綠花苞綴飾，是櫻花樹。有人告訴他，他太早來了，無緣賞櫻。「對，對，我知道。」他盡可能耐著性子回應。接下來三小時，端上他桌子的是燒烤、煮物、生食的皇帝豆、艾蒿和鯛魚。每上一道菜，他以苦笑迎接，體認到人生頭尾相連的循環特性，尼采的永恆輪迴概念。他默默自語：**又是你**。

他回旅館休息，不見老媪，但辮子妹仍在，正捧著英文小說閱讀。她再以歉意招呼勒思，說行李仍未送來。不知為何，勒思聽了再也無法負荷，癱向櫃檯站著。「不過，勒思先生，」小姐滿懷希望說：「你有一個包裹。」

棕色扁盒子上的郵戳是義大利，想必是主辦單位送的一本書或什麼的。勒思把包裹帶回房間，放在庭園前的桌上。在浴室裡，他彷彿走進魔法小屋，發現洗澡水已經放好，冷熱適中，只等他進去泡。他拖著疲憊的身子下水，準備吃下一餐，閉上眼睛。**你不愛他嗎？亞瑟**。雪松的氣味四溢。**唉，可憐的孩子。你愛得很深？**

為ＧＰＳ起先以乾脆而嚴厲的口吻教他如何上公路，沒想到一出京都邊界線，ＧＰＳ卻被自己的權力迷醉，後來徹底卸甲，任憑勒思漂流在日本海中。同樣令人緊張的是擋風玻璃上有個神秘的盒子。烤麵包車接近收費站時，它才表明來歷：發出高頻女聲，以罵街似的語音尖叫，不能說不像他外婆目擊瓷器摔破時的叫聲。他乖乖付錢給男收費員，心想已經照著機器的命令去做了，通過收費站，進入綠野，一條河神奇冒出來。可惜好景不長——收費站又來了，盒中女士再度尖叫。八成是罵他沒帶電子通行卡。可是，她該不會也發現勒思另外涉及的刑案和缺失吧？小學五年級，勒思為了交報告，曾為冰島宗教杜撰假儀式。高中的他，曾為了治青春痘而順手牽羊。他背著羅伯，在外吃相多難看。他是個差勁的同志。他是個差勁的作者。他竟然讓弗雷迪．裴魯走出他的人生。尖叫，尖叫，尖叫，盒中女的怒火直逼希臘神話。天神終於派潑婦下凡來，懲罰勒思。

「在下一個交流道離開。」ＧＰＳ說。醉酒打瞌睡的船長醒了，重回發號施令的崗位。薄霧裊裊上揚，如同烤火時的濕衣物蒸發水汽，不同的是，霧氣來自宛如羊毛層層覆蓋的深幽松林山區。鉛灰色的河流蜿蜒蘆葦間。烤麵包車途經一間清酒廠——他猜的，因為路邊立著一個白桶子，清楚地打著廣告。某座農場擺出英文招牌：**永續豐收**。勒思搖下車窗，嗅到結晶綠的草、雨、土。車子轉個彎，他看見白色遊覽車沿河停靠成一排，大側照鏡如毛毛蟲長角。遊覽車前方有一群老人，穿著透明雨衣，像軍人一字排開拍照。冒蒸氣的山下散見約莫十五棟茅屋，青苔叢生，對面的河上有一座木石架成的橋。勒思開車過橋，通過一群躲雨的遊客。他猜會有船等著載他逆流至餐廳。來到對岸，他停妥烤麵包車（盒中潑婦尖聲提醒什麼事），見到幾人在碼頭上等候。其中一人撐著透明傘，他認出持傘人是母親。

亞瑟，哈囉，親愛的。我沒事出來散散心，他能想像母親會這樣說**你最近有沒有吃飽？**

母親舉起雨傘，臉不再被遮雨用的膠膜扭曲，他才發現撐傘者是位日本婦女，裹著母親的頭巾。橙色頭巾上面有重複出現的白扇貝圖樣。頭巾怎麼會從墳墓飄洋過海？不對，不是從墳墓飄過來的。他和姊姊把遺物全捐給救世軍，應該是從德拉瓦州郊區輾轉而來。當時喪事辦得好匆忙。癌症起初進展非常遲緩，接著非常快速，如同惡夢中總有的現象。接著，他穿著黑西裝和姨媽交談。從他站的地方，他能看見頭巾仍掛在棺材握把上。他正在吃墨西哥乳酪煎餅。他是個不虔誠的白人新教徒，對辦喪事毫無概念。兩千年的火燒維京船、居爾特儀式、愛爾蘭守靈夜、清教徒崇拜、神體一位派讚美詩，他卻落得兩手空空。不知何故，他放棄傳承。因此，弗雷迪站出來擔當，弗雷迪已有慟失雙親的經驗，弗雷迪代訂墨西哥大餐。勒思做完告別式，蹣跚步出教堂，被千篇一律的慰問語和純粹的恐慌灌醉，睜眼一看，大餐已上桌了。弗雷迪甚至花錢請人幫他拿雨衣。至於弗雷迪本人，他穿著勒思在巴黎送他的那件夾克，全程站在勒思身後，默然無語，一手放在他左肩胛骨，彷彿在為風中的厚紙板招牌當靠山。致哀者一個接一個上前來，祝他母親安息。母親的友人各個頂著式樣互異的白髮造型，有的沖天有的捲，看似大理花展。**她西歸了，很慶幸她走得好安詳**。等最後一人通過後，弗雷迪對著他的耳根悄悄說：「你母親死得好慘。」勒思多年前認識的那男孩絕不會講這句識大體的話。勒思轉身看弗雷迪，見他太陽穴上削短的頭髮初露幾許銀光。

勒思特別想留下母親的橙色頭巾，無奈喪事如旋風，頭巾竟被歸入捐獻品，永遠從他的世界消失。

幸好不是永遠，人生大神把頭巾救回來了。

勒思下車，一名黑衣青年迎接他，手持大黑傘，為勒思遮雨。勒思的灰色新西裝布滿雨滴。母親的頭巾飄進商店不見了。他轉向開闊的河面，冥河渡夫的黑色小船即將前來載他走。

餐廳位於河岸高處的巨岩上，歷史悠久，水漬斑斑，油漆工見了樂在心裡，修繕工則心有戚戚焉。有些牆壁看似不勝潮濕而彎曲，垂掛的紙飾品起波紋皺，令勒思聯想到被雨洗禮過的書。毫髮無傷的是老屋瓦、寬厚的屋頂樑、玫瑰花雕刻、推拉式紙門。這間餐廳原本是客棧。一位高眺莊嚴的婦女在門口鞠躬恭迎，喊他的名字。參觀古客棧的路上，他們經過一道窗戶，窗外有牆圍著一大座庭園。

「庭園的植物栽種四百年了，當時周圍全是坡普拉樹[註]。」女子小手對著庭園一揮，他點頭表示讚賞。

「現在，」勒思說：「這裡『不坡普拉』了。」她愣一愣，乾眨眼，然後帶他進另一廂，他跟隨著綠色和金色的和服尾翼前進。來到門口，她脫掉木屐，勒思解鞋帶脫鞋。鞋裡有沙子，是撒哈拉或南印度沙？女子向藍和服少女示意，由抽涕聲連連的少女帶他進入另一條走廊。這走廊掛滿書法作品，開頭的框架大，走到最後，門倒是跟著變得好小，具有愛麗絲夢遊仙境的特效。門被拉開，推進牆中夾層，她被迫下跪才鑽得進門。顯然勒思也必須照做。他猜，小門的用意是體驗謙卑。走到這地步，他對謙卑早有

註：白楊樹（poplar），日文外來語唸起來近似英文的popular，高人氣。

幾分切身的體認。謙卑是他仍未失散的行李。進房間後，他看見一張小桌，一面格子紙牆，一道玻璃窗，玻璃古老到窗外的庭園呈不規則波浪狀，勒思走向房間另一邊之際，窗外景色如夢似幻蕩漾著。房間的牆壁貼著淺金銀色的大雪花，據說源於江戶時代。顯微鏡在江戶時代傳入日本，在那之前沒人見過雪花放大圖。他在軟墊上坐下，旁邊有摺疊式金屏風。少女從小門出去。勒思聽見她吃力關門的聲音；這門顯然苦熬了幾世紀，準備壽終正寢了。

他四下張望，看著金屏風、雪花壁紙、紙牆、以一頭鹿為題的素描畫下面擺著只插一支鳶尾花的花瓶。唯一的聲響是他背後的加濕器。儘管整間素雅純淨，卻沒有人撕掉加濕器上的「**大日牌・品質保證**」貼紙。眼前的窗外是被扭曲的庭園。他陡然心驚：就是這一座。

他幼年看到的小人國庭園，肯定是依照這座四百年歷史的庭園製作的，兩者不只神似，根本是同一座：蒼翠的竹林旁有條青苔遍布的石徑，如同童話故事般曲折進入松林深厚的遠山，奇景等人去探幽（這其實是幻覺，因為勒思明確知道等人探索的是空調系統）。草叢裡的擾動可能生自水流，舊石子代表神社階梯。泉水注滿竹筒，傾注岩石鑿成的水砵——一模一樣，毫髮不差。風動，松傾，竹葉顫。宛如隨同一陣風飄搖的旗子，這座庭園的回憶也在勒思的心湖搖曳。他記得幼年的確曾找到一支鑰匙（鋼鐵材質，能打開存放除草機的工具室），但始終和心目中的門無緣。異想天開的童心總以為能找到。時隔四十五載，他已淡忘這座庭園。如今，庭園本尊映入他眼簾。

女孩的抽涕聲從背後飄來，她再次和古門奮戰，好像搬不動墓碑似的。他不敢回頭看。最後，門被她降伏了，她端了綠茶來到身旁，拎來一個塗亮光漆的褐籃子。她取出一張殘破的卡片，照上面寫的字朗讀：視情況她唸的應該是英文，勒思怎麼聽卻和夢囈一樣摸不著邊際。反正用不著翻譯。上桌的又是他的老友皇帝豆。之後，她微笑退下，再一次和門進行摔角賽。

他詳細在筆記本記下盤中美食，但他食之無味。橙頭巾、庭園，這些往事為何一幕幕在日本泉湧，活像人生舊貨大清倉？難道是發瘋了嗎？或者這一切只是人生投影？皇帝豆、艾蒿、頭巾、庭園……難道這不是窗戶，而是一面鏡子？兩隻鳥在泉水裡吵架。他又如幼年時的他，只能旁觀。他合起眼皮，開始哭泣。

他聽見女孩再度和門奮戰，卻沒有開門聲。艾蒿要上桌了。

「勒思先生，」背後傳來男人嗓音——確切而言來自門外，勒思聽出不對勁，轉身跪向門邊，對方說：「勒思先生，我們非常抱歉。」

「對，我知道！」勒思大聲說：「我太早來，賞不到櫻花！」

對方清一清嗓門。「是的，另外也……我們非常抱歉。這門四百歲，卡住了。我們怎麼試也打不開。」門外沉默許久——「不可能打開了。」

「不可能。」

「我們非常抱歉。」

「再動一動腦筋——」

「我們想盡辦法了。」

「你們怎麼能把我關在這裡面？」

「勒思先生，」聲音隔著紙門傳進來，男人再度說：「我們有個想法。」

「我正在聽。」

「是這樣的。」門外有人沉聲交談，繼而又是清嗓門的聲音：「請您破門出來。」

勒思睜開眼睛，看著格子紙門。無異於叫他鑽出時空膠囊嘛。「我辦不到。」

「很容易修的。拜託您，勒思先生，麻煩您把門打破。」

他覺得蒼老；他覺得孤單；他覺得不坡普拉。庭園裡有一群小小鳥飛掠，像一群沒顏色的魚，在窗前匆匆來去，猶如水族館景象（被囚禁的是勒思，而非小小鳥）。最後鳥群向東飛走，氣勢恢宏，緊接著——因為人生是一場喜劇——一隻落單鳥倉皇劃過天空，急著跟上同伴。

「拜託您，勒思先生。」

我認識的人當中最勇敢的一個說：「我辦不到。」

不久前，大約早晨七點，亞瑟．勒思的影像浮現在我的眼前——

我被一隻蚊子吵醒了。這隻母蚊子（因為只有雌蚊叮人）很厲害，衝過蚊香陣，飛越電風扇，鑽進除蟲菊精加工過的蚊帳，獨闖重重關卡，停在我耳朵。我時時刻刻感激這隻蚊子。若非她神乎其技連闖三關，我大概永遠無法醒悟。人生通常充滿機遇。那隻蚊子：她為我捐軀。被我大手一拍，死了。窗戶沒關，外面的南太平洋沉沉呼嚕著，睡我身旁的人也發出類似的聲響。

旭日東昇。我和他在夜裡住進這間飯店，現在天亮了，逐漸顯露這間客房有三面是窗戶。我進而發現，這一間四面環海，孤立在海面上，宛如伸展式舞台，從每一道窗向外望，只看得到海天。我看著海天從鳶尾花和長春花的色澤，變成藍寶石和玉，最後四周海天一色，我認出這色調藍得別具個性。我這才頓悟，我今後無緣再見亞瑟．勒思了。

見是見得到，但不像以前的情況，不像那些年來隨心所欲想見就見。感覺上，我像是接到他的死訊。幾年下來，我離開他的房子，順手帶上門，習慣成自然，如今竟一時疏忽，把自己鎖在門外了。結婚了——瞬間覺得自己好愚昧。在我的四面八方，到處是勒思藍。今後，我和他當然仍有機會不期而遇，例如走在街上，或是在某地的聚會，甚至有可能相約出去喝一杯，但酒敘也會像陪幽靈喝酒。亞瑟・勒思，換成任何人都行不通。從地表以上的高空，我變成自由落體，沒有空氣可呼吸。亞瑟・勒思騰出來一片真空，天地萬物猛衝進來填補。我到現在才知道，我本以為他會永遠在窗邊那張白床上等我。我到現在才知道，我需要他待在那裡，像地標、金字塔形狀的巨岩，或像一棵扁柏，永遠不動，好讓我倆能找對回家的路。後來，免不了的，有一天——路標不見了。我們這才發現，我們以為自己是人間的無常，以為自己是世界上唯一的變數；以為人生中的事物和人們全為討好我們而存在，如同遊戲中的棋子，無法自走，全照我們的需求、我們的愛而原地踏步。多愚蠢。亞瑟・勒思，原本應永遠待在白床上，如今卻去環遊世界——現在遊到哪一國了，只有天曉得。他和我失散了。我開始發抖。那次聚會看到他，感覺上是很久以前的事了，他是在紐約中央車站迷路的人，是天真國的儲君。我看著他，不久後由我父親介紹給他認識：「亞瑟，你記得我兒子弗雷迪吧。」

我在大溪地的飯店床上坐直，在溫暖的氣候裡哆嗦半天。哆嗦、發抖，大概算是某某症發作吧。我聽見背後有窸窸窣窣聲，接著靜下來。

接著，我聽見新婚夫湯姆開口，愛我的他看透了我的一切：

「我真心但願你不會挑這個時候哭。」

和室中，勇敢的主角勒思站起來。他站得直挺挺，雙拳緊握，誰知道怪腦袋瓜裡激盪著什麼想法？鳥群、風、竹流水，現在似乎激盪起迴響，彷彿來自長隧道的盡頭。面對庭園的他轉身。在古玻璃的扭曲下，庭園跟著似水流。他面對紙門。他猜，他從小一直找的門就是這個。根本不是進庭園的門，而是離開的門。只不過是小木條和紙糊成的東西，再弱小的人一拳就能擊破。這門歷史多久？它見過雪花嗎？這一趟荒唐事層出不窮，也許就屬這件事最荒謬——他居然怕動手。他伸出一手去摸摸粗糙的紙。門外的日光轉強了，樹枝的影子映在紙面上更形清晰——是他童年爬的那棵合歡樹嗎？回不去了。也回不去舊金山大熱天的海灘。也回不去臥房，無法回歸那次分手之吻。種種事物在這間和室裡映照，但眼前只不過是未來的一堵空白，上面什麼都能寫。當然可以再添新恥辱，新的糗事，也可以加幾筆針對老亞瑟·勒思的新玩笑。何必破門出去呢？話雖如此，誰知門外有什麼奇蹟等著他去體驗？想像他高舉雙拳，現在露出毫不掩飾的喜色，甚至哈哈笑起來了，癲意直衝腦門，狂喜攻心，拳頭猛捶下去，木條轟然斷裂……

……想像他在舊金山歐德街下計程車，站在祝融星階最下面。之前，他的班機如期從大阪起飛，準時降落舊金山，航程平和。他見鄰座閱讀H．H．H．曼登的新作，甚至講鮮事讓鄰座一飽耳福（「你知道嗎，我有一次在紐約市訪問到他。那天他食物中毒，而我戴著俄國太空人頭盔……」），後來服安眠藥睡著了。亞瑟．勒思完成了環遊世界之旅。結束了。回家了。

太陽已躲進霧中，因此市區泛藍，彷彿水彩畫師改變心意，覺得自己畫得完全亂七八糟，索性全畫成藍色。他沒行李箱可領取，行李箱顯然有它自己的環遊世界行程。他轉眼珠，向上望回家的暗巷。想像他：金髮漸稀的頭，眉宇半蹙的臉，皺皺的白襯衫，綁著繃帶的左手和右腳，骯髒的真皮肩背包，高尚的訂製灰西裝。想像他：幾乎是夜光體。他約路易斯明天喝咖啡，看看克拉克是否真的離他而去，是否仍有歡喜完結的心情。羅伯會捎來一封信，文情並茂，絕對不會被納入卡洛斯．裴魯典藏：**致腳趾甲塗紅的男孩——感謝你給我的一切**。明天，愛的謎題絕對會更加深奧。明天的事明天再說吧。今夜，漫長旅途結束後，休息。這時候，肩背包的肩帶被欄杆勾住，一時之間，他好像有意繼續往前走——反正「丟臉瓶」裡的水位再低，他總有辦法再倒出幾滴——包包看樣子即將被扯斷……

勒思回頭，放開肩帶。命運大神破功了。現在：拾階回家的路途遙遠。前腳踏上第一階，如釋重負。

門廊燈怎麼亮著？那影子是哪來的？

他會有興趣知道，我和湯姆的婚姻只維持整整一天，二十四小時。我們在床上道盡心中話，由勒思藍的海天環繞。那天早上，我終於不再哭了，湯姆說，身為丈夫，他有責任待在我身邊，扶持我跨越難關。我坐著點頭再點頭。他唸我遠渡重洋才領悟早該懂的道理，怨自己沒聽取別人勸了他好幾個月的忠告。婚禮前一晚，我把自己反鎖在浴室裡，他這時也怪自己粗神經。我點頭。我們擁抱，共同決定他終究還是不當我丈夫比較好。他關上門，留我一人在飯店裡，上下左右盡是藍，盡是象徵我鑄下大錯的一片藍。我打旅館電話給勒思，他沒接，我沒留言。我又能說什麼？很久以前，我試穿他的燕尾服那天，他勸我不要眷戀他。難道要我留言說，他早幾年就該勸退我？難道要我說，那次吻別沒有效？在大溪地本島上，隔天，我打聽畫家高更的故居，卻聽到當地人說：「關門了。」連續許多天，我看海，海能以單調的主題譜出無數精妙變奏曲，令我稱奇。後來，有天早上，父親傳來訊息：

一七二班機從日本大阪起飛，週四晚間六點三十抵達。

亞瑟．勒思，抬頭瞇眼看自己的房子。這時候，他的舉止觸動保全燈，照得他一時看不清周遭。是誰站在那裡？

我從沒去過日本。我從沒去過印度、摩洛哥、德國。亞瑟．勒思近幾月周遊的地方，我多數沒去過。我從沒攀登過古文明神塔。我從沒在巴黎樓頂親過男人。我從沒騎過駱駝。將近十年來，我倒是教過不少高中英文課，每夜改作業，清早起床備課，莎士比亞讀完再讀，大會小會開太多，連置身煉獄的人都不敢恭維。我從沒見過螢火蟲。無論怎麼算，在我認識的人當中，我的人生不是最幸福的一個。但我想告訴各位的是（我的時間所剩無幾），我從頭就一直想告訴各位的是，從我座位的視角望去，亞瑟．勒思的故事並不算太慘。

因為，他的故事也是我的。愛情故事都是這麼一回事。

被強光照得眩目的勒思踏上階梯，照常又被鄰居種的玫瑰叢勾住；他謹慎卸除閃亮灰西裝上的每一根刺。九重葛像聚會時糾纏不清的長舌婦，在他路過時攔人，馬上被他推開，乾枯的紫苞片頓時如雨下。某戶人家正在反覆練鋼琴，左手怎麼練也彈不好。毛玻璃窗戶透露屋內的水漾電視螢幕。接著，我看見熟悉的金髮從花叢乍現，亞瑟・勒思散發的光暈。看著他照常被同一個破階絆到，看著他駐足低頭看，滿臉詫異。看著他轉彎，踏完最後幾階，走向等候他的人。他的臉仰望自己的家。看著他，看著他。教我怎能不愛他？

父親曾問我為什麼這麼懶，為什麼全世界的東西一個都不要。他問我要什麼，我當時回答不出來，因為我不知道，所以跟著老傳統走，一路栽進教堂結婚，現在我終於知道了。這問題拖太久了——如今我見到你，老亞瑟，舊愛，見你仰望門廊上的身影——我要的是什麼？我走過別人走的路，看上一個尚可的對象，挑過最簡便的脫身之道——你看見我，眼睛瞪大驚喜——我用雙手捧過、拒絕過，如今，我對人生所求是什麼？

我說：「勒思！」

文學森林 LF0108

分手去旅行

Less

作者

安德魯・西恩・格利爾（Andrew Sean Greer）

著有六部小說，其中《分手去旅行》獲普立茲小說獎，《愛情的謎底》（*The Confessions of Max Tivoli*）榮登暢銷榜，受《舊金山紀事報》與《芝加哥論壇報》推崇為年度選書。安德魯・西恩・格利爾曾獲北加州書卷獎、加州書卷獎、紐約公立圖書館幼獅小說獎、歐亨利短篇小說獎，以及國家藝術基金會和紐約公立圖書館研究獎助。他現居舊金山與義大利托斯卡尼。

譯者

宋瑛堂

台大外文學士，台大新聞碩士，曾獲加拿大班夫國際文學翻譯中心駐村研究獎，曾任《China Post》記者、副採訪主任、《Student Post》主編等職。文學譯作包括《單身》、《往事不曾離去》、《修正》、《全權秒殺令》、《消失的費茲傑羅》、《絕處逢山》、《苦甜曼哈頓》、《面紗》、《戰山風情畫》、《野火》、《重生》三部曲、《十二月十日》、《大騙局》、《數位密碼》、《冷月》、《永遠的園丁》、《斷背山》等；非小說譯作包括《走音天后》、《在世界與我之間》、《間諜橋上的陌生人》、《永遠的麥田捕手》、《怒海劫》、《賴瑞金傳奇》、《搜尋引擎沒告訴你的事》、《宙斯的女兒》、《蘭花賊》等書。

封面設計　莊謹銘
責任編輯　陳柏昌
行銷企劃　劉容娟、詹修蘋
版權負責　陳柏昌
副總編輯　梁心愉
初版一刷　二〇一九年四月二十九日
初版三刷　二〇一九年六月十七日
定價　新台幣三六〇元

ThinKingDom 新経典文化
發行人　葉美瑤
出版　新經典圖文傳播有限公司
地址　臺北市中正區重慶南路一段五七號十一樓之四
電話　02-2331-1830　傳真　02-2331-1831
讀者服務信箱　thinkingdomtw@gmail.com
粉絲專頁　http://www.facebook.com/thinkingdom/

總經銷　高寶書版集團
地址　臺北市內湖區洲子街八八號三樓
電話　02-2799-2788　傳真　02-2799-0909
海外總經銷　時報文化出版企業股份有限公司
地址　桃園市龜山區萬壽路二段三五一號
電話　02-2306-6842　傳真　02-2304-9301

分手去旅行 / 安德魯・西恩・格利爾（Andrew Sean Greer）著；宋瑛堂譯. -- 初版. -- 臺北市：新經典圖文傳播, 2019.04
312面；14.8×21公分. --（文學森林；LF0108）
譯自：Less
ISBN 978-986-97495-4-1（平裝）

874.57　　108005415